JANE AUSTEN

Persuasão

JANE AUSTEN

Persuasão

ROBERTO LEAL FERREIRA
Tradução e notas

MARTIN CLARET

Persuasão

Capítulo 1

Sir Walter Elliot, de Kellynch Hall, no condado de Somerset, era um homem que, para diversão, nunca abria nenhum livro, a não ser o *Baronetage*; nele encontrava ocupação para as horas de ócio e consolo nas horas amargas; nele se exaltavam suas faculdades de admiração e respeito, pela contemplação dos poucos remanescentes da antiga nobreza; nele quaisquer sensações desagradáveis provocadas pelos negócios domésticos se transformavam naturalmente em comiseração e desdém, enquanto folheava a lista quase infinita de nobres criados no último século; e nele, se qualquer outra página fosse incapaz de tanto, lia sua própria história, com um interesse jamais esmorecido. Eis a página em que seu livro predileto estava sempre aberto:

ELLIOT DE KELLYNCH HALL

Walter Elliot, nascido em 1º de março de 1760, casou-se em 15 de julho de 1784 com Elizabeth, filha de James Stevenson, fidalgo de South Park, no condado de Gloucester, e com a dita senhora (falecida em 1800) teve os seguintes filhos: Elizabeth, nascida em 1º de junho de 1785; Anne, nascida em 9 de agosto de 1787; um filho natimorto em 5 de novembro de 1789; Mary, nascida em 20 de novembro de 1791.

Originalmente, o parágrafo saiu exatamente assim das mãos do impressor; mas *Sir* Walter o aperfeiçoou, acrescentando, para sua própria informação e da sua família, estas palavras após a data do nascimento de Mary: "Casada em 16 de dezembro de 1810 com Charles, filho e herdeiro de Charles Musgrove, fidalgo de Uppercross, no condado de Somerset", e inserindo com maior precisão o dia e o mês em que perdera a esposa.

Seguia-se, então, a gesta da antiga e respeitável família, nos termos de costume; como se estabelecera inicialmente em Cheshire; como foi mencionada em Dugdale, por seus membros ocuparem o cargo de *high sheriff*, representando um burgo em três parlamentos consecutivos, por provas de lealdade e pela dignidade de baronete, no primeiro ano do reinado de Carlos II, com todas as Marys e Elizabeths com quem se casaram; formando no todo duas belas páginas in-12 e concluindo com as armas e a divisa: "Sede principal, Kellynch Hall, no condado de Somerset", e de novo a caligrafia de *Sir* Walter neste *finale*:

Herdeiro presuntivo, William Walter Elliot, fidalgo,
bisneto do segundo *Sir* Walter.

A vaidade era o começo e o fim da personalidade de *Sir* Walter Elliot; vaidade de pessoa e de condição social. Fora notavelmente bem-apessoado na juventude; e, aos cinquenta e quatro anos de idade, ainda era um homem muito atraente. Poucas mulheres se ocupavam mais da aparência pessoal do que ele, nem o valete de algum fidalgo recém-criado estaria mais deslumbrado com a posição que ocupava na sociedade. Considerava o dom da beleza inferior apenas ao dom do título de baronete; e *Sir* Walter Elliot, que reunia ambos os dons, era o objeto constante do mais caloroso respeito e devoção.

Sua boa aparência e sua fidalguia tinham direitos razoáveis à sua afeição; pois devia a estas se ter casado com uma mulher muito superior ao que ele próprio merecia. *Lady* Elliot fora uma excelente mulher, sensata e carinhosa, cujo julgamento e conduta, se lhes forem perdoadas as paixões de juventude que fizeram dela *Lady* Elliot, nunca mais tiveram de ser tratados com indulgência. Passou por cima, não deu atenção ou escondeu durante dezessete anos os defeitos do marido, e promoveu sua real respeitabilidade; e, embora não fosse a pessoa mais feliz do mundo, era gratificada suficientemente pelos afazeres, pelos amigos e pelos filhos para ter apego à vida e não sentir indiferença quando se viu obrigada a deixá-los. Três meninas, as duas mais velhas de dezesseis e catorze anos, eram uma terrível herança a ser deixada por uma mãe, e um terrível ônus a confiar à autoridade e à orientação de um pai presunçoso e tolo. Tinha ela, porém, uma amiga muito íntima, mulher sensata e de méritos, que fora atraída por seu forte apego a ela a se estabelecer nas proximidades, no vilarejo de Kellynch; e *Lady* Elliot confiava sobretudo no auxílio de sua bondade e discernimento para salvaguardar os bons princípios e levar adiante a educação das filhas, em que tanto se empenhara.

Essa amiga e *Sir* Walter *não* se casaram, ao contrário do que a ligação entre eles pudesse ter sugerido. Passaram-se treze anos desde a morte de *Lady* Elliot, e ainda eram vizinhos próximos e amigos íntimos, e um permanecia viúvo e a outra, viúva.

Que *Lady* Russell, de idade e personalidade maduras, e de muitas posses, não cogitasse um segundo casamento era algo que não precisava de justificativa ante o público, que tende insensatamente a mostrar mais descontentamento quando a mulher *torna a se casar* do que quando *não* se casa novamente; mas o fato de *Sir* Walter permanecer solteiro é algo que exige explicação. Saiba-se, pois, que *Sir* Walter, como bom pai (tendo tido uma ou duas decepções particulares com pretendentes muito pouco razoáveis), se orgulhava de permanecer solteiro para o bem de suas queridas filhas. Por uma delas, a mais velha, ele realmente abriria mão de qualquer coisa, mesmo se poucas ocasiões se tivessem apresentado para tanto. Elizabeth herdara, aos dezesseis anos, em tudo que era possível, os direitos e dignidades da mãe; e, sendo muito bela e muito parecida com ele, sua influência sempre fora grande, e assim eles conviviam bastante felizes. Suas duas outras filhas eram inferiores em valor. Mary conquistara certa importância artificial, ao tornar-se a sra. Charles Musgrove; Anne, porém, com uma elegância espiritual e uma doçura de caráter que lhe teriam merecido a admiração de pessoas de real inteligência, não era ninguém aos olhos do pai ou da irmã; sua palavra não tinha nenhum peso, tinha sempre de ceder; era só a Anne.

Para *Lady* Russell, porém, era ela a afilhada favorita e amiga, muito querida e apreciada. *Lady* Russell amava todas elas; mas só em Anne conseguia imaginar que sua mãe revivesse.

Alguns anos antes, Anne Elliot fora uma menina muito bonitinha, mas seu encanto logo desaparecera; e, como, mesmo no seu auge, seu pai nela encontrasse poucos motivos de admiração (por serem completamente diferentes dos dele seus traços delicados e seus doces olhos escuros), nada havia nela, agora que estava murcha e mirrada, que atraísse a estima dele. Nunca tivera muitas esperanças e agora não tinha nenhuma de algum dia ler o nome dela em alguma outra página de seu livro predileto. Toda expectativa de uma aliança digna da casa recaía agora sobre Elizabeth, pois Mary simplesmente se unira a uma velha família rural, muito respeitável e rica, e dera, portanto, toda a honra e não recebera nenhuma: Elizabeth, mais dia, menos dia, faria um casamento adequado.

Às vezes acontece de uma mulher tornar-se mais bela aos vinte e nove anos do que dez anos antes; e geralmente, não havendo problemas de saúde ou de nervos, essa é uma fase da vida em que poucos encantos se perderam. Esse era o caso de Elizabeth, ainda a mesma linda srta. Elliot que começara a ser treze anos atrás, e é portanto compreensível que *Sir* Walter se tivesse esquecido da idade dela ou pelo menos considerá-lo apenas meio tolo por julgar-se a si mesmo e a Elizabeth tão radiantes como sempre, em meio ao naufrágio da boa aparência de todos os demais; pois ele podia ver claramente o envelhecimento de todo o resto da família e de seus conhecidos.

O abatimento de Anne, a grosseria de Mary, a decadência de todos os rostos da vizinhança e a rápida proliferação de pés de galinha na região das têmporas de *Lady* Russell havia muito vinham sendo motivo de angústia para ele.

Elizabeth não tinha a mesma satisfação pessoal consigo mesma que o pai. Treze anos passaram-se desde que se tornara senhora de Kellynch Hall, presidindo e dirigindo com um domínio de si mesma e uma determinação que jamais dava a ideia de que fosse mais jovem do que era. Por treze anos fizera as honras da casa, aplicara a lei doméstica e fora a primeira a subir na carruagem da família, perdendo só para *Lady* Russell a precedência para entrar em e sair de todas as salas de estar e de jantar da região. As geadas de treze invernos viram-na abrir todos os bailes de alguma importância dados por uma vizinhança diminuta, e treze primaveras exibiram suas floradas, enquanto ela viajava para Londres com o pai, para gozar durante algumas semanas dos prazeres da alta sociedade. Carregava ela a lembrança de tudo isso, tinha a consciência de ter vinte e nove anos de idade, o que lhe dava certos remorsos e certas apreensões; estava plenamente satisfeita por ser tão bela como antes, mas percebia estar aproximando-se dos anos perigosos, e ficaria muito aliviada se tivesse a certeza de ser adequadamente solicitada por alguém com sangue e linhagem de baronete, dentro de um ou dois anos. Então poderia tomar de novo o livro dos livros com o mesmo prazer que no início da juventude, mas no momento não o apreciava. Ser sempre confrontada com a data de seu próprio nascimento e ver que nenhum casamento aparecia em seguida, a não ser o da irmã mais moça, constituía uma experiência penosa; e mais de uma vez, quando o pai o deixava aberto sobre a mesa nas proximidades, ela o fechava, desviando os olhos, e o afastava de si.

Além disso, tivera ela uma decepção, cuja memória aquele livro, e em especial a história de sua própria família, deveriam sempre reavivar. O herdeiro presuntivo, o próprio William

Walter Elliot, Esq., cujos direitos haviam sido apoiados pelo pai com tanta generosidade, a desapontara.

Quando ainda muito jovem, tão logo soubera que ele seria, no caso de não ter ela um irmão, o futuro baronete, traçara planos para casar-se com ele, e seu pai sempre a apoiou nesses projetos. Não o haviam conhecido quando ainda menino; mas, logo depois do falecimento de *Lady* Elliot, *Sir* Walter procurou aproximar-se dele, e, embora seus avanços não tivessem encontrado nenhum entusiasmo, ele insistira naquilo, atribuindo o insucesso à timidez da juventude; e, numa de suas excursões primaveris a Londres, quando Elizabeth estava em seu primeiro desabrochar, o sr. Elliot fora forçado a apresentar-se.

Ele era na época um rapaz muito jovem, que iniciara havia pouco o estudo do Direito; e Elizabeth o achou extremamente agradável, e todos os seus projetos em seu favor se confirmaram. Ele foi convidado a Kellynch Hall; falou-se sobre ele pelo resto do ano, enquanto era esperado; mas ele nunca apareceu. Na primavera seguinte foi visto de novo na capital, foi considerado igualmente simpático, de novo encorajado, convidado e aguardado, e mais uma vez não veio; e em seguida receberam a notícia de que ele se havia casado. Em vez de seguir seu destino na linha traçada para o herdeiro da Casa de Elliot, conquistara a independência casando-se com uma mulher rica, mas de berço inferior.

Ofendeu-se *Sir* Walter com aquilo. Como chefe da casa, achou que devia ter sido consultado, sobretudo depois de o ter apoiado tão abertamente; "pois eles devem ter sido vistos juntos", observou ele, "uma vez em Tattersall e duas vezes no saguão da Câmara dos Comuns". Exprimiu sua desaprovação, a que aparentemente foi dada muito pouca importância. O sr. Elliot não se desculpou e se mostrou tão pouco interessado em se relacionar com a família quanto *Sir* Walter o considerou indigno de tal frequentação: foram cortadas todas as relações entre ambos.

Passados muitos anos, essa constrangedora história do sr. Elliot ainda causava muita mágoa em Elizabeth, que gostara dele por ele mesmo, e ainda mais por ser o herdeiro de seu pai, cujo forte orgulho familiar só *nele* encontrava o cônjuge adequado para a filha mais velha de *Sir* Walter Elliot. De A a Z, não havia mais nenhum baronete que os sentimentos dela reconhecessem de bom grado como um igual. Ele, porém, a tratara tão miseravelmente, que, embora ela usasse no presente momento (verão de 1814) uma fita negra de luto pela esposa dele, não admitia que ele fosse digno de ser o objeto de seus pensamentos novamente. Era talvez possível superar a vergonha do primeiro casamento dele, pois não havia razões para supor que fosse perpetuado pelo nascimento de filhos, se ele não tivesse feito pior; mas ele fez pior, como haviam sido informados pela costumeira solicitude de bons amigos, falando deles todos nos termos mais desrespeitosos, com desdém e desprezo pelo próprio sangue que corria em suas veias e pelas honras que mais tarde deveriam ser as suas. Isso era imperdoável.

Eram esses os sentimentos e as sensações de Elizabeth Elliot; essas as preocupações a aliviar, as emoções a variar, a monotonia e a elegância, a prosperidade e a nulidade do cenário de sua vida; esses os sentimentos que conferiam interesse a uma longa e tediosa residência num ambiente interiorano, que preenchiam os vazios deixados pela ausência de hábitos úteis fora de casa, e de talentos ou realizações em casa.

Agora, porém, novas ocupações e preocupações começavam a se somar às outras. Seu pai tinha problemas financeiros cada vez mais sérios. Ela sabia que, quando ele abria o *Baronetage*, era para tirar da cabeça as pesadas contas dos fornecedores e as desagradáveis notícias do sr. Shepherd, seu intendente. A propriedade de Kellynch era boa, mas não estava à altura das ideias de *Sir* Walter sobre o padrão de vida exigido de seu possuidor. Quando *Lady* Elliot estava viva, havia método, moderação e economia, o que o manteve dentro dos limites de suas rendas; mas com ela morrera toda essa sensatez, e a partir de então ele passou a estourar regularmente o orçamento. Fora-lhe impossível gastar menos; nada mais fizera do que aquilo a que *Sir* Walter Elliot era imperativamente obrigado; mas, por mais inocente que fosse, não só estava endividando-se terrivelmente, mas falavam-lhe com tanta frequência sobre o assunto, que se tornou inútil tentar ocultar da filha o problema, mesmo que só em parte. Ouvira ela alguma coisa a respeito na sua última viagem a Londres; ele chegara a ponto de dizer a ela: "Em que podemos economizar? Você sabe de alguma coisa que possamos cortar?" e, para sermos justos, Elizabeth, no primeiro ardor do alarme feminino, pôs-se a pensar seriamente no que se podia fazer e finalmente propusera dois tipos de economia: cortar alguns desnecessários projetos de caridade e deixar de renovar o mobiliário da sala de estar; a esses expedientes ela mais tarde acrescentou a feliz ideia de não dar mais nenhum presente a Anne, como sempre havia sido o costume anual. Tais medidas, porém, por melhores que fossem em si mesmas, se mostraram insuficientes ante a real dimensão do mal, que logo em seguida *Sir* Walter se viu obrigado a lhe confessar. Elizabeth nada tinha a propor de maior eficiência. Sentiu-se maltratada e infeliz, como o pai; e nenhum dos dois era capaz de descobrir algum meio de diminuir as despesas sem comprometer a própria dignidade ou de reduzir o próprio conforto a um mínimo tolerável.

Havia apenas uma pequena parte da propriedade de que *Sir* Walter podia desfazer-se; mas, mesmo que cada acre de terra fosse alienável, isso teria pouca importância. Ele teria concordado em hipotecar tudo que pudesse, mas nunca em vender. Não; jamais envergonharia o seu nome a esse ponto. A propriedade de Kellynch seria transmitida inteira e intacta, tal como a recebera.

Seus dois amigos de confiança, o sr. Shepherd, que vivia na cidade comercial mais importante da região, e *Lady* Russell, foram convidados a dar-lhes seus conselhos; e tanto o pai quanto a filha pareciam esperar que pudesse vir de um ou de outro uma solução que desse um fim aos problemas e reduzisse as despesas, sem implicar a perda de nenhum capricho de bom gosto ou orgulho.

Capítulo 2

O sr. Shepherd, um advogado educado e prudente, que, fossem quais fossem suas opiniões ou sua influência sobre *Sir* Walter, preferiria que as palavras *desagradáveis* fossem pronunciadas por outra pessoa, absteve-se de dar a menor sugestão e se limitou a pedir vênia para recomendar implicitamente o excelente discernimento de *Lady* Russell, de cujo notório bom-senso esperava plenamente ouvir as medidas decisivas que pretendia ver finalmente adotadas.

Lady Russell foi muito solícita em relação ao assunto e deu grande atenção a ele. Era mulher de talentos mais sólidos do que ágeis, cujas dificuldades em chegar a uma decisão nesse caso foram grandes, pela oposição de dois princípios capitais. Era ela própria de estrita integridade, com um delicado senso de honra; mas desejava tanto preservar os sentimentos de *Sir* Walter quanto se preocupava com o crédito da família, e era tão aristocrática em suas ideias sobre o que lhes era devido quanto qualquer pessoa de bom-senso e honestidade podia ser. Era uma mulher bondosa, caridosa e boa, capaz de fortes afeições; de conduta corretíssima, rigorosa em suas ideias sobre o decoro e com maneiras tidas como padrão de boa educação. Era culta e, em geral, racional e coerente; mas tinha preconceitos no que se refere aos antepassados; prezava tanto a condição social e a influência das pessoas, que isso a cegava um pouco para os defeitos daqueles que as possuíssem. Ela própria viúva de um simples cavaleiro, dava ao título de baronete o devido apreço; e *Sir* Walter, independentemente de seus direitos como velho amigo, vizinho atencioso, amável senhorio, marido de sua querida amiga, pai de Anne e suas irmãs, só por ser *Sir* Walter, a seu ver, já era merecedor de toda a sua compaixão e consideração por suas atuais dificuldades.

Precisavam fazer economias; não havia dúvida a esse respeito. Ela, porém, estava ansiosa por resolver o problema com o mínimo de sofrimento para ele e para Elizabeth. Fez planos de economia, cálculos precisos e o que ninguém mais pensou em fazer: consultou Anne, que parecia nunca ter sido considerada pelos outros como parte interessada no caso. Fez a consulta e até certo ponto foi influenciada por ela ao traçar o projeto de economias que foi enfim apresentado a *Sir* Walter. Cada uma das correções feitas por Anne tomava o partido da honestidade, contra a ostentação. Queria medidas mais vigorosas, uma reforma mais completa, uma quitação mais rápida da dívida, uma maior indiferença por tudo que não fosse a justiça e a equidade.

— Se pudermos convencer o seu pai a fazer tudo isto — disse *Lady* Russell, tornando a examinar o papel —, muito se pode conseguir. Se ele adotar estas regras, em sete anos estará quite; e espero que possamos persuadi-lo, e também Elizabeth, de que Kellynch Hall tem sua própria respeitabilidade, que não pode ser afetada por esses cortes; e que a autêntica dignidade de *Sir* Walter Elliot estará longe de diminuir aos olhos das pessoas sensatas, por agir como um homem de princípios. Que estará ele fazendo, na verdade, senão o que muitas de nossas principais famílias fizeram ou deveriam fazer? O caso não terá nada de especial; e é a sua singularidade que muitas vezes constitui a pior parte de nosso sofrimento, como sempre acontece com nosso comportamento. Tenho muitas esperanças de ser bem-sucedida. Temos de ser sérias e decididas; pois, afinal, quem contrai dívidas deve pagá-las; e, embora muita consideração se deva aos sentimentos do cavalheiro e chefe da casa, como seu pai, mais consideração ainda se deve ao caráter de um homem honesto.

Esse era o princípio pelo qual Anne queria que seu pai se pautasse, o princípio que os amigos insistiam que ele adotasse. Considerou ela seu estrito dever pagar as dívidas dos credores no espaço de tempo mais breve que uma estrita economia pudesse permitir, e julgava indigno qualquer procedimento que deixasse isso de lado. Queria que aquilo fosse prescrito e visto como um dever. Ela muito apreciava a influência de *Lady* Russell; e, pelo alto grau de abnegação que a sua própria consciência lhe impunha, acreditava que teria pouca dificuldade em persuadi-los a uma reforma completa, e não pela metade. Seu conhecimento do pai e de Elizabeth inclinava-a a pensar que o sacrifício de um par de cavalos seria quase tão duro quanto o de dois pares, e assim por diante com cada um dos itens da lista de suaves cortes estabelecida por *Lady* Russell.

Pouco importa como as exigências mais severas de Anne teriam sido recebidas. *Lady* Russell não obteve nenhum sucesso: elas eram inaceitáveis, insuportáveis. "Como! Abrir mão de todos os confortos da vida! Viagens, Londres, criados, cavalos, mesa farta... cortes e reduções por toda parte! Deixar de viver com todas as comodidades necessárias até mesmo a um simples cavalheiro! Não, preferia deixar Kellynch Hall de uma vez, a permanecer em condições tão lamentáveis."

"Deixar Kellynch Hall." A sugestão foi de imediato aprovada pelo sr. Shepherd, que tinha interesse em que *Sir* Walter adotasse realmente medidas de economia, e estava perfeitamente convencido de que nada adiantaria sem a mudança de residência. Já que a ideia fora proposta por aqueles mesmos que deveriam tomar as decisões, não tinha escrúpulos — dizia ele — de confessar que seu parecer era completamente favorável a ela. Não lhe parecia que *Sir* Walter pudesse alterar significativamente o estilo de vida numa casa que devia ostentar tantas características de hospitalidade e de venerável dignidade. Em qualquer outro lugar, *Sir* Walter poderia ser juiz de si mesmo; e seria considerado um padrão de bem viver fosse qual fosse o modo que escolhesse para dirigir a casa.

Sir Walter ia sair de Kellynch Hall; e, depois de pouquíssimos dias de dúvida e de indecisão, a importante questão de para onde ir foi resolvida, e foram traçados os primeiros planos dessa importante mudança.

Havia três opções, Londres, Bath ou outra casa no campo. As preferências de Anne iam todas para esta última. Uma casinha em seu próprio vilarejo, onde ainda podiam ter a companhia de *Lady* Russell, estar próximos de Mary e ter o prazer de vez por outra verem os gramados e os bosques de Kellynch, era o objeto de sua ambição. Mas o costumeiro destino de Anne estava à sua espreita, ao ver ser tomada uma decisão diametralmente oposta às suas intenções. Detestava Bath e não achava que a cidade lhe fizesse bem; e Bath seria o seu novo lar.

A princípio, *Sir* Walter pareceu dar preferência a Londres; mas o sr. Shepherd percebeu que ele não teria crédito em Londres, e teve habilidade suficiente para dissuadi-lo da capital e fazê-lo eleger Bath. Era um lugar muito mais seguro para um cavalheiro da sua condição: poderia ser importante a um custo relativamente baixo. Duas consideráveis vantagens de Bath sobre Londres tiveram um peso decisivo na escolha: a distância mais conveniente de Kellynch, apenas cinquenta milhas, e o fato de *Lady* Russell a cada ano passar lá parte do inverno; e para imensa satisfação de *Lady* Russell, cujos primeiros planos de mudança se voltaram para Bath, *Sir* Walter e Elizabeth foram levados a crer que não perderiam nem importância nem conforto mudando-se para lá.

Lady Russell sentiu-se obrigada a se opor ao que sabia serem os planos de sua querida Anne. Seria demais esperar que *Sir* Walter se resignasse a uma casinha em seu próprio vilarejo. A própria Anne julgaria que as mortificações provocadas por aquilo seriam maiores do que previsto, e para os sentimentos de *Sir* Walter tais mortificações seriam terríveis. E, no que se referia à repulsa que Anne tinha por Bath, considerava-a um preconceito e um equívoco provocados, primeiro, pela circunstância de ter durante três anos frequentado uma escola daquela cidade, depois da morte da mãe; e, segundo, por ter calhado de não estar de bom humor durante o único inverno que ali passara desde então.

Lady Russell adorava Bath, em suma, e se inclinava a achar que a cidade faria bem a todos; e, quanto à saúde de sua jovem amiga, se passasse todos os meses de calor com ela em Kellynch Lodge, todos os perigos seriam evitados; e aquela era de fato uma mudança que deveria fazer bem tanto à saúde quanto ao espírito. Anne saíra muito pouco de casa, vira muito pouca coisa. Andava bastante desanimada. A sociedade seria um estímulo para ela. Queria que ela fosse mais conhecida.

O fato de não ser desejável que *Sir* Walter se mudasse para nenhuma outra casa da vizinhança foi sem dúvida ressaltado por uma parte muito considerável do esquema, felizmente acrescentada à sua primeira formulação. Ele devia não só deixar a casa, mas passá-la para outros; uma prova de fortaleza, que mentes mais sólidas do que a de *Sir* Walter teriam julgado excessiva. Kellynch Hall seria alugada. Isso, porém, era um profundo segredo, que não devia ir além de seu círculo mais íntimo.

Sir Walter não suportaria o vexame de saberem que planejava alugar a casa. O sr. Shepherd uma vez havia mencionado a palavra "anúncio", mas não ousara tornar a pronunciá-la. *Sir* Walter rejeitou a ideia de oferecer a casa de qualquer jeito; proibiu que se fizesse a mais leve menção de que tivesse tal intenção; e só alugaria a propriedade na hipótese de ser espontaneamente solicitado por um candidato totalmente irrepreensível, sob suas próprias condições e como um grande favor.

Como rapidamente chovem razões para aprovarmos o que queremos! *Lady* Russell tinha outra excelente razão à mão para estar extremamente contente com a mudança de *Sir* Walter e família para longe da região. Nos últimos tempos, Elizabeth vinha desenvolvendo certa amizade que *Lady* Russell gostaria de ver interrompida. Era com a filha do sr. Shepherd, que retornara, após um casamento infeliz, à casa do pai, com o ônus adicional de dois filhos. Era uma jovem esperta, que conhecia a arte de agradar — pelo menos a arte de agradar em Kellynch Hall; e que conquistara a tal ponto a simpatia da srta. Elliot, que já se hospedara na casa mais de uma vez, malgrado tudo o que *Lady* Russell, que a julgava uma amizade totalmente inadequada, tivesse sugerido em termos de prudência e reserva.

Lady Russell, de fato, tinha muito pouca influência sobre Elizabeth, e parecia gostar dela, mais porque queria, do que porque Elizabeth o merecesse. Nunca recebera dela mais do que uma atenção superficial, nada além de demonstrações de complacência; jamais conseguira demovê-la de algo a que ela estivesse propensa. Várias vezes se empenhara na tentativa de fazer que Anne fosse incluída na viagem a Londres, sensivelmente ciente de toda a injustiça e de todo o descrédito dos arranjos egoístas que a deixavam de fora, e em muitas ocasiões de menor importância tentara expressar a Elizabeth o que seu melhor discernimento e a experiência lhe ditavam, mas sempre em vão: Elizabeth fazia o que lhe dava na telha; e jamais se opusera tão frontalmente a *Lady* Russell quanto na relação com a sra. Clay, afastando-se da companhia de uma irmã de tantos méritos, para dedicar seu afeto e sua confiança a alguém que devia ser para ela apenas o objeto de uma distante polidez.

Quanto à posição social, a da sra. Clay era, ao ver de *Lady* Russell, muito instável, e quanto ao caráter a julgava uma companhia perigosíssima; e uma mudança que deixasse a sra. Clay para trás e permitisse novas amizades mais adequadas à srta. Elliot era, portanto, um objeto de primeira importância.

Capítulo 3

— Peço vênia para observar, *Sir* Walter — disse o sr. Shepherd certa manhã em Kellynch Hall, enquanto dobrava o jornal —, que a presente situação nos é muito favorável. A paz trará de volta todos os nossos ricos oficiais navais. Todos estarão à procura de uma casa. Não poderia haver época melhor, *Sir* Walter, para ter uma ampla gama de inquilinos para escolher, todos muito responsáveis. Muitas nobres fortunas foram amealhadas durante a guerra. Se um rico almirante cruzar o nosso caminho, *Sir* Walter...

— Ele será um homem de muito boa sorte, Shepherd — tornou *Sir* Walter —, isto é tudo o que tenho a dizer. Para ele, Kellynch Hall seria um prêmio; e até o maior de todos eles, por mais premiado que tenha sido na vida. Está ouvindo, Shepherd?

O sr. Shepherd riu do gracejo, como sabia ser seu dever, e em seguida acrescentou:

— Ouso observar, *Sir* Walter, que é muito bom fazer negócio com os cavalheiros da Marinha. Já tenho certo conhecimento de como fazem negócios; e posso confessar que têm ideias muito generosas e provavelmente dariam os melhores inquilinos do mundo. Portanto, *Sir* Walter, o que peço vênia para sugerir é que, se em consequência de algum boato que se espalhe sem o seu conhecimento... o que pode ser considerado possível, pois sabemos como é difícil manter as ações e os planos de um lado do mundo, e a observação e a curiosidade de outro; o prestígio tem o seu preço; eu, John Shepherd, posso esconder todos os meus problemas de família que quiser, pois ninguém se daria ao trabalho de me observar; mas *Sir* Walter Elliot é observado por olhos que só com dificuldade se podem evitar; e portanto me atrevo a dizer que não me surpreenderia muito se, com todas as nossas precauções, se espalhar algum boato sobre a verdade; nessa hipótese, como ia observar, uma vez que sem dúvida se apresentarão vários candidatos, creio que os nossos ricos comandantes navais devem merecer uma atenção especial; e peço vênia para acrescentar que, a qualquer momento, posso estar aqui em duas horas, para poupar ao senhor o incômodo de ter de responder.

Sir Walter apenas balançou a cabeça. Mas logo em seguida, levantando-se e caminhando pela sala, observou com ironia:

— Imagino que poucos entre os cavalheiros da Marinha não se surpreenderiam em se encontrar numa casa desta qualidade.

— Vão olhar ao redor e sem dúvida dar graças a Deus pela boa sorte — disse a sra. Clay, que estava presente: seu pai a trouxera consigo, não havendo nada melhor para a saúde da sra. Clay do que um passeio até Kellynch —, mas concordo com meu pai que um marinheiro pode dar um excelente inquilino. Conheço um bocado dessa profissão; e, além da generosidade, eles também são tão elegantes e arrumados em tudo! Estas suas valiosas pinturas, *Sir* Walter, se preferir deixá-las com eles, estariam em perfeita segurança. Tudo que se refere à casa seria tratado com o máximo carinho! Os jardins e os bosques seriam conservados quase em tão boa ordem quanto agora. Não precisa ter medo, srta. Elliot, de que seus magníficos jardins de flores sejam maltratados.

— Sobre tudo isso — tornou *Sir* Walter, com frieza —, supondo que eu fosse levado a alugar a casa, de modo algum me decidi quanto aos privilégios que lhe devem ser anexados.

Não estou especialmente disposto a favorecer um inquilino. O parque permaneceria aberto para ele, é claro, e poucos oficiais da Marinha ou homens de qualquer categoria terão tido tanto espaço a seu dispor; mas que restrições eu possa impor ao livre uso dos jardins são outros quinhentos. Não gosto da ideia de que meus bosques estejam sempre à disposição; e recomendo à srta. Elliot que esteja alerta quanto aos seus jardins de flores. Garanto-lhes que estou muito pouco disposto a conceder favores extraordinários ao inquilino de Kellynch Hall, seja ele marinheiro ou soldado.

Após uma breve pausa, o sr. Shepherd atreveu-se a dizer:

— Em todos estes casos, há costumes estabelecidos que simplificam e facilitam a relação entre senhorio e inquilino. Seus interesses, *Sir* Walter, estão em mãos mais do que responsáveis. Confie em mim e eu tratarei de que nenhum inquilino tenha mais do que o que lhe for de direito. Tenho certeza de que *Sir* Walter Elliot não terá tanto zelo pelos seus próprios bens quanto John Shepherd.

Nesse momento, disse Anne:

— Acho que a Marinha, que tanto fez por nós, tem pelo menos os mesmos direitos que qualquer outro grupo de homens a todas as comodidades e a todos os privilégios que uma casa pode proporcionar. Todos temos de admitir que os marinheiros dão muito duro para ter esses confortos.

"É verdade, é verdade. O que a srta. Anne diz é verdade", foi a observação do sr. Shepherd, e "Ah! Com certeza", foi a de sua filha; a de *Sir* Walter, porém, veio logo em seguida:

— A profissão tem lá a sua utilidade, mas eu detestaria ver algum amigo meu dedicando-se a ela.

— É mesmo? — foi a resposta, com um olhar de surpresa.

— É, sim; há dois pontos que nela me desagradam; tenho duas fortes razões para me opor a essa profissão. Em primeiro lugar, por ser um meio de dar uma indevida distinção a pessoas de origem obscura, e de elevar os homens a honrarias com que seus pais e avós jamais haviam sonhado; e, em segundo lugar, porque prejudica terrivelmente a juventude e o vigor dos homens; os marinheiros envelhecem mais cedo do que todos os outros homens. Observei isso muitas vezes na vida. Na Marinha corremos mais o risco de ser insultados pela promoção de alguém a cujo pai, nosso pai nem sequer dirigiria a palavra, e de nos tornar muito cedo objeto de repulsa, do que em qualquer outra carreira. Certo dia, na última primavera, em Londres, eu estava na companhia de dois homens, exemplos impressionantes do que acabo de falar; Lorde St. Ives, cujo pai todos sabemos ter sido um cura de província, que mal tinha o que comer; eu tive de ceder o lugar a Lorde St. Ives e a um tal de almirante Baldwin, o personagem de aparência mais lastimável que se possa imaginar; seu rosto tinha a cor do mogno, áspero e ressequido, só rugas e sulcos, com nove cabelos grisalhos de um lado e nada a não ser um punhado de pó em cima. "Pelo amor de Deus, quem é esse velhote?", disse eu a um amigo que estava por perto (*Sir* Basil Morley). "Esse velhote!", exclamou *Sir* Basil. "Mas é o almirante Baldwin. Quantos anos você dá a ele?" "Sessenta", disse eu, "ou talvez sessenta e dois". "Quarenta", replicou *Sir* Basil, "não mais do que quarenta". Imaginem vocês o meu espanto; não vai ser fácil esquecer o almirante Baldwin. Nunca vi um exemplo mais pavoroso do que uma vida no mar pode fazer; mas sei que isso vale para todos eles, até certo ponto: são jogados de um lado para o outro e expostos a todos os climas, a todas as intempéries, até se tornarem impróprios à visão. É uma pena que não recebam logo um golpe na cabeça de uma vez, antes de chegar à idade do almirante Baldwin.

— Ah, *Sir* Walter — exclamou a sra. Clay —, o senhor está sendo severo demais. Tenha um pouco de pena dos pobres coitados. Nem todos nascemos para ser bonitos. O mar não embeleza, sem dúvida; os marinheiros envelhecem cedo; já observei isso; logo perdem a aparência juvenil. Mas será que não ocorre o mesmo com muitas outras profissões, talvez a maioria delas? Os soldados da ativa não estão em melhor situação: e mesmo nas profissões mais tranquilas há um esforço e um trabalho da mente, senão do corpo, que raramente permite que a aparência do homem demonstre só o efeito natural do tempo. O advogado dá duro, sempre cheio de preocupações; o médico tem de estar disponível a qualquer hora e viajar sob qualquer tempo; e até mesmo o clero... — ela parou por um momento para pensar no que dizer sobre o clero — ... e mesmo o clero é obrigado a entrar em salas infectadas e expor a saúde e a aparência aos efeitos nefastos de uma atmosfera fétida. Na verdade, como estou convencida há tempo, embora todas as profissões sejam necessárias e honrosas, só mesmo aqueles que não são obrigados a praticar nenhuma delas podem viver de maneira regular, no campo, dispondo de seu próprio horário, tratando de seus próprios interesses e vivendo de seus próprios rendimentos, sem o tormento de tentar obter sempre mais; só mesmo *eles* conservam as bênçãos da saúde e da boa aparência o máximo de tempo possível: não conheço nenhum outro grupo de homens que não percam parte de seus atrativos ao deixarem de ser jovens.

Parecia que o sr. Shepherd, ansioso por obter a aprovação de *Sir* Walter para alugar a propriedade a um oficial da Marinha, fora agraciado com o dom da previsão; pois o primeiro interessado a aparecer foi certo almirante Croft, com que logo em seguida se encontrou durante uma sessão do Tribunal de Taunton; e na verdade o almirante lhe fora indicado por um seu correspondente de Londres. Segundo o relatório que se apressou a mandar a Kellynch, o almirante Croft era originário de Somersetshire e, tendo ganhado muito dinheiro, desejava estabelecer-se em sua terra de origem e viera a Taunton para ver alguns lugares anunciados pelas redondezas, os quais, contudo, não lhe agradaram; e, tendo acidentalmente ouvido falar... (exatamente como previra, observou o sr. Shepherd, os problemas de *Sir* Walter não podiam permanecer muito tempo em segredo) ... acidentalmente ouvido falar da possibilidade de Kellynch Hall vir a ser alugada e conhecendo a ligação do sr. Shepherd com o proprietário, apresentara-se a ele para obter algumas informações específicas, e durante uma conversa bastante longa exprimira uma forte predileção pelo lugar, como um homem que só o conhecia pela descrição podia tê-la, dando ainda ao sr. Shepherd, na minuciosa descrição de sua própria pessoa, muitas provas de poder ser um inquilino muito responsável e confiável.

— E quem é o almirante Croft? — perguntou *Sir* Walter com frieza e desconfiança.

Respondeu o sr. Shepherd que se tratava de um cavalheiro de nobre família, e mencionou um lugar; e Anne, depois de uma breve pausa, acrescentou:

— É um contra-almirante dos "brancos". Participou da batalha de Trafalgar, e desde então esteve nas Índias Orientais; creio que serviu ali por muitos anos.

— Então eu aposto — observou *Sir* Walter — que o rosto dele deve ser tão alaranjado como os punhos e as capas da libré dos meus criados.

Apressou-se o sr. Shepherd em lhe garantir que o almirante Croft era homem robusto, vigoroso, de boa aparência, um pouco desgastado pelas intempéries, é certo, mas não muito, e um perfeito cavalheiro pelas ideias e pelo comportamento; provavelmente não criaria nenhuma dificuldade quanto aos termos do negócio, só queria uma casa confortável, para onde pudesse mudar-se o quanto antes; sabia que tinha de pagar pelas comodidades; sabia que o aluguel de uma casa mobiliada de tal luxo podia ser altíssimo; não se surpreenderia se *Sir* Walter tivesse pedido mais; fizera perguntas sobre o solar; gostaria muito de poder gozar da reserva de caça, sem dúvida, mas não fazia muita questão disso; falou que às vezes empunhava uma arma, mas nunca matava; o perfeito cavalheiro.

O sr. Shepherd foi eloquente ao tratar do assunto, apontando todas as circunstâncias da família do almirante que o tornavam um inquilino particularmente recomendável. Era casado e sem filhos; o melhor dos estados. Uma casa jamais recebe os cuidados necessários, observou o sr. Shepherd, sem a presença feminina: não sabia se a mobília correria maior perigo se não houvesse uma mulher ou se houvesse crianças demais. A mulher sem filhos é a melhor protetora de mobílias do mundo. Ele também vira a sra. Croft; estava em Taunton com o almirante, e estivera presente durante quase toda a conversa.

— E pareceu ser uma senhora de linguagem refinada, distinta e inteligente — prosseguiu ele —; fez mais perguntas sobre a casa, as condições de pagamento e os impostos do que o próprio almirante, e pareceu mais competente em matéria de negócios; e além disso, *Sir* Walter, descobri que não lhe faltam relações nesta região, como ao marido; ou seja, ela é irmã de um cavalheiro que tempo atrás vivia entre nós; disse-me ela mesma: irmã de um cavalheiro que alguns anos atrás viveu em Monkford. Santo Deus! Qual era o nome dele? Não consigo neste momento lembrar-me do nome, embora o tenha ouvido recentemente. Penelope, querida, pode ajudar-me a me lembrar do nome do cavalheiro que vivia em Monkford: o irmão da sra. Croft?

A sra. Clay, porém, estava tão entretida na conversa com a srta. Elliot, que não ouviu o chamado.

— Não tenho ideia de quem seja, Shepherd; não me lembro de nenhum cavalheiro residente em Monkford desde a época do velho governador Trent.

— Meu Deus! Que coisa estranha! Logo, logo, vou esquecer meu próprio nome. Um nome que me é tão familiar; conheço o cavalheiro tão bem, de vista; já o vi centenas de vezes; lembro-me de que veio consultar-me uma vez, sobre um dos seus vizinhos que penetrara em suas terras; um camponês que invadiu o seu pomar; derrubou a cerca; roubou maçãs; foi pego em flagrante; e em seguida, contra o meu parecer, lhe foi oferecido um acordo amigável. Muito estranho mesmo!

Depois de esperar mais um momento:

— Você se refere ao sr. Wentworth, não é? — disse Anne.

O sr. Shepherd era todo gratidão.

— Wentworth era o nome! O sr. Wentworth era o homem. Teve o curato de Monkford, o sr. sabe, *Sir* Walter, algum tempo atrás, durante dois ou três anos. Chegou aqui lá pelo ano ***5, acho. O senhor se lembra dele, com certeza.

— Wentworth? Ah! Sim... o sr. Wentworth, o cura de Monkford. Você me desorientou com a palavra *cavalheiro*. Achei que você estava falando de um homem de posses: o sr. Wentworth não era ninguém, eu me lembro; sem nenhum parentesco importante; nada a ver com a família Strafford. É de admirar como os nomes de tantos de nossos nobres se tornam tão comuns.

Como o sr. Shepherd percebeu que essa relação dos Croft não lhes era de valia no que se referia a *Sir* Walter, não mais a mencionou, voltando, com todo o zelo, a se concentrar nas circunstâncias mais inquestionavelmente favoráveis a eles: a idade, o número e a riqueza, a alta opinião que tinham de Kellynch Hall e a extrema solicitude quanto às vantagens de alugá-lo; como se a maior felicidade do mundo para eles fosse ser inquilinos de *Sir* Walter Elliot: uma estranha predileção, sem dúvida, se conhecessem os segredos do que *Sir* Walter considerava serem os deveres de um inquilino.

Ele foi bem-sucedido, porém; e, embora *Sir* Walter sempre visse com maus olhos qualquer pessoa que pretendesse morar naquela casa e achasse que fossem infinitamente ricos por poderem alugá-lo nas mais exorbitantes condições, deixou-se convencer pelo sr. Shepherd a ir em frente com as negociações e a autorizá-lo a encontrar-se com o almirante Croft, que ainda estava em Taunton, e a marcar um dia para que visse a casa.

Sir Walter não era muito sábio; tinha, contudo, bastante experiência do mundo para perceber que dificilmente se apresentaria um inquilino mais irrepreensível, em todos os aspectos essenciais, do que o almirante Croft prometia ser. Até aí ia a sua inteligência; e à sua vaidade se oferecia um pequeno consolo adicional, na situação financeira do almirante, que era boa o suficiente, mas não boa demais. "Aluguei a minha casa para o almirante Croft" era algo que soava maravilhosamente; muito melhor do que para um mero *sr.* ***; um *sr.* (salvo, talvez, meia dúzia de pessoas no país) sempre exige algum tipo de explicação. Um almirante logo demonstra a sua própria importância e, ao mesmo tempo, não pode jamais diminuir a dignidade de um baronete. Em todo o comércio e diálogo entre eles, *Sir* Walter Elliot deve ter sempre a precedência.

Nada podia ser feito sem uma referência a Elizabeth: mas estava tornando-se tão forte a sua propensão à mudança, que muito se alegrou em vê-la marcada e apressada por um inquilino disponível; e não pronunciou sequer uma palavra para suspender a decisão.

O sr. Shepherd foi formalmente autorizado a agir; e, tão logo chegaram a essa conclusão, Anne, que escutara atentamente toda a conversa, deixou a sala, para buscar consolo e ar fresco para suas faces que ardiam; e, enquanto caminhava por um de seus bosques favoritos, dizia, entre suspiros: "Mais alguns meses e talvez *ele* esteja caminhando por aqui".

Capítulo 4

Ele não era o sr. Wentworth, o ex-cura de Monkford, por mais suspeitas que as aparências possam ser, mas, sim, o capitão Frederick Wentworth, irmão dele, que, tendo ganhado a patente de comandante em consequência da batalha nas proximidades de Santo Domingo e não tendo sido chamado à ativa de imediato, viera a Somersetshire, no verão de 1806; e, não tendo parentes vivos, durante meio ano encontrou um lar em Monkford. Na época, era um jovem excepcionalmente atraente, de muita inteligência, espírito e brilho; e Anne, uma mocinha extremamente bonita, gentil, modesta, de bom gosto e sentimento. Metade da soma de atrativos, em qualquer um dos lados, já seria suficiente, pois ele nada tinha para fazer e ela não tinha ninguém para amar; o encontro, porém, de tão generosas qualidades não podia falhar. Conheceram-se aos poucos, e quando se conheceram se apaixonaram profundamente. Seria difícil dizer qual viu maior perfeição no outro ou qual foi mais feliz: ela, ao receber sua declaração e seu pedido, ou ele, por vê-los aceitos.

Seguiu-se um breve espaço de intensa felicidade, mas apenas breve. Logo surgiram problemas. *Sir* Walter, ao ser solicitado, sem realmente negar o seu consentimento ou dizer que jamais o daria, mostrou toda a sua desaprovação pelo grande espanto, grande frieza, grande silêncio e uma declarada decisão de nada fazer pela filha. Julgou-a uma aliança muito desonrosa;

e *Lady* Russell, embora com orgulho mais moderado e perdoável, considerou-a uma união das mais infelizes.

Anne Elliot, com todas as suas qualidades de berço, beleza e inteligência, desperdiçar sua própria vida aos dezenove anos; envolver-se aos dezenove anos num noivado com um rapaz que nada tinha além de si mesmo para recomendar-se, e sem esperanças de obter nenhum dinheiro, senão nos acasos de uma profissão mais do que incerta, e sem relações até para garantir seu avanço profissional, seria, de fato, um desperdício, em que lhe era doloroso pensar! Anne Elliot, tão jovem; conhecida de tão pouca gente, deixar-se agarrar por um estranho sem alianças ou riqueza; ou, antes, deixar-se afundar por ele num estado de dependência desgastante e angustiante, fatal à sua juventude! Isso não ia acontecer, se, por uma justa interferência de amizade, pelas admoestações de alguém imbuído de amor e com direitos quase de mãe, pudesse ser evitado.

O capitão Wentworth não tinha posses. Fora feliz na profissão; mas, gastando em abundância o que ganhara em abundância, nada poupara. Estava confiante, porém, de que logo se tornaria rico: cheio de vida e de entusiasmo, sabia que logo teria um navio e logo estaria em condições de obter tudo que queria. Sempre tivera boa sorte; sabia que esta ainda o acompanharia. Tal confiança, poderosa em seu ardor e feiticeira pelo espírito como era expressa, fora o bastante para Anne; *Lady* Russell, porém, via as coisas de um modo completamente diferente. O temperamento sanguíneo e a mente destemida do capitão tiveram nela um efeito muito diverso. Viu naquilo só um agravante do mal. Aquilo só acrescentava a ele mais uma qualidade perigosa. Ele era brilhante, era obstinado. *Lady* Russell tinha pouco apreço pelo espírito e horror por tudo que chegava perto da imprudência. Reprovava completamente aquela relação.

A oposição que tais sentimentos produziram ia além das forças combativas de Anne. Jovem e meiga como era, ainda teria sido possível arrostar a má vontade do pai, mesmo que não viesse mitigá-la nenhuma palavra ou olhar de simpatia da parte da irmã; mas *Lady* Russell, que ela sempre amara e em quem sempre confiara, não podia, com tal firmeza de opinião e tal ternura de maneiras, estar continuamente a admoestá-la em vão. Foi persuadida de que aquela relação era má: indiscreta, imprópria, fadada ao insucesso e indigna. Mas não agira apenas por precaução egoísta ao pôr um fim nela. Se não imaginasse que agia pelo bem dele, mais do que por seu próprio, dificilmente abriria mão dele. O fato de acreditar estar sendo prudente e abnegada, sobretudo para o bem dele, era sua maior consolação diante da desgraça de uma ruptura, de uma ruptura final; e precisava de todo tipo de consolo, pois tinha de enfrentar todos os demais sofrimentos derivados da reação dele, totalmente inconformado e inflexível, e do sentimento de ter sido humilhado com uma renúncia tão forçada. Em consequência disso, ele deixara a região.

Passaram-se poucos meses entre o começo e o fim daquele relacionamento; mas alguns meses não foram suficientes para pôr um fim nos sofrimentos que ele provocara em Anne. Durante muito tempo, o amor e a saudade empanaram todas as alegrias da juventude, e uma perda precoce do viço e do entusiasmo foram seu persistente efeito.

Mais de sete anos se haviam passado desde que essa pequena e triste história chegara ao fim; e o tempo muito abrandara, talvez, todo o singular afeto por ele; mas ela confiara demais só no tempo; não recebera nenhuma ajuda sob a forma de mudanças de lugar (salvo uma visita a Bath logo após a ruptura) ou de qualquer renovação ou ampliação de seu círculo de amizades. Jamais adentrou o círculo de Kellynch alguém que se pudesse comparar com Frederick Wentworth, tal como ele estava gravado em sua memória. Nenhum segundo amor, a única cura totalmente natural, feliz e suficiente na sua idade, fora possível para a sua alma delicada e seu gosto refinado, nos estreitos limites da sociedade que a rodeava. Quando tinha cerca de vinte e dois anos, pediu-a em casamento um rapaz que pouco depois encontrou uma alma mais próxima em sua irmã mais moça; e *Lady* Russell lamentara aquela recusa; pois Charles Musgrove era o filho mais velho de um homem cujas propriedades fundiárias e a importância geral na região só perdiam para a de *Sir* Walter, e tinha bom caráter e boa aparência; e, embora *Lady* Russell tivesse desejado algo um pouco melhor quando Anne tinha dezenove anos, ter-lhe-ia agradado vê-la aos vinte e dois tão respeitavelmente afastada das prevenções e das injustiças da casa paterna e estabelecida tão solidamente nas proximidades. Mas nesse caso Anne não dera ouvidos aos conselhos; e, embora *Lady* Russell, mais satisfeita do que nunca com sua própria discrição, jamais se arrependesse do que fizera, começava agora a sentir uma ansiedade que beirava o desespero ante a ideia de que Anne se sentisse atraída por um homem talentoso e independente, para entrar numa condição para a qual a considerava especialmente apta por seus ardentes afetos e seus hábitos domésticos.

Elas não conheciam a opinião uma da outra, se permanecia a mesma ou se mudara, sobre o ponto mais importante do comportamento de Anne, pois nunca haviam aludido ao assunto; Anne, porém, aos vinte e sete anos, tinha ideias muito diferentes das que fora levada a ter aos dezenove. Não culpava *Lady* Russell, não se culpava a si mesma por ter-se deixado guiar por ela; mas sentia que se alguma jovem, em circunstâncias parecidas, a procurasse para se aconselhar, jamais receberia dela um conselho que implicasse tal infelicidade imediata, tal incerteza quanto ao futuro. Estava persuadida de que, por maiores que fossem as desvantagens da desaprovação familiar e por pior que fosse a incerteza acerca da profissão dele e todos aqueles prováveis medos, atrasos e decepções, ela teria sido uma mulher mais feliz se mantivesse o noivado do que era tendo-o sacrificado; e acreditava plenamente que seria assim, mesmo que lhes coubesse a parte habitual, ou mesmo mais do que a parte habitual de preocupações e incertezas, e isso independentemente dos resultados reais da sua situação, os quais, como depois de fato ocorreu, teriam podido revelar-se financeiramente mais vantajosos do que razoavelmente se calculara. Todas as expectativas otimistas, toda a confiança do capitão se mostraram justificadas. Seu gênio e entusiasmo pareciam prever e comandar o caminho para a prosperidade. Logo depois de romper o noivado obtivera um posto, e tudo que dissera a ela que aconteceria aconteceu. Ele se destacara e logo recebera uma promoção, e devia agora, com sucessivas capturas, ter juntado uma grande fortuna. Sua fonte eram apenas os registros da Marinha e os jornais, mas não tinha dúvida de que ele devia estar rico; e, graças à constância dele, não tinha razões para acreditar que ele tivesse casado.

Como Anne Elliot poderia ter sido eloquente! Quão eloquente, pelo menos, teria sido se os seus desejos se tivessem voltado para aquele primeiro amor e para uma alegre confiança no futuro, em vez de terem voltado para aquela ansiosíssima cautela que parecia insultar as possibilidades do esforço e desacreditar da Providência! Fora obrigada a ser prudente na juventude, aprendera o romantismo à medida que envelhecia: a sequela natural de um começo antinatural.

Com todas essas circunstâncias, recordações e sentimentos, não pôde deixar de tornar a sentir a antiga dor ao saber que a irmã do capitão Wentworth provavelmente viria morar em Kellynch; e foram precisos muitos passeios, muitos suspiros para acalmar a agitação ante aquela ideia. Disse e redisse muitas vezes a si mesma que aquilo era loucura, antes de conseguir domar suficientemente os nervos para suportar a contínua discussão sobre os Croft e seus negócios. Ela era auxiliada, porém, pela perfeita indiferença e pela aparente inconsciência das três únicas pessoas do círculo familiar a par do segredo do passado, que pareciam quase negar qualquer lembrança do que ocorrera. Ela podia fazer justiça à superioridade dos motivos de *Lady* Russell, a esse respeito, sobre os do pai e de Elizabeth; podia apreciar todos os melhores sentimentos de sua serenidade; mas o ar geral de esquecimento entre eles era muito significativo, fosse qual fosse a sua origem; e, se o almirante Croft viesse realmente a alugar Kellynch Hall, ela tornou a se alegrar com a convicção, que sempre lhe fora muito grata, de que o passado só fosse sabido por aqueles três de seus conhecidos, os quais, acreditava ela, jamais pronunciariam uma sílaba sequer a respeito, e na confiança de que, dentre os conhecidos dele, só o irmão com quem ele morara tinha alguma informação a respeito daquele breve noivado. Esse irmão havia tempos se mudara da região e, sendo um homem sensato e, além disso, solteiro na época, ela acreditava firmemente que nenhum ser humano soubera de algo àquele respeito por meio dele.

A irmã, sra. Croft, estivera fora da Inglaterra, acompanhando o marido no exterior, e sua própria irmã, Mary, estivera na escola quando tudo se passara; e nunca tivera, pelo orgulho de uns e pela delicadeza de outros, nenhuma notícia do caso mais tarde.

Com tais apoios, esperava que transcorresse sem nenhum constrangimento especial o relacionamento entre ela e os Croft, que, com *Lady* Russell ainda residente em Kellynch, e Mary domiciliada a apenas três milhas dali, devia necessariamente travar-se.

Capítulo 5

Na manhã marcada para a visita do almirante e da sra. Croft a Kellynch Hall, Anne achou muito natural fazer a caminhada quase que diária até a casa de *Lady* Russell e manter-se à parte até que tudo estivesse terminado; mais tarde, achou muito natural lamentar ter perdido a oportunidade de vê-los.

O encontro das duas partes foi amplamente satisfatório e concluiu todo o negócio de uma só vez. Cada uma das damas estava previamente bem disposta a um acordo e, portanto, só tinha olhos para as boas maneiras da outra; e, no que se refere aos cavalheiros, reinou entre eles um bom humor tão cordial, uma generosidade tão aberta e confiante da parte do almirante, que não poderia deixar de influenciar *Sir* Walter, o qual, aliás, induzido pelas lisonjeiras afirmações do sr. Shepherd, segundo o qual o almirante o conhecia de fama como um modelo insuperável de boa educação, se comportou com grande distinção e polidez.

A casa, os terrenos e a mobília foram aprovados, os Croft foram aprovados, as condições, os prazos, tudo estava correto; e os escrivães do sr. Shepherd foram postos para trabalhar, sem ter havido sequer uma diferença preliminar a modificar em toda a escritura.

Sir Walter, sem hesitar, declarou o almirante o marinheiro mais bem-apessoado que jamais vira, e chegou a dizer que, se o seu próprio criado pessoal tivesse penteado o cabelo dele, não se envergonharia de ser visto com ele em nenhum lugar; e o almirante, com complacente cordialidade, observou à esposa no caminho de volta através do parque: "Estava certo de que logo chegaríamos a um acordo, minha querida, apesar do que nos disseram em Taunton. O baronete não é um gênio, mas parece ser boa pessoa" — cumprimentos recíprocos, que mais ou menos se equivaliam.

Os Croft deviam tomar posse da casa no dia de São Miguel; e, como *Sir* Walter propôs mudar-se para Bath no mês anterior, não havia tempo a perder para levar adiante os preparativos necessários.

Lady Russell, certa de que não permitiriam que Anne participasse de modo algum da escolha da casa em que iam habitar, era muito contrária à ideia de vê-la mandada para fora dali tão rapidamente, e queria tornar possível que ficasse para trás até que ela mesma a levasse a Bath depois do Natal; mas, tendo compromissos que deviam afastá-la de Kellynch por várias semanas, não pôde fazer um convite bem amplo, como queria, e Anne, embora temesse o possível calor de setembro no branco esplendor de Bath e lamentasse perder toda a doce e melancólica influência dos meses de outono no campo, não achava que, tudo bem considerado, quisesse permanecer. Ir com os outros seria mais correto, mais prudente e, portanto, deveria provocar menos sofrimentos.

Ocorreu algo, porém, que lhe impôs outro dever. Mary, muitas vezes um pouco abatida e sempre muito preocupada com suas próprias lamúrias, e sempre habituada a exigir a presença de Anne quando algo não ia bem, estava indisposta; e, prevendo que não teria um único dia de saúde em todo o outono, suplicou, ou, antes, exigiu, pois aquilo não era um pedido, que ela viesse a Uppercross Cottage e lhe fizesse companhia, em vez de ir a Bath.

"Não posso ficar sem a Anne": assim raciocinava Mary; e a resposta de Elizabeth era: "Então, tenho certeza de que é melhor a Anne ficar, pois ninguém vai precisar dela em Bath".

Ser requisitada por ser útil, embora num estilo inadequado, pelo menos é melhor do que ser rejeitada como completamente inútil; e Anne, feliz por verem nela alguma serventia, feliz por lhe atribuírem um dever preciso, e sem dúvida longe de lamentar que o cenário de tudo aquilo fosse o campo e sua própria terrinha, aceitou ficar, com prazer.

O convite de Mary resolveu todos os problemas de *Lady* Russell e, assim, logo foi resolvido que Anne não iria a Bath até *Lady* Russell levá-la, e nesse ínterim viveria ora em Uppercross Cottage, ora em Kellynch Lodge.

Até aí, tudo ia perfeitamente bem; mas *Lady* Russell ficou quase chocada quando de repente veio a saber que algo havia dado errado numa parte do plano de Kellynch Hall, a saber, que a sra. Clay fora convidada a ir a Bath com *Sir* Walter e Elizabeth, como uma importante e valiosa auxiliar desta em tudo que teria de enfrentar. *Lady* Russell lamentava profundamente que tal medida tivesse sido tomada, algo que a deixava atônita, magoada e amedrontada; e a afronta que aquilo representava para Anne, por ser a sra. Clay considerada tão útil, enquanto Anne era tida como absolutamente imprestável, agravava ainda mais a situação.

Anne, por seu lado, já se acostumara àquelas afrontas; mas percebia a imprudência daquele arranjo tão nitidamente quanto *Lady* Russell. Com uma boa dose de silenciosa observação e um conhecimento, que muitas vezes desejava fosse menor, do caráter do pai, estava ciente de que era mais do que possível que aquela intimidade tivesse as mais sérias consequências para a família. Não imaginava que o pai tivesse no momento ideias desse tipo. A sra. Clay tinha sardas, um dente saliente e um punho deformado, sobre o que ele fazia continuamente comentários severos, na ausência dela; ela era jovem, porém, e certamente tinha uma boa aparência geral e, com uma mente aguda e maneiras sempre agradáveis, possuía atrativos infinitamente mais perigosos do que os meramente físicos. Anne estava tão impressionada com a gravidade do perigo, que não podia deixar de tentar torná-lo perceptível à irmã. Tinha poucas esperanças de ser bem-sucedida; mas Elizabeth, que no caso de tal revés ficaria em situação muito mais lastimável do que ela própria, jamais teria motivos de repreendê-la por não ter sido avisada de nada.

Falou e pareceu apenas ofender. Elizabeth não podia imaginar como uma suspeita tão absurda pudesse passar pela sua cabeça e, indignada, respondeu que cada uma das partes interessadas conhecia perfeitamente sua situação.

— A sra. Clay — disse ela, enfática — jamais se esquece de quem é; e, como conheço melhor os sentimentos dela do que você, posso garantir que sobre o assunto casamento eles são especialmente delicados e que ela reprova toda desigualdade de condição e de berço mais veementemente do que a maioria das pessoas. E, quanto ao papai, não me parece que ele, que por nossa causa se manteve solteiro durante tanto tempo, devesse ser objeto de suspeitas agora. Concordo que, se a sra. Clay fosse uma mulher bonita, poderia ser errado mantê-la tão próxima de mim; não que alguma coisa neste mundo, tenho certeza, pudesse induzir papai a fazer um casamento desigual, mas isso poderia fazê-lo infeliz. Mas a coitada da sra. Clay, que, com todos os seus méritos, nunca pôde ser considerada mediocremente bonita, eu realmente acho que a pobre sra. Clay pode permanecer aqui em perfeita segurança. É de imaginar que você nunca tenha ouvido o papai falar das desgraças do aspecto físico dela, embora eu saiba que você ouviu isso cinquenta vezes. Aquele dente e aquelas sardas. As sardas não me repugnam tanto quanto a ele. Eu sei de um rosto que não estava materialmente desfigurado por elas, mas ele as abominava. Você deve tê-lo ouvido falar das sardas da sra. Clay.

— Não há defeito físico — replicou Anne — que modos agradáveis não possam aos poucos fazer aceitar.

— Tenho uma opinião bem diferente a esse respeito — retorquiu Elizabeth, brevemente —; maneiras agradáveis podem valorizar um rostinho bonito, mas não podem modificar um rosto insignificante. Seja como for, como estou muito mais envolvida no caso do que qualquer outra pessoa, considero completamente desnecessários os seus conselhos sobre esse assunto.

Anne nada tinha a acrescentar, feliz porque o caso estava encerrado e não completamente desesperançada de ter feito algum bem. Elizabeth, embora magoada com a suspeita, podia tornar-se mais alerta depois da conversa.

A última tarefa da carruagem de quatro cavalos foi levar *Sir* Walter, a srta. Elliot e a sra. Clay até Bath. O grsupo estava muito animado; *Sir* Walter condescendeu em cumprimentar com reverências todos os constrangidos rendeiros e camponeses aos quais fora indiretamente sugerido que deviam apresentar-se para as despedidas, e ao mesmo tempo Anne se dirigiu, com uma espécie de desolada tranquilidade, para Kellynch Lodge, onde devia passar a primeira semana.

Sua amiga não estava mais animada do que ela. *Lady* Russell sentiu demais essa ruptura da família. A respeitabilidade deles era-lhe tão cara quanto a sua própria, e a convivência diária com eles se tornara preciosa como um hábito. Era doloroso ver seus jardins desertos, e ainda pior prever as novas mãos em que cairiam; e, para fugir da solidão e da melancolia de um vilarejo tão alterado e não estar presente quando o almirante e a sra. Croft chegassem, decidira fazer que a sua própria ausência de casa começasse quando se separasse de Anne. Assim, as duas mudanças se fariam ao mesmo tempo, e Anne desceu em Uppercross Cottage, na primeira parada da viagem de *Lady* Russell.

Uppercross era um vilarejo de dimensões medianas, que alguns anos antes era todo de velho estilo inglês, com apenas duas casas de aspecto superior ao das casas dos camponeses e lavradores: a mansão do fidalgo, com seus muros altos, grandes portões e velhas árvores, sólida e antiquada, e a casa paroquial, compacta e estreita, fechada em seu jardim bem cuidado, com as suas janelas de dois batentes adornadas por uma videira e uma pereira. Mas, por ocasião do casamento do jovem fidalgo, o vilarejo sofrera melhorias, com uma das casas de colonos sendo elevada à condição de chalé, para servir de residência a ele, e Uppercross Cottage, com sua varanda, janelas à francesa e outros ornamentos, tinha iguais probabilidades de atrair os olhares do viajante que o aspecto mais sólido e imponente da Casa Grande, cerca de um quarto de milha mais adiante.

Ali Anne se hospedara com frequência. Conhecia os costumes de Uppercross tão bem quanto os de Kellynch. As duas famílias encontravam-se tantas vezes, estavam tão acostumadas a, a todo momento, entrar na e sair da casa uns dos outros, que era até uma surpresa para ela encontrar Mary sozinha; mas, estando sozinha, era mais do que normal que também estivesse indisposta ou deprimida. Embora mais prendada do que a irmã mais velha, Mary não tinha a inteligência ou o equilíbrio de Anne. Quando estava bem e alegre e recebia a devida atenção, era animadíssima e tinha um excelente humor; mas qualquer indisposição a abatia completamente. Não suportava a solidão; e, tendo herdado boa parte da presunção dos Elliot, estava sempre inclinada a somar aos outros problemas o de se imaginar desdenhada e maltratada. Fisicamente, era inferior a ambas as irmãs, e mesmo na flor da juventude só alcançara a condição de "ótima menina". Estava agora deitada num sofá desbotado da bela salinha de estar, cuja outrora elegante mobília fora aos poucos se desgastando, sob a influência de quatro verões e duas crianças; e, à chegada de Anne, saudou-a assim:

— Então, finalmente você chegou! Estava começando a achar que nunca mais ia vê-la de novo. Estou tão mal que nem consigo falar. Não vi ninguém a manhã inteira!

— Sinto muito por encontrá-la indisposta — tornou Anne. — Você me mandou tão boas notícias na quinta-feira!

— É verdade, eu fiz o que podia; sempre faço: mas estava longe de me sentir bem aquele dia; e acho que nunca passei tão mal em minha vida como hoje de manhã: indisposta demais para ser deixada sozinha, com certeza. Suponha que eu sofresse algum ataque terrível e não conseguisse tocar a campainha! E então, *Lady* Russell nem mesmo desceu da carruagem. Acho que ela não entrou nesta casa nem três vezes durante todo o verão.

Anne deu uma resposta conveniente e perguntou pelo marido dela.

— Ah! Charles saiu para caçar. Não o vejo desde as sete da manhã. Ele quis ir, apesar de eu ter-lhe dito como me sentia mal. Ele disse que não demoraria muito; mas ainda não voltou e já é quase uma hora. Garanto a você que não vi vivalma esta manhã inteira.

— Os seus filhinhos não estiveram com você?

— Estiveram, enquanto eu pude suportar o barulho; mas eles são tão travessos que me fazem mais mal do que bem. O pequeno Charles não se importa com nada do que digo, e Walter está ficando igual a ele.

— Você logo vai melhorar, agora — tornou Anne, alegremente. — Você sabe que eu sempre a curo quando chego. Como vão os seus vizinhos da Casa Grande?

— Não tenho notícias deles. Não vi nenhum deles hoje, a não ser o sr. Musgrove, que parou e falou através da janela, mas sem descer do cavalo; e, embora eu lhe contasse como estou adoentada, nenhum deles veio visitar-me. Acho que tal visita não estivesse nos planos das srtas. Musgrove, e elas só fazem o que lhes convém.

— Talvez elas venham ainda esta manhã. Ainda é cedo.

— Garanto que nunca sinto falto delas. Elas falam e riem demais para o meu gosto. Ah! Anne, sinto-me tão mal! Foi muita desconsideração sua não vir na quinta.

— Minha querida Mary, lembre-se de como me mandou ótimas notícias de você! Escreveu um bilhete muito animado e disse estar perfeitamente bem, sem precisar de mim; e, sendo esse o caso, você deve saber que era meu desejo permanecer com *Lady* Russell até o último momento; e, além do que sentia por ela, eu estava realmente tão atarefada, tinha tanta coisa para fazer, que não podia sair de Kellynch mais cedo, sem problemas.

— Pobre de mim! O que *você* poderia ter para fazer?

— Muitíssimas coisas, eu lhe garanto. Mais do que posso lembrar num só momento; mas posso enumerar algumas delas. Tenho trabalhado numa cópia do catálogo dos livros e das pinturas do papai. Fui diversas vezes ao jardim com Mackenzie, tentando entender e fazê-lo entender quais das plantas de Elizabeth são para *Lady* Russell. Tive também de resolver todos os meus probleminhas pessoais, de dividir os livros e as partituras e de refazer todas as minhas malas, por não ter entendido a tempo o que fora decidido sobre os carros; e houve algo mais difícil que tive de fazer, Mary: ir a quase todas as casas da paróquia, para uma espécie de despedida. Disseram-me que eles queriam isso. Mas tudo isso exige muito tempo.

— Ah! Muito bem! — e depois de uma breve pausa: — Mas você não me perguntou nada sobre o nosso jantar de ontem com os Poole.

— E você foi? Não perguntei nada porque concluí que você devia ter sido obrigada a cancelar o jantar.

— Ah, sim, eu fui. Eu estava muito bem, ontem; não tinha problema nenhum até hoje de manhã. Teria sido estranho não ir.

— Estou feliz em saber que você estava bem, e espero que se tenha divertido.

— Nada de mais. A gente sempre já sabe como será o jantar e quem vai estar presente; e é tão incômodo não ter sua própria carruagem! O sr. e a sra. Musgrove me levaram, e estava tão cheia! Os dois são tão gordos e ocupam tanto espaço; e o sr. Musgrove sempre vai na frente. E lá fui eu, esmagada no banco de trás com Henrietta e Louisa; e acho bem provável que a minha doença de hoje se deva a isso.

Um pouco mais de perseverança na paciência e de alegria forçada da parte de Anne produziram quase a cura de Mary. Ela logo conseguiu sentar-se no sofá e começou a ter esperança de levantar-se até a hora de jantar. Em seguida, esquecendo-se de pensar naquele problema, já estava do outro lado da sala, a arrumar um vaso de flores; comeu, então, um prato de carne fria; e em seguida se sentiu bem o bastante para propor um passeio a pé.

— Aonde vamos? — disse ela, quando estavam prontas. — Acho que você não vai querer ir à Casa Grande antes que eles venham ver você.

— Não tenho absolutamente nada contra isso — retorquiu Anne. — Nunca me passaria pela cabeça ter tanta cerimônia com gente que conheço tão bem como a sra. e o sr. Musgrove.

— Ah! Mas deveriam vir visitar você o mais rápido possível. Deveriam perceber o que lhe é devido como minha irmã. Podemos, porém, ir e ficar com eles por um tempinho, e, quando acabarmos, podemos apreciar o passeio.

Anne sempre considerara muito imprudente esse estilo de relacionamento; mas desistira de combatê-lo, por crer que, embora houvesse de ambas as partes contínuos motivos de atrito, nenhuma das famílias podia agora passar sem isso. Assim, à Casa Grande elas foram, para permanecerem por meia hora sentadas na salinha quadrada e antiquada, com um tapetinho e um assoalho reluzente, à qual as atuais filhas da casa vinham aos poucos dando certo elegante ar de confusão com um grande pianoforte e uma harpa, floreiras e mesinhas em todos os cantos. Ah! Se os modelos dos retratos pendurados na parede revestida de madeira, se os cavalheiros em veludo azul e as damas em cetim azul vissem o que se passava, soubessem daquela derrocada de toda ordem e elegância! Os retratos pareciam observar tudo aquilo, pasmos.

Os Musgrove, como suas casas, estavam em fase de transformação, talvez de progresso. O pai e a mãe tinham o velho estilo inglês, e os jovens, o novo. O sr. e a sra. Musgrove eram gente muito boa; cordiais e hospitaleiros, não muito educados e de modo algum elegantes. Seus filhos tinham mente e maneiras mais modernas. Eram uma família numerosa; mas os dois únicos adultos, salvo Charles, eram Henrietta e Louisa, mocinhas de dezenove e vinte anos, que haviam trazido da escola, em Exeter, toda costumeira bagagem de prendas, e eram agora iguais a milhares de outras moças, que vivem para ser elegantes, felizes e alegres. Suas roupas eram requintadas, seu rosto, bonitinho, seu humor, excelente, suas maneiras, descontraídas e agradáveis; em casa gozavam de certa autoridade e fora, da simpatia geral. Anne sempre as considerara algumas das criaturas mais felizes que conhecia; mesmo assim, poupada, como todos nós somos, por certo cômodo sentimento de superioridade, do desejo de mudar de lugar com elas, ela não abriria mão de sua mente mais refinada e culta por toda a alegria delas; e nelas só invejava aquele aparentemente perfeito bom entendimento recíproco, aquele bem-humorado afeto mútuo, que conhecera tão pouco em suas próprias relações com as irmãs.

Foram recebidas com grande cordialidade. Nada parecia ir mal na família da Casa Grande, que era, como Anne muito bem sabia, a última a dever ser condenada. A meia hora passou-se agradavelmente em conversas; e não se surpreendeu nem um pouco ao ver ambas as srtas. Musgrove se juntarem a elas para o passeio, a um convite especial de Mary.

Capítulo 6

Anne não precisava daquela visita a Uppercross para saber que a passagem de um determinado círculo de pessoas para outro, ainda que a apenas três milhas de distância, não raro implica uma mudança total na conversação, nas opiniões e nas ideias. Ela nunca permanecera ali antes sem se impressionar com a maneira como eram ignorados ou desdenhados os assuntos que em Kellynch Hall eram tratados como de interesse público e geral; Anne gostaria que os outros Elliot pudessem ver aquilo; no entanto, com toda essa experiência, acreditava ela ter de reconhecer que precisava tomar outra lição da arte de conhecer nossa própria nulidade fora de nosso círculo; pois certamente, tendo vindo com o coração absorto no assunto que ocupara completamente as duas casas de Kellynch por muitas semanas, esperara mais curiosidade e simpatia do que a que encontrou nas observações independentes, mas muito semelhantes, feitas pelo sr. e pela sra. Musgrove: "Então, srta. Anne, Sir Walter e sua irmã partiram; e em que parte de Bath você acha que eles vão morar?", e isso sem esperarem muito por uma resposta. Ou no que as jovens acrescentaram àquilo: "Espero que estejamos em Bath no inverno; mas lembre-se, papai, se formos mesmo, temos de ficar num bom lugar: nada daquelas suas Queen Squares para nós!". Ou no ansioso comentário de Mary: "Palavra de honra, vou estar muito bem quando todos vocês tiverem ido divertir-se em Bath!".

Só lhe restava tratar de evitar iludir-se assim no futuro, e de pensar com a maior gratidão na extraordinária bênção de ter uma amiga tão verdadeiramente compreensiva como *Lady* Russell.

Os srs. Musgrove, pai e filho, tinham sua própria caça para preservar e destroçar, seus próprios cavalos, cães e jornais com que se entreterem, e as mulheres estavam muito ocupadas em todos os outros afazeres comuns do cuidado da casa, dos vizinhos, das roupas, das danças e da música. Reconheceu Anne que era muito bom que cada comunidade social ditasse seus temas de conversação; e esperava, dentro de não muito tempo, tornar-se um membro não indigno do grupo para o qual agora se transplantara. Com a perspectiva de passar pelo menos dois meses em Uppercross, era urgente para ela adotar na imaginação, na memória e em todas as suas ideias o máximo possível do estilo de Uppercross.

Não a apavoravam aqueles dois meses. Mary não era tão hostil e tão má irmã quanto Elizabeth, nem tão inacessível a toda influência de sua parte; nem havia nada contrário ao conforto entre as outras partes constituintes do chalé. Sempre tivera boas relações com o cunhado; e nas crianças, que a amavam quase tanto quanto à mãe e a respeitavam muito mais, tinha ela um objeto de interesse, diversão e salutar atividade.

Charles Musgrove era delicado e agradável; em bom-senso e temperamento era, sem dúvida, superior à esposa, mas não tinha capacidades ou dons de conversação ou graça para fazer do passado uma contemplação perigosa, agora que estavam unidos por laços de parentesco; embora, ao mesmo tempo, Anne pudesse crer, com *Lady* Russell, que um casamento mais equilibrado pudesse ter sido de grande proveito para ele; e embora uma mulher de real inteligência pudesse ter dado maior dignidade ao seu caráter e mais utilidade, racionalidade e elegância aos seus hábitos e interesses. Tal como estava, nada fazia com muito zelo, a não ser a caça; fora isso, seu tempo era gasto sem tirar nenhum proveito dos livros ou de qualquer outra coisa. Estava sempre bem disposto e nunca parecia muito afetado pelas ocasionais depressões da mulher; suportava por vezes a insensatez dela tão bem, que causava a admiração de Anne, e, tudo bem considerado, embora fossem frequentes os pequenos desentendimentos (dos quais ela participava mais do que desejava, sendo solicitada por ambas as partes), podiam passar por um casal feliz. Estavam sempre de perfeito acordo sobre a necessidade de mais dinheiro e pela forte inclinação a uma generosa doação da parte do pai dele; mas, nesse como na maioria dos assuntos, ele tinha uma posição superior, pois, enquanto Mary considerava uma grande vergonha que essa doação não fosse feita, ele sempre respondia que seu pai tinha muitas outras aplicações para aquele dinheiro e o direito de gastá-lo como bem quisesse.

Quanto à educação dos filhos, a teoria dele era muito melhor do que a da esposa, e sua prática, não tão ruim. "Eu poderia criá-los muito bem, se não fosse a intromissão de Mary", é o que Anne sempre o ouvia dizer e não deixava de concordar com ele; mas, ao ouvir, por outro lado, a queixa de Mary de que "Charles mima demais as crianças, e por isso não consigo fazê-las entrar na linha", ela nunca sentiu a menor tentação de dizer: "É verdade".

Um dos aspectos menos agradáveis de sua estada lá era o fato de ser tratada com confiança demais por todas as partes e de estar a par dos segredos das duas famílias. Sabendo-se que ela exercia certa influência sobre a irmã, era sempre solicitada a exercê-la, ou pelo menos isso lhe era sugerido, para além do que estava em seu poder. "Quem dera você pudesse persuadir Mary a parar de sempre se imaginar doente", era o que dizia Charles; e, em tom infeliz, assim falava Mary: "Acho que, se Charles me visse morrendo, ele acharia que não havia nada de mal comigo. Tenho certeza, Anne, de que, se você quiser, pode persuadi-lo de que estou realmente muito adoentada... muito mais do que jamais confessei".

Mary declarava: "Detesto mandar as crianças para a Casa Grande, embora a avó delas sempre queira vê-las, pois ela as mima tanto e lhes dá tantos doces e tanta porcaria, que com certeza elas voltam doentes e de mau humor pelo resto do dia". E a sra. Musgrove aproveitou a primeira oportunidade de estar sozinha com Anne para dizer: "Ah! Srta. Anne, não posso deixar de desejar que a sra. Charles tivesse um pouco do seu método com aquelas crianças. Elas são criaturas completamente diferentes quando estão com você! Mas normalmente são tão mimadas! É uma pena que você não consiga ensinar à sua irmã um jeito de lidar com elas. São as crianças mais lindas e saudáveis que existem, os meus pobres queridinhos! Sem ser parcial! Mas a sra. Charles não sabe mais como devem ser tratadas...! Deus do céu! Como eles são travessos de vez em quando. Eu lhe garanto, srta. Anne, isso me impede de querer tê-los em minha casa tantas vezes quantas deveria. Creio que a sra. Charles não está muito satisfeita por não convidá-los mais vezes; mas você sabe que é muito ruim ter crianças que somos obrigados a repreender a toda hora ('não faça isso' e 'não faça aquilo'); ou que só podem ser mantidas em relativa ordem dando-lhes mais bolos do que é bom para elas".

E, além disso, Mary também lhe disse: "A sra. Musgrove acha que todos os criados são tão irrepreensíveis, que seria crime de alta traição questionar isso; mas tenho certeza absoluta, sem nenhum exagero, que a primeira camareira e a lavadeira, em vez de fazerem seu serviço, passeiam pelo vilarejo o dia inteiro. Encontro-as em toda parte; e eu lhe digo que nunca vou duas vezes à sala de brinquedos sem vê-las. Se Jemima não fosse a pessoa mais confiável e irrepreensível do mundo, isso seria o bastante para estragá-la; pois ela me disse que elas estão sempre convidando-a para passear com elas". E da parte da sra. Musgrove era isto: "Por princípio, eu nunca interfiro em nenhum problema de minha nora, pois sei que não daria certo; mas vou contar a você, srta. Anne, porque você é capaz de endireitar as coisas: não tenho boa opinião da babá da sra. Charles; ouvi histórias estranhas a respeito dela; está sempre passeando; e, pelo que sei, posso afirmar que ela se veste tão bem, que é capaz de arruinar quaisquer criados que dela se aproximem. A sra. Charles gosta muito dela, eu sei; mas só lhe faço esta insinuação para que você fique atenta; pois, se vir que algo está errado, não deve ter medo de mencionar o caso".

Mais uma vez, Mary se queixava de que a sra. Musgrove não lhe dava a precedência que lhe era devida, quando jantavam na Casa Grande com outras famílias; e não entendia por que o fato de ser considerada "da casa" a levasse a perder as suas prerrogativas. E certo dia, quando Anne estava passeando só com as irmãs Musgrove, uma delas, depois de falar de condição social, de gente da alta sociedade e da inveja causada por uma alta situação, disse: "Não tenho escrúpulos de observar a você como certas pessoas são insensatas no que se refere a seu lugar, porque todo o mundo sabe como você é indulgente e indiferente em relação a essas coisas; mas eu adoraria que alguém sugerisse a Mary que seria muito melhor se ela não fosse tão teimosa, sobretudo se não se adiantasse para tomar o lugar de mamãe. Ninguém duvida de seu direito de ter precedência sobre a mamãe, mas seria mais simpático da parte dela se não insistisse tanto nisso. Não que a mamãe dê a menor importância a isso, mas sei que muitas pessoas reparam".

Como haveria Anne de resolver todas essas reivindicações? Pouco mais poderia fazer além de escutar com paciência, tratar das mágoas e procurar que uns desculpassem os outros; aconselhar-lhes a necessária tolerância entre vizinhos tão próximos e dar a tais conselhos, que se destinavam apenas a Mary, um escopo mais amplo.

Em todos os outros aspectos, sua visita começou e continuou indo muito bem. Seu próprio humor melhorou pela mudança de lugar e de assuntos, ao afastar-se três milhas de Kellynch; as indisposições de Mary diminuíram, por ter uma companheira constante, e seu relacionamento diário com a outra família era até uma vantagem, uma vez que não havia afetos, confiança ou ocupações melhores no chalé que fossem interrompidos por ele. É verdade que tal relacionamento era levado até próximo do limite do possível, pois se encontravam todas as manhãs e raramente não passavam as tardes juntas; ela, porém, achava que tudo não iria tão bem se não vissem as respeitáveis figuras do sr. e da sra. Musgrove nos seus lugares de sempre ou se não conversassem, rissem e cantassem com as filhas deles.

Ela tocava pianoforte muito melhor do que qualquer uma das srtas. Musgrove, mas, como não tinha voz, nem conhecimento da harpa, nem pais amorosos que se sentassem ao seu lado e se deliciassem em fantasias, suas interpretações não recebiam muita atenção, a não ser por mera boa educação ou para dar algum descanso às outras, e disso Anne tinha plena consciência. Sabia que quando tocava estava proporcionando prazer só a si mesma; mas isso não era novidade para ela. Salvo num breve período da vida, ela jamais, desde quando tinha catorze anos, desde a morte da mãe, sentira a felicidade de ser ouvida ou encorajada por alguma apreciação justa ou por alguém de real bom gosto. Em matéria de música, estava acostumada a se sentir sozinha no mundo; e a amorosa preferência do sr. e da sra. Musgrove pelas interpretações de suas filhas e sua total indiferença pela de qualquer outra pessoa, proporcionava-lhe mais prazer por eles do que vexação por si mesma.

O grupo que se reunia na Casa Grande às vezes crescia com a chegada de mais gente. O vilarejo não era grande, mas todos visitavam os Musgrove e eles ofereciam mais jantares e recebiam mais visitas por convite ou por acaso do que qualquer outra família. Eram enormemente populares.

As meninas adoravam dançar; e os saraus às vezes acabavam num pequeno baile improvisado. Havia uma família de primos à distância de uma caminhada de Uppercross, em condições financeiras menos afortunadas, que dependia dos Musgrove em todas as suas diversões: vinham a qualquer momento, ajudavam a tocar qualquer instrumento ou dançavam em qualquer lugar; e Anne, que preferia muito o ofício de musicista a qualquer cargo mais ativo, tocava danças provincianas para eles por uma hora inteira; delicadeza esta que recomendava seus talentos musicais ao sr. e à sra. Musgrove mais do que qualquer outra coisa, e muitas vezes lhe valia este cumprimento: "Muito bem, srta. Anne! Muito bom mesmo! Meu Deus do céu! Como esses seus dedinhos voam para lá e para cá!!".

Assim se passaram as primeiras três semanas. Chegou o dia de São Miguel; e agora o coração de Anne foi obrigado a voltar a Kellynch. Um lar querido era cedido a outras pessoas; todas as preciosas salas e mobílias, bosques e belvederes começariam a reconhecer outros olhos e outros passos! Não conseguiu pensar em outra coisa no dia 29 de setembro; e à noite notou um eco de seus próprios sentimentos nas palavras de Mary, que, ao anotar o dia do mês, exclamou: "Meu Deus, não é hoje que os Croft virão para Kellynch? Estou feliz de não ter pensado nisso antes. Como isso me deprime!".

Os Croft tomaram posse com uma prontidão autenticamente naval, e era preciso ir visitá-los. Mary, de sua parte, deplorou aquela necessidade. Ninguém tinha ideia do quanto ela ia sofrer. Por ela, adiaria aquela visita o máximo possível; mas não descansou até convencer Charles a levá-la até lá poucos dias depois, e estava muito animada, num alegre estado de imaginária agitação, quando retornou. Anne se alegrou muito sinceramente por não ter podido acompanhá-la. Queria, porém, ver os Croft, e ficou feliz por estar presente quando a visita foi retribuída. Eles vieram: o chefe da família não estava em casa, mas as duas irmãs estavam juntas; e, como aconteceu de a sra. Croft ficar perto de Anne, enquanto o almirante se sentava ao lado de Mary e se mostrava muito simpático, dando toda a sua bem-humorada atenção aos filhinhos dela, Anne pôde procurar nela alguma semelhança com o irmão, e, se não a achou nas feições, encontrou-a na voz ou no modo de sentir e de se exprimir.

A sra. Croft, embora não fosse alta nem gorda, tinha um aspecto tão robusto, tão ereto e vigoroso, que dava imponência à sua pessoa. Tinha olhos escuros e brilhantes, bons dentes e um rosto agradável no todo, apesar de a pele bronzeada e desgastada pelas intempéries, em consequência de ter estado no mar quase tanto tempo quanto o marido, fazê-la parecer ter vivido mais alguns anos no mundo do que os seus reais trinta e oito. Seus modos eram espontâneos, simples e determinados, como os de alguém que confia em si mesmo e não hesita sobre o que fazer; sem nada de rudes, porém, nem nada que demonstrasse falta de bom humor. Anne deu-lhe crédito, de fato, pelos sentimentos de grande consideração para consigo mesma, em tudo que estivesse relacionado como Kellynch, e gostou dela: sobretudo quando teve certeza, nos primeiros trinta segundos, no instante mesmo da apresentação, de que não havia o menor sintoma de qualquer conhecimento ou suspeita da parte da sra. Croft que lhe desse algum tipo de predisposição. Sobre aquilo se sentia perfeitamente tranquila e, portanto, cheia de energia e de coragem, até receber, num momento, o choque destas repentinas palavras da sra. Croft:

— Acho que foi com você, e não com a sua irmã, que o meu irmão teve o prazer de se relacionar, quando esteve na região.

Anne esperava já ter passado da idade de corar; mas certamente não superara a idade de se comover.

— Talvez não saiba que ele se casou — acrescentou a sra. Croft.

Não conseguiu responder como devia; e ficou contente em perceber, quando a sra. Croft lhe explicou em seguida estar-se referindo ao sr. Wentworth, que nada dissera que não pudesse referir-se a qualquer um dos dois irmãos. Logo percebeu como era razoável que a sra. Croft estivesse falando de Edward, e não de Frederick; e, envergonhada do próprio esquecimento, informou-se com o devido interesse sobre o estado presente do ex-vizinho.

O resto foi muito tranquilo; até que, quando já se preparavam para sair, ouviu o almirante dizer a Mary:

— Estamos esperando a vinda de um irmão da sra. Croft para breve; tenho certeza de que você o conhece de nome.

Foi interrompido pelo assalto implacável das crianças, que se agarraram a ele como a um velho amigo e disseram que ele não devia ir; e, estando ocupado demais propondo levá-los no bolso do casaco, etc., para ter tempo de concluir e se lembrar do que iniciara, Anne teve de persuadir-se a si mesma, o melhor que pôde, de que devia tratar-se do mesmo irmão. Não pôde, porém, alcançar um grau de certeza suficiente para não ansiar por saber se algo fora dito a esse respeito na outra casa, visitada anteriormente pelos Croft.

Aquele dia, a família da Casa Grande ia passar a tarde no Chalé; e, estando o ano já muito avançado para que tais visitas fossem feitas a pé, a carruagem estava começando a se fazer ouvir, quando a mais jovem das srtas. Musgrove entrou. A primeira triste ideia foi de que ela vinha para se desculpar e para dizer que eles teriam de passar a tarde sozinhos; e Mary já estava pronta para ofender-se, quando Louisa esclareceu tudo, dizendo que só viera a pé para dar mais espaço à harpa que estava trazendo na carruagem.

— E eu vou contar o porquê — acrescentou ela — e dizer tudo sobre o assunto. Eu vim para contar a vocês que o papai e a mamãe estão muito abatidos esta tarde, principalmente a mamãe; não consegue parar de pensar no coitado do Richard! E decidimos que seria melhor trazer a harpa, pois parece que ela gosta mais dela do que do pianoforte. Vou dizer-lhes por que ela está abatida. Quando os Croft vieram visitar-nos esta manhã (depois disso eles vieram aqui, não é?), eles disseram que o irmão dela, o capitão Wentworth, acabou de voltar à Inglaterra, por ter sido despedido ou algo parecido, e está vindo encontrar com eles quase que para já, mesmo; e, infelizmente, passou pela cabeça da mamãe que Wentworth, ou um nome muito parecido com esse, era como se chamava o capitão do pobre Richard em certa época, não sei bem quando ou onde, mas bem antes de ele morrer, o coitado! E ao pesquisar suas cartas e pertences descobriu que era isso mesmo e tem plena certeza de que se trata do mesmo homem, e não consegue parar de pensar nisso e no pobre Richard! Então vamos ter de estar o mais alegres possível, para distraí-la de pensamentos tão deprimentes.

A realidade desse patético trecho de história familiar era que os Musgrove haviam tido a má sorte de ter um filho muito problemático, um caso sem esperança, e a boa sorte de tê-lo perdido antes que completasse vinte anos; que ele fora enviado ao mar porque era estúpido e intratável em terra; que a família sempre cuidara muito pouco dele, embora não mais do que merecesse; que pouco se ouvia falar dele e muito raramente era lembrado com saudade, quando a notícia de sua morte no estrangeiro chegou a Uppercross, dois anos atrás.

Na verdade, embora as irmãs agora estivessem fazendo tudo que podiam por ele, chamando-o de "pobre Richard", ele nada mais fora do que um Dick Musgrove qualquer, tapado, insensível e inútil, que nunca realizara nada que o fizesse merecer algo mais do que a abreviação de seu nome, vivo ou morto.

Passou muitos anos no mar e, durante essas mudanças a que todos os aspirantes da Marinha estão sujeitos, sobretudo aqueles de quem o capitão quer livrar-se, passara seis meses a bordo da fragata do capitão Frederick Wentworth, o *Laconia*; e do *Laconia* escrevera, sob a influência do capitão, as únicas duas cartas que seus pais receberam dele durante toda a sua ausência; ou, melhor dizendo, as únicas duas cartas desinteressadas; todas as demais foram meros pedidos de dinheiro.

Em ambas as cartas, ele falara bem do capitão; mas, mesmo assim, estavam tão pouco acostumados a se importar com tais assuntos, tão desatentos e pouco curiosos em relação aos nomes dos homens e dos navios, que aquilo não provocara nenhuma impressão na época; e o fato de a sra. Musgrove ter subitamente, naquele mesmo dia, se lembrado que o nome de Wentworth estava ligado ao filho parecia uma daquelas extraordinárias façanhas intelectuais que às vezes acontecem.

Fora ela procurar as cartas e descobrira que tudo acontecera como supunha; e a releitura daquelas cartas, depois de um intervalo tão longo, tendo seu pobre filho partido para sempre e todos os seus defeitos sido esquecidos, afetara demais o seu ânimo e a lançara numa prostração maior do que a que sentira ao ser informada de sua morte. Em menor grau, o sr. Musgrove também foi afetado; e quando chegaram ao chalé estavam evidentemente precisando, primeiro, ser ouvidos mais uma vez sobre o assunto e, segundo, de todo o reconforto que uma alegre companhia podia proporcionar-lhes.

Ouvi-los falar tanto do capitão Wentworth, repetindo tantas vezes o nome dele, escrutando os anos passados e, enfim, afirmando que *poderia* ser, que provavelmente era o mesmíssimo capitão Wentworth que se lembravam de ter encontrado uma ou duas vezes depois de voltarem de Clifton — um rapaz finíssimo —, mas não sabiam dizer se isso fora sete ou oito anos atrás, tudo isso era uma espécie de teste para os nervos de Anne. Ela refletiu, porém, que aquela era uma prova a que teria de se habituar. Uma vez que ele estava realmente sendo esperado no lugar, tinha de aprender a ser insensível sobre tais assuntos. E não só se revelou que ele era aguardado, e para breve, mas também que os Musgrove, em sua calorosa gratidão pela bondade que demonstrara pelo pobre Dick e em seu altíssimo respeito pelo seu caráter, atestado pelo fato de o pobre Dick ter passado seis meses sob seus cuidados e ter mencionado seu nome em termos muito elogiosos, embora não perfeitamente ortografados, como "um sujeito muito '*descente*', só que muito durão com o diretor", tinham a intenção de se apresentar a ele e travar relações com ele, tão logo tivessem notícia de sua chegada.

Tal decisão ajudou a tornar mais consoladora aquela noite.

Capítulo 7

Passados pouquíssimos dias, soube-se que o capitão Wentworth estava em Kellynch, e o sr. Musgrove foi visitá-lo, e voltou encantado com ele, e prometeu aos Croft jantar em Uppercross ao fim de mais uma semana. Fora uma grande decepção para o sr. Musgrove saber que não podia marcar o jantar para antes, tão impaciente estava para mostrar a sua gratidão vendo o capitão Wentworth sob o seu teto e dando-lhe as boas-vindas com o que tinha de melhor na adega. Mas uma semana ainda devia passar-se; apenas uma semana, no cálculo de Anne, e então, imaginava ela, deviam encontrar-se; e logo ela começou a desejar poder sentir-se segura durante aquela semana.

O capitão Wentworth logo retribuiu a gentileza do sr. Musgrove, e por pouco não aconteceu de ela estar ali presente naquela mesma meia hora. Na verdade, ela e Mary estavam dirigindo-se à Casa Grande, onde, como mais tarde veio a saber, o teriam inevitavelmente encontrado, quando foram detidas pelo fato de o filho mais velho de sua irmã estar sendo naquele momento levado para casa depois de um tombo feio. O estado da criança fez que a visita fosse deixada completamente de lado; mas não conseguiu acolher com indiferença a notícia do perigo de que escapara, mesmo em meio às sérias preocupações provocadas pela situação do menino.

Descobriram que ele havia deslocado a clavícula e que se ferira tão seriamente nas costas, que as mais alarmantes ideias foram sugeridas. Foi aquela uma tarde de muitas preocupações, e Anne teve mil coisas a fazer ao mesmo tempo; chamar o farmacêutico, procurar e informar o pai, apoiar a mãe e evitar que se entregasse à histeria, supervisionar os criados, manter afastadas as crianças menores e cuidar do pobre menino e reconfortá-lo; além de enviar, assim que se lembrou de fazê-lo, as devidas informações à outra família, o que trouxe para junto dela si um grupo de companheiras assustadas e inquiridoras, mais do que de auxiliares úteis.

A volta do cunhado foi seu primeiro reconforto; ele pôde cuidar melhor da mulher; a segunda bênção foi a chegada do farmacêutico. Até ele chegar e examinar a criança, a apreensão de todos era a pior, por ser vaga; imaginavam uma grande contusão, mas não sabiam onde; mas agora a clavícula foi logo posta de volta em seu lugar, e, embora o sr. Robinson apalpasse e mais apalpasse e esfregasse e fizesse cara séria e falasse em voz baixa com o pai e a tia, estavam agora todos esperançosos, e puderam sair para jantar com razoável tranquilidade; e, logo antes de partirem, as duas jovens tias puderam deixar um pouco de lado o estado do sobrinho e falar sobre a visita do capitão Wentworth, ficando cinco minutos para trás de seu pai e de sua mãe, para tentar exprimir quão encantadas estavam com ele, como o julgavam mais bonito e infinitamente mais simpático do que qualquer outro de seus conhecidos do sexo masculino que tivesse de algum modo recebido suas predileções antes. Com que alegria haviam ouvido o pai convidá-lo a ficar para jantar, como lamentaram que ele tivesse respondido que aquilo estava fora de suas possibilidades, e como ficaram contentes de novo quando ele prometeu, em resposta à insistência do pai e da mãe, vir jantar com eles no dia seguinte — justo no dia seguinte; e ele fizera essa promessa de maneira tão simpática, como se intuísse o motivo de todas aquelas atenções. Em suma, ele se comportara e dissera tudo com uma graça tão fina, que elas podiam garantir a todos que as duas haviam perdido a cabeça por ele; e saíram correndo, cheias de alegria e de amor, e aparentemente mais preocupadas com o capitão Wentworth do que com o pequeno Charles.

A mesma história e o mesmo entusiasmo repetiram-se quando as duas moças vieram com o pai, nas trevas da noite, informar-se sobre o menino; e o sr. Musgrove, superada a preocupação inicial com a sorte do herdeiro, pôde confirmar os elogios e exprimir sua esperança de que não houvesse mais nenhum motivo para adiar a visita do capitão Wentworth, e só lamentou que os moradores do chalé provavelmente não iam querer abandonar o menininho para ir vê-lo. "Ah, não! Deixar o menino sozinho!" Tanto o pai quanto a mãe estavam sob o impacto de uma preocupação muito forte para suportar tal ideia; e Anne, na alegria de poder escapar do perigo, não pôde deixar de acrescentar seus veementes protestos aos deles.

Na verdade, mais tarde Charles Musgrove se mostrou mais propenso a aceitar o convite; o menino estava passando tão bem e ele desejava tanto ser apresentado ao capitão Wentworth, que, talvez, fosse visitá-los à noite; não jantaria na Casa Grande, mas poderia permanecer por lá uma meia horinha. Mas quanto a isso encontrou séria oposição da parte da mulher, com um "Ah, não! Realmente, Charles, não posso deixar você ir. Já pensou se acontecer alguma coisa?".

O menino passou bem a noite e continuou bem no dia seguinte. Só o tempo poderia dizer se não houvera lesão da coluna; mas o sr. Robinson não descobriu nenhuma nova causa de alarme, e com isso Charles Musgrove deixou de sentir a necessidade de um mais longo confinamento. O menino devia permanecer na cama e divertir-se da maneira mais calma possível; mas não havia nada que o pai pudesse fazer ali. Aquilo era um caso para as mulheres, e seria completamente absurdo que ele, sem nenhum préstimo em casa, tivesse de permanecer trancado ali. O pai de Charles queria muito que ele conhecesse o capitão Wentworth, e, não tendo nenhuma boa razão a opor a isso, devia ir; e pôs um fim na questão com uma firme declaração pública, ao chegar da caçada, de que pretendia vestir-se imediatamente para ir jantar na outra casa.

— O menino não poderia estar melhor — disse ele —, então acabo de dizer ao papai que vou, e ele achou que estou certo. Com a sua irmã aqui, meu amor, não tenho nenhum escrúpulo. Você não gostaria de deixá-lo, mas pode ver que a minha permanência não tem nenhuma utilidade. Anne mandará chamar-me se acontecer alguma coisa.

Os maridos e as mulheres normalmente sabem quando a oposição será vã. Mary sabia, pela maneira de falar de Charles, que ele estava decidido a ir e que insistir seria inútil. Por isso, ela nada disse até que ele saísse da sala, mas assim que Anne passou a ser a única pessoa a poder ouvir:

— Então você e eu que nos viremos com esse pobre menino doente; e ninguém vai vir ajudar-nos durante toda a noite! Sabia que isso ia acontecer. Esse é o meu destino. Se estiver acontecendo alguma coisa desagradável, com certeza os homens vão sumir, e Charles é tão mau quanto qualquer outro deles. Quanta insensibilidade! É mesmo muita insensibilidade da parte dele sumir da vista do seu pobre filhinho. Dizer que ele está passando muito bem! Como sabe ele que o filho está passando bem ou que não vai acontecer uma recaída daqui a meia hora? Não acreditava que o Charles seria tão insensível. Então, lá vai ele sair e se divertir e, como sou a pobre mãe, sou obrigada a ficar; mas garanto que sou a que tem menos condições de cuidar do menino. Por ser mãe, meus sentimentos não deveriam ser postos à prova. Não sou capaz de lidar com isso. Você viu como eu estava histérica ontem.

— Mas aquilo foi só o efeito do susto, do choque brusco. Você não vai voltar a ficar histérica. Tenho certeza de que não haverá nenhum problema. Entendi perfeitamente as prescrições do sr. Robinson e não tenho nenhum medo; e na verdade, Mary, o comportamento do seu marido me parece muito natural. Não cabe aos homens cuidar das crianças; esse não é o campo deles. A criança doente é sempre propriedade da mãe: geralmente, são os próprios sentimentos dela a fazer que assim seja.

— Espero amar tanto o meu filho quanto qualquer outra mãe, mas não acho que seja mais útil do que Charles à cabeceira dele, pois não consigo contrariar e atormentar o coitadinho quando está doente; e você viu esta manhã que, quando eu dizia a ele para ficar bonzinho, aí é que ele não parava quieto. Não tenho nervos para esse tipo de coisa.

— Mas você conseguiria sentir-se bem se passasse a noite longe do seu coitadinho?

— Sim; se o pai dele pode, por que eu não poderia? Jemima é tão cuidadosa; e ela poderia mandar avisar-nos a cada hora como ele estaria passando. Acho mesmo que Charles poderia ter dito ao pai dele que todos nós iríamos. Não estou mais preocupada com o pequeno Charles do que ele, agora. Estava terrivelmente assustada ontem, mas hoje o caso é muito diferente.

— Se você não acha que seja tarde demais para avisar que você também vai, façamos o seguinte: vá com seu marido e deixe o pequeno Charles comigo. O sr. e a sra. Musgrove não podem desaprovar se eu permanecer com ele.

— Você está falando sério? — exclamou Mary, com um brilho nos olhos. — Meu Deus! Essa é uma ótima ideia, mas ótima mesmo. Com certeza, posso ir ou ficar, pois não sou de nenhuma utilidade em casa, não é? Isso só me aborrece. Você, que não tem os sentimentos de uma mãe, é a pessoa ideal. Consegue que o pequeno Charles faça o que você quer; ele sempre obedece a você. Vai ser muito melhor do que deixá-lo sozinho com a Jemima. Ah! Eu vou, com certeza; estou certa de que devo ir, se puder, tanto quanto o Charles, pois eles querem demais que eu conheça o capitão Wentworth, e sei que você não se importa de ficar aqui sozinha. Excelente ideia,

Anne. Vou contar ao Charles e me arrumar imediatamente. Você sabe que pode chamar-nos num minuto, se acontecer alguma coisa; mas tenho certeza de que você não terá nenhum problema. Pode estar certa de que eu não iria se não estivesse muito tranquila quanto ao estado do meu querido filho.

Um instante depois, ela estava batendo à porta do quarto de vestir do marido, e, como Anne a seguira escada acima, pôde acompanhar toda a conversa, que começou com Mary dizendo, num tom de grande júbilo:

— Quero ir com você, Charles, pois não sou mais útil ficando em casa do que você. Se tivesse de me trancar para sempre com o menino, jamais conseguiria persuadi-lo a fazer qualquer coisa de que ele não goste. Anne vai ficar; Anne se ofereceu para ficar em casa e tomar conta dele. Foi ela mesma que se ofereceu, e então eu vou com você, o que vai ser muito melhor, pois não janto na outra casa desde terça-feira.

— É muita gentileza da Anne — foi a resposta do marido —, e eu ficaria muito feliz se você fosse; mas parece duro demais deixá-la sozinha em casa para cuidar do nosso filho doente.

Anne estava próxima o bastante para defender sua própria causa, e sendo a sua sinceridade suficiente para convencê-lo, quando a convicção era pelo menos muito agradável, ele não teve mais escrúpulos em deixá-la jantar sozinha, embora ainda quisesse que ela fosse juntar-se a eles na Casa Grande, quando o menino já estivesse dormindo, e gentilmente lhe pediu que o deixasse vir para pegá-la; ela, porém, não se deixou convencer; e, sendo assim, pouco depois teve o prazer de vê-los partirem juntos, animadíssimos. Esperava que tivessem ido para serem felizes, por mais estranha que fosse essa felicidade; quanto a ela, permaneceu ali saboreando tantas sensações de comodidade quantas talvez jamais voltaria a experimentar. Sabia que era de primeira necessidade para o menino; e o que lhe importava se Frederick Wentworth estava a apenas meia milha de distância, mostrando-se tão simpático para os outros?

Ela gostaria de saber como ele teria encarado um encontro. Talvez com indiferença, se pudesse haver indiferença em tal situação. Ele devia estar ou indiferente ou relutante. Se quisesse vê-la de novo, não precisava ter esperado até agora; tinha certeza de que ele teria feito o que ela, se estivesse no lugar dele, teria feito há muito tempo, quando os acontecimentos lhe haviam logo dado a independência, que era a única coisa que lhe faltava.

Sua irmã e seu cunhado voltaram maravilhados com o novo conhecido e com a visita em geral. Tinha havido muita música, muito canto, muita conversa, muitas risadas, e tudo muito agradável; o capitão Wentworth tinha maneiras encantadoras, sem nenhuma timidez ou reserva; todos pareciam conhecer-se perfeitamente, e ele viria já na manhã seguinte para caçar com Charles. Viria para o desjejum, mas não ao Chalé, embora isso tivesse sido aventado inicialmente; mas em seguida insistiram com ele para que em vez disso viesse à Casa Grande, e ele pareceu temer incomodar a sra. Charles Musgrove por causa do menino, e assim, de algum modo, eles não sabiam bem como, acabou combinado que Charles devia encontrá-lo para o café da manhã na casa de seu pai.

Anne entendeu aquilo. Ele queria evitá-la. Soube que ele perguntara por ela, superficialmente, como cabia perguntar sobre alguém que se conheceu superficialmente havia tempo, parecendo admitir o mesmo que ela admitira, levado, talvez, pela mesma ideia de evitar uma apresentação quando se encontrassem.

O horário matinal do Chalé estava sempre atrasado em relação ao da outra casa, e no dia seguinte a diferença foi tão grande, que Mary e Anne mal haviam começado o desjejum quando Charles entrou para dizer que já estavam de partida, que viera buscar os cães, que suas irmãs estavam vindo com o capitão Wentworth; suas irmãs com a intenção de visitarem Mary e o menino, e o capitão Wentworth também com o propósito de fazer-lhe uma visita de alguns minutos, se não fosse incomodar; e, embora Charles tivesse garantido que o menino não estava num estado em que uma visita fosse inconveniente, o capitão Wentworth não ficaria satisfeito se ele não fosse na frente para anunciar a sua chegada.

Mary, muitíssimo lisonjeada com essa atenção dele, ficou encantada em recebê-lo, enquanto mil sentimentos assaltavam Anne, dos quais o mais consolador era que logo tudo estaria acabado. E realmente logo estava tudo acabado. Dois minutos depois do anúncio de Charles, os outros apareceram; estavam na sala de estar. Seu olhar cruzou rapidamente com o do capitão Wentworth, houve uma inclinação, uma reverência; ela ouviu a voz dele; ele falou com Mary, com as palavras certas no tom certo, disse algo às srtas. Musgrove, o bastante para revelar a cordialidade de sua relação com elas; a sala parecia cheia, cheia de pessoas e vozes, mas em alguns minutos estava tudo acabado. Charles apareceu na janela, estava tudo pronto, o visitante inclinou-se e partiu, as srtas. Musgrove partiram também, repentinamente decididas a caminhar até o fim do vilarejo com os caçadores: a sala voltou a ficar vazia, e Anne terminou o desjejum como pôde.

— Acabou! Acabou! — repetiu ela para si mesma mil vezes, em nervosa gratidão. — O pior já passou!

Mary falou, mas Anne não conseguiu prestar atenção. Ela o vira. Eles se encontraram. Estiveram mais uma vez na mesma sala.

Logo, porém, ela começou a raciocinar consigo mesma e a tentar sentir menos. Haviam-se passado oito anos, quase oito anos, desde que tudo fora desfeito. Que absurdo retomar a agitação que esse intervalo relegara à distância a à indeterminação! O que oito anos não podiam fazer? Acontecimentos de todos os tipos, mudanças, alienações, transferências — tudo, tudo estava incluído, mais o olvido do passado, e como isso era natural e certo também! Eles abrangiam um terço de toda a sua vida.

Desgraçadamente, com todos esses raciocínios, ela descobriu que para os sentimentos tenazes oito anos pouco mais são do que nada.

E agora, como devia interpretar os sentimentos dele? Como se quisesse evitá-la? E no momento seguinte ela se odiava pela insensatez de ter feito a pergunta.

Sobre outra pergunta que sua extrema sabedoria talvez não a tivesse impedido de fazer, logo se dissipou toda incerteza; porque, depois que as srtas. Musgrove retornaram e terminaram sua visita ao Chalé, ela recebeu da parte de Mary esta espontânea informação:

— O capitão Wentworth não foi muito galante com você, Anne, embora tenha sido tão atencioso comigo. Ao saírem, Henrietta perguntou a ele o que achava de você, e ele disse que você estava tão mudada que quase não a reconheceu.

Mesmo nas situações mais comuns, os sentimentos de Mary não eram capazes de fazê-la respeitar os da irmã, mas não suspeitava a estar magoando profundamente.

"Quase irreconhecível de tão mudada." Anne aceitou em silêncio a profunda mortificação. Sem dúvida ele estava certo, e ela não podia vingar-se, pois ele não estava mudado, pelo menos não para pior. Ela já reconhecera aquilo para si mesma e não podia ter outra opinião sobre o assunto, pensasse ele o que fosse a seu respeito. Não: os anos que haviam destruído sua juventude e esplendor só haviam dado a ele uma aparência mais brilhante, máscula e espontânea, sem diminuir em nada o seu fascínio pessoal. Ela vira o mesmo Frederick Wentworth.

"Tão mudada que quase não a reconheceu!" Aquelas eram palavras que não podiam deixar de gravar-se em sua mente. No entanto, ela logo começou a alegrar-se por tê-las ouvido. Eram palavras sedativas; acalmaram a agitação; trouxeram-na à realidade e, portanto, a fizeram mais feliz.

Frederick Wentworth valera-se de tais palavras ou de outras parecidas, mas sem imaginar que fossem contadas a ela. Ele a achara terrivelmente mudada, e no primeiro momento em que foi questionado dissera o que sentia. Ele não havia perdoado Anne Elliot. Ela o maltratara, o abandonara e o decepcionara; e, o que era pior, havia demonstrado certa fraqueza de caráter ao fazer aquilo, algo que seu temperamento determinado e confiante não podia tolerar. Ela o abandonara para agradar a outras pessoas. Aquilo fora o efeito de ela deixar-se persuadir excessivamente. Tinha sido fraca e pusilânime.

Ele a amara ardentemente e nunca amara outra mulher tanto quanto a ela; mas, a não ser por um natural sentimento de curiosidade, não tinha nenhum desejo de tornar a encontrá-la. O poder dela sobre ele acabara para sempre.

Agora o objetivo dele era casar-se. Estava rico e, tendo voltado para terra firme, queria muito estabelecer-se, assim que se sentisse atraído por alguém; estava à espreita, pronto para se apaixonar com a rapidez que uma mente lúcida e o bom gosto lhe permitissem. Seu coração estava à disposição de cada uma das duas srtas. Musgrove, se elas conseguissem conquistá-lo; um coração, em suma, disponível a qualquer jovem atraente que lhe cruzasse o caminho, salvo Anne Elliot. Essa era a sua única e secreta exceção, quando disse à sua irmã, em resposta a suas suposições:

— É verdade, Sophia, aqui estou eu, pronto para fazer uma união insensata. Qualquer uma entre quinze e trinta anos pode conquistar-me, se pedir. Um pouco de beleza e alguns sorrisos e elogios à Marinha e serei um homem perdido. Não seria isso o bastante para um marinheiro que não teve a companhia das mulheres para torná-lo simpático?

Ela sabia que ele tinha dito isso para ser contestado. Seus olhos brilhantes e orgulhosos traíam a certeza de ser simpático; e Anne Elliot não estava ausente de seus pensamentos, quando descreveu com a maior seriedade a mulher que gostaria de encontrar. "Espírito forte e maneiras meigas": esta foi toda a sua descrição.

— Eis a mulher que quero — disse ele. — Posso tolerar algo um pouco inferior, mas não muito. Se eu for um tolo, devo sê-lo mesmo, pois pensei no assunto mais do que a maioria dos homens.

Capítulo 8

Daí em diante, o capitão Wentworth e Anne Elliot estiveram repetidas vezes no mesmo círculo de pessoas. Logo estavam jantando juntos na casa do sr. Musgrove, pois o estado do menininho já não proporcionava à tia um pretexto para se ausentar; e esse era só o começo de mais jantares e mais encontros.

Se os sentimentos passados seriam ou não revividos era algo que ainda restava por provar; os velhos tempos deviam, sem dúvida, ser relembrados por ambos; era impossível não fazer referência a *eles*; o ano do noivado não podia deixar de ser mencionado por ele, nas pequenas narrativas ou descrições exigidas pela conversação. Sua profissão qualificava-o e sua disposição o levava a falar; e "*Isso* foi em 1806", "*Isso* aconteceu antes de embarcar, em 1806" foram frases que ocorreram durante o primeiro sarau que passaram juntos; e, embora a voz dele não vacilasse e ela não tivesse nenhuma razão para supor que o olhar dele se voltasse para ela ao falar, Anne percebeu a total impossibilidade, pelo que conhecia dele, de ele estar, mais do que ela, imune às recordações. Devia haver a mesma imediata associação de pensamentos, ainda que ela estivesse longe de achar que aquilo provocasse nele a mesma dor.

Eles não conversavam entre si, não tinham nenhum contato senão o que a mais comum polidez exigia. Antes, eram tudo um para o outro! Agora, nada! Tempo *houve* em que, estando um grupo numeroso reunido na sala de estar de Uppercross, eles achariam muito difícil parar de falar um com o outro. Com exceção, talvez, do almirante e da sra. Croft, que pareciam especialmente afeiçoados e felizes (Anne não via nenhuma outra exceção, mesmo entre os casados), não podia haver dois corações tão abertos, gostos tão parecidos, sentimentos tão uníssonos, rostos tão bem-amados. Agora eram como dois estranhos; pior do que estranhos, pois jamais poderiam relacionar-se. Seriam perpetuamente dois estranhos.

Quando ele falava, ela ouvia a mesma voz e distinguia o mesmo espírito. Havia uma ignorância generalizada de todas as questões navais em todo o grupo; e dirigiam a ele muitas perguntas, sobretudo as duas srtas. Musgrove, que pareciam só ter olhos para ele, sobre o modo de vida a bordo, as atividades diárias, o horário das refeições, etc., e a surpresa delas ante as explicações dele, ao serem informadas do grau de comodidade e de ordem que se podia alcançar, provocava nele divertidas zombarias, que lembravam a Anne os primeiros dias, quando também ela era ignorante e também ela fora acusada de imaginar que os marinheiros vivessem a bordo sem que houvesse nada para comer ou, se houvesse, nenhum cozinheiro para preparar a comida, nenhum criado para servi-la, nem garfo e faca para usar.

Desse ouvir e meditar ela foi despertada por um sussurro da sra. Musgrove, que, assolada por ternas saudades, não podia deixar de dizer:

— Ah! Srta. Anne, se a Deus prouvera poupar o meu pobre filho, tenho certeza de que ele seria hoje um homem assim.

Anne reteve um sorriso e ouviu com atenção, enquanto a sra. Musgrove desabafava um pouco mais o seu coração; e por alguns minutos, portanto, não pôde acompanhar a conversa dos outros.

Quando pôde deixar a sua atenção tomar o curso natural novamente, viu que as srtas. Musgrove haviam acabado de pegar o Registro da Marinha (seu próprio Registro da Marinha, o primeiro que apareceu em Uppercross) e, sentadas uma ao lado da outra, consultavam o texto, com o propósito declarado de encontrar os navios que o capitão Wentworth havia comandado.

— O primeiro foi o *Asp*, eu me lembro; vamos procurar o *Asp*.

— Vocês não vão encontrá-lo aí. Completamente corroído e inutilizado. Fui o último a comandá-lo. Era um navio que mal estava apto para o serviço na época. Foi declarado apto para o serviço doméstico por um ou dois anos, e então fui enviado às Índias Ocidentais.

As moças pareciam espantadíssimas.

— O Almirantado — prosseguiu ele — de vez em quando se diverte enviando algumas centenas de homens num navio não apto a ser utilizado. Mas têm eles muita gente de que se ocupar; e, entre os milhares que podem afundar ou não, é-lhes impossível distinguir os que deixarão menos saudades.

— Ora, ora! — exclamou o almirante. — Como esses rapazinhos falam bobagens! Nunca houve uma corveta melhor do que o *Asp* nos bons tempos. Para uma corveta de velha fabricação, não havia outra igual. Que sorte a do sujeito que a comandasse! Ele sabe que deve haver vinte homens melhores do que ele solicitando-a ao mesmo tempo. Sorte de quem consegue algo tão rápido, sem o apoio de ninguém.

— Eu percebi a minha boa sorte, almirante, eu lho garanto — replicou o capitão Wentworth, sério. — Estava muitíssimo satisfeito com a minha indicação. Para mim, na época, era um importante objetivo estar no mar; um objetivo importantíssimo; eu queria fazer alguma coisa.

— Tenho certeza disso. O que um rapaz como você faria no mar por seis meses seguidos? Quando um homem não tem mulher, quer logo estar navegando de novo.

— Mas, capitão Wentworth — exclamou Louisa —, como o senhor deve ter-se irritado ao chegar ao Asp e ver que velharia lhe tinham dado!

— Eu sabia muito bem o que aquele navio havia sido antes — disse ele, com um sorriso. — Não tinha mais nada a descobrir, não mais do que a senhorita, quanto à elegância e à força de qualquer velha peliça, que desde tempos imemoriais vinha sendo emprestada para metade de seus conhecidos e que por fim, num dia de muita chuva, é confiada à senhorita. Ah! Para mim, aquele era o meu *Asp* querido. Fez tudo que eu quis. Eu sabia que isso aconteceria. Sabia que ou íamos a pique juntos ou aquele navio faria a minha fortuna; e não tive jamais dois dias seguidos de tempestade durante todo o tempo em que estive no mar com ele; e, depois de capturar um número suficiente de navios corsários para tomar gosto pela coisa, tive a boa sorte, no meu retorno para casa no outono seguinte, de me deparar justamente com a fragata francesa que eu mais queria. Levei-a a Plymouth; e aqui houve outro lance de boa sorte. Estávamos havia menos de seis horas no Sound quando caiu uma tempestade que durou quatro dias e quatro noites, e que viria a acabar com o coitado do *Asp* em metade desse tempo, não tendo sido de muito proveito o nosso contato com a Grande Nação para melhorar a nossa situação. Mais vinte e quatro horas e eu teria sido o galante capitão Wentworth, num pequeno parágrafo num canto dos jornais; e, como me perdera numa simples corveta, ninguém me daria importância.

Anne estremeceu, mas ninguém além dela mesma o notou; as srtas. Musgrove, porém, podiam ser tão espontâneas como sinceras, em suas exclamações de piedade e horror.

— E, então, imagino que ele foi para o *Laconia* — disse a sra. Musgrove, em voz baixa, como se pensasse em voz alta —, e lá ele encontrou o nosso pobre rapaz. Charles, querido — fazendo um sinal para que ele se aproximasse —, pergunte ao capitão Wentworth onde foi que ele viu pela primeira vez o seu pobre irmão. Eu sempre me esqueço.

— Foi em Gibraltar, mamãe, eu sei. Dick estava doente em Gibraltar, com uma recomendação do seu ex-capitão para o capitão Wentworth.

— Ah! Mas, Charles, diga ao capitão Wentworth que ele não precisa ter medo de mencionar o pobre Dick na minha presença, pois seria até um prazer ouvir seu bom amigo falar dele.

Sendo Charles bem mais cauteloso quanto às probabilidades do caso, apenas acenou com a cabeça e se afastou.

As meninas agora estavam à caça do *Laconia*; e o capitão Wentworth não pôde recusar o prazer de tomar nas mãos o precioso volume, para lhes poupar o trabalho, e uma vez mais leu em voz alta a pequena declaração do nome e categoria do navio e da sua atual condição de desmobilizado, observando que também aquele fora um dos melhores amigos que um homem pode ter.

— Ah! Bons tempos aqueles em que eu tinha o *Laconia*! Como ganhei dinheiro rápido com ele. Um amigo e eu fizemos um maravilhoso cruzeiro pelas Ilhas Ocidentais. Pobre Harville, minha irmã! Você sabe como ele queria ganhar dinheiro: era pior do que eu. Ele tinha uma esposa. Excelente sujeito. Jamais me esquecerei de sua felicidade. E ele a sentia principalmente por ela. Quisera que ele ainda estivesse comigo no verão seguinte, quando tive de novo a mesma boa sorte no Mediterrâneo.

— E tenho certeza, capitão — disse a sra. Musgrove —, que o senhor foi nomeado capitão daquela embarcação. Jamais nos esqueceremos do que o senhor fez.

A comoção a fez falar baixo; e o capitão Wentworth, ouvindo só parte do que ela dissera e provavelmente não tendo Dick Musgrove entre os seus pensamentos mais próximos, pareceu incerto, como se esperasse mais alguma coisa.

— Meu irmão — sussurrou uma das moças. — Mamãe está falando do pobre Richard.

— Meu pobre e querido rapaz! — prosseguiu a sra. Musgrove. — Tornara-se muito sério e um excelente correspondente enquanto esteve sob o seu comando! Ah! Teria sido uma felicidade se ele não tivesse jamais se afastado do senhor. Garanto-lhe, capitão Wentworth, lamentamos muito que ele se tenha afastado do senhor.

Houve uma momentânea expressão no rosto do capitão Wentworth ao ouvir aquelas palavras, certo olhar nos seus olhos vivos e certa encrespação em sua bela boca, que convenceram Anne de que, em vez de compartilhar os bons votos da sra. Musgrove quanto ao filho, ele provavelmente tivera certa dificuldade em se livrar dele; mas foi só um momento fugaz demais, em que se permitiu certa diversão consigo mesmo, para ser detectado por qualquer outra pessoa que o conhecesse menos do que ela; no momento seguinte ele estava perfeitamente recomposto e sério, e quase imediatamente depois, aproximando-se do sofá onde estavam Anne e a sra. Musgrove, sentou-se ao lado desta e começou a conversar com ela, em voz baixa, sobre o filho, fazendo aquilo com uma simpatia e uma graça naturais, que mostravam a alta consideração em que tinha tudo o que havia de real e não absurdo nos sentimentos de uma mãe.

Estavam, de fato, no mesmo sofá, pois a sra. Musgrove logo abrira um espaço para ele; estavam separados apenas pela sra. Musgrove. Não era uma barreira insignificante, porém. A sra. Musgrove era de porte confortável, substancial, infinitamente mais adequada pela natureza para exprimir alegria e bom humor do que ternura e sentimentos; e, enquanto a agitação do corpo esguio e do rosto pensativo podia ser considerada completamente escondida do capitão Wentworth, ele merecia certo crédito pelo equilíbrio com que deu ouvidos aos gordos suspiros da sra. Musgrove quanto ao destino do filho, a quem quando vivo ninguém dava importância.

O tamanho físico e a dor espiritual decerto não são necessariamente proporcionais. Uma pessoa corpulenta tem o mesmo direito de estar profundamente aflita que o mais gracioso par de pernas do mundo. Justo ou injusto, porém, há certas conjunções inconvenientes que a razão procura em vão defender, o bom gosto não pode tolerar e se tornam presas do ridículo.

O almirante, depois de dar duas ou três revigorantes voltas ao redor da sala com as mãos nas costas, sendo chamado à ordem pela esposa, aproximou-se do capitão Wentworth e, sem nenhuma consideração pelo que podia estar interrompendo, imerso apenas em seus próprios pensamentos, começou dizendo:

— Se tivesse ficado mais uma semana em Lisboa, na primavera passada, Frederick, receberia o pedido de levar em seu navio *Lady* Mary Grierson e suas filhas.

— É mesmo? Estou contente, então, de não ter permanecido por lá mais uma semana.

O almirante censurou-o pela falta de cavalheirismo. Defendeu-se ele, afirmando que jamais admitiria de bom grado mulheres a bordo de um barco sob seu comando, exceto para um baile ou uma visita de algumas horas.

— Mas, se bem me conheço — disse ele —, isso não se deve à falta de cavalheirismo para com elas. Deve-se antes ao sentimento de como é impossível, por mais que nos esforcemos e por mais sacrifícios que façamos, tornar as acomodações a bordo dignas das mulheres. Não há falta de cavalheirismo, almirante, em ter na mais alta conta os direitos das mulheres ao conforto pessoal, e é isso que eu faço. Odeio ouvir ou ver uma mulher a bordo; e nenhum navio sob meu comando jamais transportará uma família em que haja mulheres para nenhum lugar, se eu puder evitá-lo.

Isso provocou a reação da irmã.

— Ah! Frederick! Não posso acreditar que você tenha dito isso! Tudo isso são refinamentos ociosos! As mulheres podem sentir-se tão confortáveis a bordo como nas melhores casas da Inglaterra. Creio ter vivido tanto a bordo quanto a maioria das mulheres e não conheço nada melhor do que as acomodações de um navio de guerra. Afirmo que não disponho de nenhuma comodidade ou facilidades ao meu redor, mesmo em Kellynch Hall — com uma espécie de reverência a Anne —, além das que sempre tive na maioria dos navios em que vivi; e foram cinco no total.

— Isso não tem nada a ver — retorquiu seu irmão. — Você estava vivendo com seu marido e era a única mulher a bordo.

— Mas você, você mesmo, trouxe a sra. Harville, a irmã dela, o primo dela e três crianças, de Portsmouth para Plymouth. Onde estava na época esse seu sofisticadíssimo e extraordinário cavalheirismo?

— Misturado com a amizade, Sophia. Podendo, eu ajudaria a mulher de qualquer colega oficial, e transportaria o que Harville quisesse desde o fim do mundo. Mas não vá imaginar que eu não achasse aquilo mau, em si.

— Pode ter certeza de que todos se sentiram perfeitamente confortáveis.

— Talvez isso não me faça gostar mais deles. Tantas mulheres e crianças não têm o *direito* de se sentir confortáveis a bordo.

— Frederick, meu querido, o que você está dizendo são bobagens. Por favor, o que seria de nós, pobres esposas de marinheiros, que sempre precisamos ser levadas a um porto ou outro, atrás dos maridos, se todos compartilhassem os seus sentimentos?

— Como você vê, os meus sentimentos não me impediram de levar comigo a sra. Harville e toda a sua família para Plymouth.

— Mas odeio ouvi-lo falar como um cavalheiro delicado e como se todas as mulheres fossem delicadas, e não seres racionais. Nenhuma de nós espera navegar por águas calmas a vida inteira.

— Ah! Minha querida — disse o almirante —, quando ele tiver uma mulher, vai cantar outra canção. Quando se casar, se tivermos a boa sorte de viver outra guerra, vamos vê-lo agir como você e eu, e muitíssimos outros, agimos. Vê-lo-emos muito agradecido a todo aquele que trouxer até ele a sua esposa.

— Ah, isso vamos, sim.

— Para mim, chega! — exclamou o capitão Wentworth. — Quando os casados começam a me atacar dizendo "Ah! Você vai pensar muito diferente quando estiver casado", só posso responder "Não, não vou"; e então eles tornam a dizer "Vai, sim", e é um não acabar mais.

Ele se levantou e se afastou.

— Que grande viajante a senhora deve ter sido, minha senhora! — disse a sra. Musgrove para a sra. Croft.

— Viajei muito, sim, minha senhora, nos meus quinze anos de casada; embora muitas mulheres tenham viajado mais do que eu. Atravessei o Atlântico quatro vezes e estive nas Índias Orientais, ida e volta, só uma vez; além de visitar diversos lugares próximos à Inglaterra: Cork, Lisboa e Gibraltar. Mas nunca ultrapassei os Estreitos e nunca estive nas Índias Ocidentais. Você sabe, nós não chamamos as Bermudas ou as Bahamas de Índias Ocidentais.

A sra. Musgrove não tinha nada a dizer contra aquilo; não podia acusar-se de tê-las chamado de nada durante toda a vida.

— E eu lhe garanto, minha senhora — prosseguiu a sra. Croft —, que não há melhores acomodações do que as de um navio de guerra; refiro-me, é claro, às das altas patentes. Quando entramos numa fragata, naturalmente, estaremos mais apertadas; ainda que qualquer mulher sensata possa estar muito contente numa delas; e posso afirmar que a parte mais feliz da minha vida foi passada a bordo de um navio. Enquanto estamos juntos, não há nada que temer. Graças a Deus! Sempre fui abençoada com uma saúde excelente e nenhum clima me faz mal. Fico um pouco indisposta nas primeiras vinte e quatro horas no mar, mas depois disso nunca soube o que era uma doença. A única vez em que realmente sofri de corpo e de alma, a única vez em que me imaginei passando mal ou tive ideias de perigo foi o inverno que passei em Deal, quando o almirante (*capitão* Croft, na época) estava no Mar do Norte.

Eu vivia em perpétuo terror aquela época e tive todo tipo de queixas imaginárias por não saber o que fazer comigo mesma ou quando teria notícias dele; mas, enquanto podíamos estar juntos, nunca me senti indisposta e nunca me deparei com o menor inconveniente.

— Sim, é claro. Sem dúvida! Concordo em absoluto, sra. Croft — foi a entusiástica resposta da sra. Musgrove. — Não há nada pior do que uma separação. Sou exatamente da sua opinião. Eu sei o que é isso, pois o sr. Musgrove sempre vai assistir às sessões do tribunal de contas e eu fico tão feliz quando elas acabam e ele volta para casa, são e salvo.

A noite terminou com uma dança. Quando foi proposta a ideia, Anne ofereceu os seus serviços, como sempre; e, embora seus olhos por vezes se enchessem de lágrimas ao sentar-se ao pianoforte, sentia-se extremamente feliz por recorrerem a ela e não desejava nada em troca, senão permanecer inobservada.

Era uma reunião alegre e feliz, e ninguém parecia mais animado do que o capitão Wentworth. Ela percebeu que ele tinha tudo que podia contribuir para exaltá-lo, como a atenção e a deferência gerais, e sobretudo a atenção de todas as moças. As srtas. Hayter, a parte feminina da família de primos já mencionada, aparentemente haviam sido admitidas ao seleto grupo das apaixonadas por ele; e, quanto a Henrietta e Louisa, ambas pareciam tão completamente absortas nele, que só a contínua manifestação da mais perfeita boa vontade entre elas podia fazer crer que não eram rivais declaradas. Que surpresa se ele se mostrava um pouco mimado com essa admiração universal e entusiástica!

Esses eram alguns dos pensamentos que absorviam Anne, enquanto dedilhava mecanicamente durante meia hora em seguida, sem erros e sem consciência. *Uma vez* ela viu que ele estava olhando para ela, observando suas feições mudadas, talvez tentando encontrar nelas as ruínas do rosto que antigamente tanto o encantara; e *uma vez* percebeu que ele devia ter falado dela; só se deu conta disso quando ouviu a resposta; mas então teve a certeza de que ele perguntara à sua parceira se a srta. Elliot nunca dançava. A resposta foi: "Ah, não; nunca; ela já desistiu de dançar. Prefere tocar. Ela nunca se cansa de tocar". *Uma vez*, também, ele falou com ela. Ela deixara o pianoforte ao se encerrar a dança e ele se sentara junto ao teclado para tentar dedilhar uma ária de que queria dar uma ideia às srtas. Musgrove. Sem querer, ela voltou para aquela parte da sala; ele a viu e, levantando-se de imediato, disse, com estudada polidez:

— Peço-lhe desculpas, minha senhora, este é o seu assento — e, embora ela se afastasse *incontinenti* com uma decidida negativa, ele se recusou a se sentar outra vez.

Anne não desejava mais aqueles olhares e palavras. A fria polidez e a cerimoniosa graça demonstradas por ele eram piores do que tudo.

Capítulo 9

O capitão Wentworth instalara-se em Kellynch como em sua própria casa, para permanecer o tempo que quisesse, sendo o objeto integral do carinho fraterno do almirante e de sua esposa. Ao chegar, planejara partir em breve para Shropshire e visitar o irmão que se estabelecera por lá, mas os atrativos de Uppercross levaram-no a deixar esses planos de lado. Sua recepção fora só simpatia, lisonja e tudo que havia de mais encantador; os mais velhos eram tão hospitaleiros, os mais jovens tão agradáveis, que só podia decidir permanecer onde estava e esperar mais algum tempo para conhecer os encantos e as perfeições da esposa de Edward.

Logo passou a ser visto em Uppercross quase todos os dias. A disposição dos Musgrove para convidá-lo não era maior do que a dele para aceitar o convite, sobretudo pela manhã, quando ele não tinha companhia em casa, pois o almirante e a sra. Croft normalmente saíam juntos, explorando suas novas possessões, seus gramados e seu gado, vadiando para lá e para cá de maneira pouco tolerável para uma terceira pessoa ou dirigindo um cabriolé, recentemente adicionado à propriedade.

Até então havia uma só opinião sobre o capitão Wentworth entre os Musgrove e os que com eles privavam. Era em toda parte a mesma calorosa admiração; mas essa relação íntima mal acabara de se estabelecer quando um tal de Charles Hayter voltou para junto deles, aborrecendo-se muito com aquilo tudo e julgando o capitão Wentworth um estorvo.

Charles Hayter era o mais velho de todos os primos e um rapaz muito simpático e agradável; estava claro que entre ele e Henrietta houvera certa afeição, antes do aparecimento do capitão Wentworth. Era sacerdote; e, tendo um curato nas vizinhanças, onde a residência não era obrigatória, vivia na casa do pai, a apenas duas milhas de Uppercross. Uma breve ausência de casa deixara sua bem-amada desprotegida de suas atenções naquele momento crítico, e quando voltou teve o desprazer de encontrar as maneiras muito mudadas e de ver o capitão Wentworth.

A sra. Musgrove e a sra. Hayter eram irmãs. Ambas tinham tido dinheiro, mas os casamentos provocaram uma importante diferença entre elas quanto à condição social. O sr. Hayter tinha algumas propriedades, mas estas eram insignificantes quando comparadas às do sr. Musgrove; e, ao passo que os Musgrove pertenciam à mais alta classe da região, os jovens Hayter, pelo modo de vida inferior, discreto e pouco refinado e pela educação defeituosa que receberam, não teriam pertencido a nenhuma classe, se não fosse o parentesco com Uppercross, com exceção, é claro, do filho mais velho, que optara por ser um cavalheiro e um erudito e era muito superior a todos os demais quanto à cultura e às maneiras.

As duas famílias sempre tiveram um excelente relacionamento, não havendo nem orgulho de um lado, nem inveja do outro, apenas certa consciência da superioridade da parte das srtas. Musgrove, que as fazia buscarem o progresso dos primos. As atenções de Charles com Henrietta haviam sido observadas pelo pai e pela mãe sem nenhuma desaprovação. "Não seria um grande casamento para ela; mas se Henrietta gostar dele..." — e Henrietta *parecia* gostar dele.

A própria Henrietta não tinha dúvida sobre isso, antes da chegada do capitão Wentworth; mas, a partir de então, o primo Charles caíra em total esquecimento.

Era bastante duvidoso qual das duas irmãs seria a preferida do capitão Wentworth, até onde Anne podia observar. Henrietta talvez fosse a mais bonita, Louisa era a mais animada; e por *ora* ela não sabia qual temperamento mais o atrairia, o mais delicado ou o mais vivo.

O sr. e a sra. Musgrove, ou por falta de visão ou por uma plena confiança na discrição das duas filhas e de todos os rapazes que se aproximavam delas, pareciam deixar as coisas correrem livremente. Não havia o menor sinal de preocupação ou de atenção com elas na Casa Grande; mas era diferente no Chalé: o jovem casal estava mais propenso a especular e interrogar; e o capitão Wentworth ainda não estivera mais de quatro ou cinco vezes na companhia das srtas. Musgrove, e Charles Hayter acabara de voltar, quando Anne teve de ouvir as opiniões da irmã e do cunhado sobre *qual* das duas era a preferida dele. Charles achou que era Louisa; Mary, Henrietta; mas ambos concordavam plenamente que seria maravilhoso se ele se casasse com qualquer uma das duas.

Charles jamais vira um homem tão simpático na vida; e, pelo que ouvira o próprio capitão Wentworth dizer certa vez, tinha certeza de que ele não amealhara menos do que vinte mil libras com a guerra. Isso já era uma fortuna; além disso, havia a perspectiva do que se poderia juntar em alguma guerra futura; e ele estava certo de que o capitão Wentworth era exatamente o tipo de oficial da Marinha que podia distinguir-se. Ah! Seria uma excelente aliança para qualquer uma das irmãs.

— Garanto que sim — tornou Mary. — Meus Deus! Se ele se elevasse às maiores honras! Se ele fosse criado baronete! "*Lady* Wentworth" soa muito bem. Seria excelente para a Henrietta! Ela teria precedência sobre mim, e isso não desagradaria à Henrietta. *Sir* Frederick e *Lady* Wentworth! Seria uma nobreza recente, porém, e eu não dou muita importância a esse tipo de nobreza.

Mary preferia acreditar que Henrietta seria a escolhida justamente por causa de Charles Hayter, cujas pretensões queria ver derrotadas. Desprezava profundamente os Hayter, e julgava que seria uma desgraça ver renovados os laços já existentes entre as famílias — algo muito triste para ela mesma e para os filhos.

— Não posso — disse ela — considerá-lo um bom partido para Henrietta; e, considerando as alianças que os Musgrove fizeram, ela não tem o direito de jogar fora a própria vida. Acho que nenhuma mocinha tem o direito de fazer uma escolha que possa ser desagradável e inconveniente à parte principal da família e de dar más parentelas aos que não se habituaram a elas. E, por favor, quem é Charles Hayter? Nada mais que um pároco de aldeia. Um péssimo partido para a srta. Musgrove de Uppercross.

Seu marido, porém, não concordava com ela nesse ponto; pois, além de ter apreço pelo primo, Charles Hayter era um primogênito, e ele próprio também encarava as coisas como um primogênito.

— Agora estamos falando bobagens, Mary — foi, portanto, a resposta dele. — Não seria um *grande* partido para Henrietta, mas Charles tem uma ótima probabilidade, por meio dos Spicer, de conseguir algo do bispo em um ou dois anos; e você há de se lembrar que ele é o primogênito; quando meu tio morrer, ele herda uma bela propriedade. As terras de Winthrop não têm menos de duzentos e cinquenta acres, além da fazenda perto de Taunton, que é um dos melhores terrenos da região. Concordo com você que qualquer outro deles, exceto Charles, seria um partido lastimável para Henrietta, algo realmente a se evitar; ele é o único plausível; ele é, porém, um ótimo sujeito, de excelente índole; e assim que Winthrop cair em suas mãos, ele vai transformar aquilo num lugar muito diferente e viver ali de outro modo; e, com tais propriedades, ele jamais será um homem desprezível... trata-se de propriedades boas, desimpedidas. Não, não; Henrietta poderia ter pior sorte do que se casar com Charles Hayter; e, se ela ficar com ele e Louisa com o capitão Wentworth, estarei extremamente satisfeito.

— O Charles pode dizer o que quiser — exclamou Mary para Anne, assim que ele saiu da sala —, mas seria deprimente ver Henrietta casar-se com Charles Hayter; seria péssimo para *ela* e pior ainda para *mim*; e portanto é muito desejável que o capitão Wentworth logo a faça esquecer-se dele, e não tenho dúvida de que já o tenha feito. Ela mal deu atenção a Charles Hayter ontem. Gostaria que você tivesse estado lá para ver o comportamento dela. E isso de dizer que o capitão Wentworth gosta tanto da Louisa quanto da Henrietta é um absurdo; pois certamente ele gosta muito mais da Henrietta. Mas o Charles é tão teimoso! Queria que você tivesse estado conosco ontem, pois então você poderia decidir entre nós; e tenho certeza de que você pensaria como eu, a menos que fizesse questão de me contrariar.

Um jantar na casa do sr. Musgrove teria dado a Anne a oportunidade de ver tudo aquilo; ela, porém, permanecera em casa, com o duplo pretexto de uma dor de cabeça e de uma piora no estado do pequeno Charles. Sua única intenção fora evitar o capitão Wentworth; mas o fato de ter escapado do perigo de ter de servir de árbitro agora se somava às vantagens de uma noite tranquila.

Quanto aos planos do capitão Wentworth, julgava ser mais importante que ele se decidisse o quanto antes, para não pôr em perigo a felicidade de nenhuma das duas irmãs ou comprometer a sua própria honra, do que saber se ele preferiria Henrietta a Louisa, ou Louisa a Henrietta. Qualquer uma das duas daria, com certeza, uma esposa amorosa e bem-humorada. No que se referia a Charles Hayter, era ela delicada o bastante para ressentir-se de qualquer conduta ligeira da parte de uma moça de boas intenções, e cordial o bastante para compadecer-se de todo sofrimento que aquilo pudesse provocar; mas, se Henrietta estivesse enganada quanto à natureza de seus próprios sentimentos, a mudança deveria ser esclarecida o quanto antes.

Charles Hayter vira no comportamento da prima o suficiente para inquietar-se e vexar-se. Tinha ela uma afeição antiga demais por ele para se mostrar tão completamente indiferente a ponto de em dois encontros extinguir toda esperança passada e não lhe deixar senão o recurso de se distanciar de Uppercross: mas tal mudança se tornaria muito perigosa, quando um homem como o capitão Wentworth fosse considerado a causa provável. Estivera ausente só por dois domingos, e quando se despediram deixara-a muito interessada, mais do que ele mesmo esperava, na perspectiva de ele deixar sua atual paróquia e obter em seu lugar a de Uppercross. Pareceu, então, que o objetivo mais caro ao coração de Henrietta fosse que o dr. Shirley, o reitor, que por mais de quarenta anos cumprira com zelo todos os deveres de seu ofício, mas agora se tornara enfermo demais para muitos deles, se decidisse a contratar um cura, tornasse tal curato o melhor que pudesse e o prometesse a Charles Hayter. A vantagem de ele só ter de vir a Uppercross, em vez de percorrer seis milhas na direção oposta; de obter, em todos os aspectos, um curato melhor; de depender só de seu bom e caro dr. Shirley, e de o bom dr. Shirley ser aliviado dos deveres que já não podia cumprir sem a mais tremenda fadiga, significara muito, mesmo para Louisa, mas para Henrietta significara quase tudo. Quando ele voltou, infelizmente, o interesse pelo assunto havia desaparecido. Louisa não conseguia de modo algum escutar a narrativa da conversa que ele acabara de ter com o dr. Shirley: ela estava à janela, à espera do capitão Wentworth; e até Henrietta lhe deu no máximo uma atenção parcial e pareceu ter-se esquecido de toda as antigas dúvidas e preocupações com aquela negociação.

— Muito bem, fico muito feliz: mas sempre achei que você conseguiria; sempre achei que você tinha certeza de conseguir. Não me parece que... Em suma, você sabe, o dr. Shirley *deve* ter um cura e você tivera a promessa dele. Ele está chegando, Louisa?

Certa manhã, poucos dias depois do jantar na casa dos Musgrove a que Anne não estivera presente, o capitão Wentworth adentrou a sala de estar do Chalé, onde só estavam ela e o pequeno Charles, doente, que estava deitado no sofá.

A surpresa de ver-se quase sozinho com Anne Elliot despojou suas maneiras da compostura de costume: estremeceu e só conseguiu dizer: "Achei que as srtas. Musgrove estivessem aqui: a sra. Musgrove me disse que as encontraria aqui", antes de ir à janela para se recompor e decidir como devia comportar-se.

— Elas estão lá em cima com a minha irmã: devem descer em alguns minutos, tenho certeza — foi a resposta de Anne, com toda a natural confusão do momento; e, se o menino não a tivesse chamado para que fizesse algo para ele, teria saído da sala no instante seguinte, para alívio tanto do capitão Wentworth quanto dela mesma.

Ele continuou à janela; e, depois de dizer com calma e polidez "Espero que o menininho esteja melhor", se calou.

Ela foi obrigada a se ajoelhar junto ao sofá e permanecer ali para cuidar do paciente; e assim ficaram por alguns minutos, quando, para a sua enorme satisfação, ouviu que outra pessoa atravessava o vestíbulo. Ao voltar o rosto, esperava ver o chefe da casa; mas calhou de ser alguém muito menos apto a facilitar as coisas: Charles Hayter, provavelmente nem um pouco mais satisfeito em ver o capitão Wentworth do que o capitão Wentworth em ver Anne minutos antes.

Ela tentou dizer alguma coisa:

— Como vai? Não quer sentar-se? Os outros logo vão estar aqui.

O capitão Wentworth, porém, afastou-se da janela, aparentemente disposto a conversar; mas Charles Hayter logo pôs um ponto-final em seus planos, sentando-se junto à mesa e pegando o jornal; e o capitão Wentworth voltou para a sua janela.

No minuto seguinte, chegou outro personagem. O caçulinha da família, um menininho de dois anos, muito forte e travesso, tendo encontrado a porta aberta por alguém de fora, fez sua triunfal entrada na sala e foi direto ao sofá para ver o que estava havendo e fazer valer os seus direitos a qualquer delícia que estivesse sendo distribuída.

Não havendo nada para comer, ele só podia tentar brincar; e, como a titia não o deixaria perturbar seu irmãozinho doente, ele começou a se agarrar a ela, que estava ajoelhada, de modo que, ocupada como estava com Charles, não conseguia desvencilhar-se. Falou com ele, ordenou, ameaçou e insistiu, tudo em vão. A certa altura, conseguiu livrar-se dele, mas o menininho teve o prazer ainda maior de agarrá-la de novo logo em seguida.

— Walter — disse ela —, desça já daí. Você é muito desobediente. Estou muito zangada com você.

— Walter — exclamou Charles Hayter —, por que não faz o que estão pedindo? Não ouviu a sua tia falar? Venha cá, Walter, venha com o primo Charles.

Mas Walter nem se mexeu.

No momento seguinte, porém, ela se viu livre dele; alguém o estava soltando dela, apesar de ele ter empurrado a cabeça tão para baixo, que suas fortes mãozinhas foram desagarradas do pescoço dela e ele foi energicamente tirado dali, antes que ela soubesse que fora o capitão Wentworth quem fizera aquilo.

Suas sensações ao descobrir que fora ele deixaram-na completamente sem fala. Não conseguiu sequer agradecer-lhe. Limitou-se a se inclinar sobre o pequeno Charles, com os sentimentos mais desencontrados. A gentileza dele ao vir em sua ajuda, a maneira, o silêncio em que tudo se passou, os pequenos pormenores da situação, com a convicção que logo se lhe impôs pelo barulho que propositalmente ele estava fazendo com a criança, de que ele evitasse ouvir os agradecimentos dela e procurasse demonstrar que conversar com ela era o que menos queria, produziram nela um estado de irregular mas dolorosa confusão e agitação, de que não pôde recuperar-se até que, pela chegada de Mary e das srtas. Musgrove, pôde passar a elas o cuidado de seu pequeno paciente e deixar a sala. Não conseguia permanecer ali. Poderia ter sido uma boa oportunidade de observar os amores e os ciúmes dos quatro — eles estavam agora todos reunidos; mas não podia ficar de modo nenhum. Era evidente que Charles Hayter não nutria muitas simpatias pelo capitão Wentworth. Tinha ela a forte impressão de ele ter dito, num tom de voz irritado, após a ação do capitão Wentworth: "Você devia ter ouvido a *mim*, Walter; eu lhe disse para não perturbar sua tia"; e compreendia que ele lamentasse que o capitão Wentworth tivesse feito o que ele mesmo devia ter feito. Mas nem os sentimentos de Charles Hayter nem os sentimentos de ninguém podiam ser de interesse para ela, até que ela tivesse posto um pouco de ordem nos seus próprios. Estava envergonhada de si mesma, muito envergonhada de estar tão nervosa, tão agitada por uma ninharia; mas era assim, e Anne precisou de um longo período de solidão e reflexão para se recuperar.

Capítulo 10

Não lhe faltariam novas oportunidades de fazer as suas observações. Anne logo passou a estar na companhia dos quatro com frequência suficiente para formar uma opinião, embora fosse prudente o bastante para não mencionar o assunto em casa, onde sabia que não agradaria nem ao marido nem à esposa; pois, embora considerasse Louisa a provável favorita, não podia deixar de pensar, julgando pela memória e pela experiência, que o capitão Wentworth não estava apaixonado por nenhuma delas. Elas é que estavam mais apaixonadas por ele; mas não havia amor. Era um pequeno surto de admiração; mas podia, ou provavelmente deveria acabar transformando-se em amor por alguém. Charles Hayter parecia saber ter sido desdenhado, e no entanto Henrietta parecia às vezes estar dividida entre os dois. Anne adoraria ter o poder de mostrar a todos eles a situação em que se haviam metido e de apontar alguns dos males a que estavam expondo-se. Não acusava ninguém de duplicidade. Era para ela a máxima satisfação acreditar que o capitão Wentworth não tinha a menor ideia da dor que estava provocando. Não havia nada de triunfal, de desprezivelmente triunfal em seus gestos. Provavelmente ele nunca soubera, nunca pensara em quaisquer direitos de Charles Hayter. Seu único erro fora ter aceitado as atenções (pois aceitar era a palavra) de duas jovens ao mesmo tempo.

Depois de um breve combate, porém, Charles Hayter parecia abandonar a arena. Três dias se passaram sem que ele viesse a Uppercross; uma mudança bastante evidente. Recusou até um convite formal para jantar; e, tendo sido encontrado pelo sr. Musgrove com pesados in-quartos à sua frente, o sr. e a sra. Musgrove estavam certos de que alguma coisa estava errada, e falaram, com expressão grave, que tal excesso de estudos podia levá-lo à morte. A esperança e o palpite de Mary eram que ele tivesse recebido uma negativa definitiva da parte de Henrietta, e seu marido vivia na constante confiança de que tornaria a vê-lo no dia seguinte. Anne limitava-se a achar que Charles Hayter era sábio.

Certa manhã, mais ou menos na hora em que Charles Musgrove e o capitão Wentworth tinham partido para caçar juntos, enquanto as irmãs do Chalé estavam sentadas sossegadamente trabalhando, foram visitadas à janela pelas irmãs da Casa Grande.

Era um belíssimo dia de novembro, e as srtas. Musgrove atravessaram o jardinzinho e entraram só para dizer que iam dar um *longo* passeio, e então concluíram que Mary provavelmente não gostaria de ir com elas; e quando Mary respondeu prontamente, com certo ciúme por não acharem que ela fosse uma boa andarilha, "Ah, claro, eu gostaria muito de ir com vocês, adoro longas caminhadas", Anne sentiu-se convencida, pela expressão das duas moças, de que aquilo era exatamente o que elas não desejavam, e admirou mais uma vez aquela espécie de necessidade que os hábitos familiares pareciam produzir de tudo ter de ser comunicado e tudo ter de ser feito juntos, por mais indesejado e inconveniente que fosse. Ela tentou dissuadir Mary de ir, mas em vão; e, sendo assim, achou melhor aceitar o convite muito mais cordial das srtas. Musgrove para que fosse também, pois poderia ser útil, voltando para casa com a irmã e diminuindo a intromissão nos planos das duas.

— Não consigo imaginar por que eu não apreciaria uma longa caminhada — disse Mary, ao subir as escadas. — Todos sempre imaginam que não sou uma boa andarilha; mas não ficariam nada satisfeitas se eu tivesse recusado ir com elas. Quando as pessoas vêm só para nos convidar, como dizer não?

Charles e o capitão voltaram justamente quando elas estavam saindo. Haviam levado um cãozinho, que estragara a caçada e os trouxera de volta antes do esperado. Tinham, pois, o tempo disponível, a energia e a disposição para aquela caminhada, e se juntaram a elas com prazer. Se Anne tivesse previsto tal reunião, teria ficado em casa; mas, por interesse e curiosidade, imaginou que era tarde demais para desistir, e o grupo completo de seis pessoas partiu na direção escolhida pelas srtas. Musgrove, que evidentemente consideravam-se as guias do passeio.

O objetivo de Anne era não causar incômodo a ninguém e, ali onde as trilhas estreitas pelos campos tornavam necessárias muitas separações, ficar com a irmã e o cunhado. Seu *prazer* com a caminhada devia ser provocado pelo exercício e pela beleza do dia, pela visão dos últimos sorrisos do ano sobre as folhas acastanhadas e das cercas vivas emurchecidas, e por repetir para si mesma algumas das milhares de descrições poéticas do outono, essa estação de especial e inesgotável influência de bom gosto e ternura sobre o espírito, essa estação que extraiu de cada poeta digno de ser lido alguma tentativa de descrição ou algumas linhas de sentimento. Ocupava a mente o máximo possível com reflexões e citações; mas não lhe era possível, quando estava ao alcance da conversa do capitão Wentworth com alguma das srtas. Musgrove, não tentar ouvi-la; captou, porém, muito pouca coisa de algum interesse. Era só um bate-papo animado, como os praticados por todos os jovens com certo grau de intimidade. Ele falava mais com Louisa do que com Henrietta. Louisa certamente se punha mais em evidência do que a irmã. Essa distinção parecia aumentar, e Louisa disse uma coisa que a impressionou. Depois de um dos muitos elogios à beleza do dia a que se entregavam, o capitão Wentworth acrescentou:

— Que dia glorioso para o almirante e minha irmã! Eles planejaram dar um longo passeio de carruagem esta manhã; talvez possamos vê-los do alto de uma dessas colinas. Eles falaram em vir para estes lados. Fico imaginando onde a carruagem vai capotar hoje. Ah! Acontece com muita frequência, eu lhe garanto; mas minha irmã não se importa; ser jogada para fora ou não, dá no mesmo para ela.

— Ah! Você está exagerando, tenho certeza — exclamou Louisa —, mas, se fosse verdade, eu faria a mesma coisa no lugar dela. Se eu amasse alguém como sua irmã ama o almirante, estaria sempre com ele, nada nunca nos separaria, e preferiria capotar com ele a ser conduzida em segurança por outra pessoa.

Disse aquilo com entusiasmo.

— É mesmo? — exclamou ele, no mesmo tom. — Receba as minhas homenagens!

E se fez silêncio entre eles por alguns instantes.

Anne não conseguiu achar de imediato uma nova citação. As doces paisagens do outono foram por um momento deixadas de lado, a menos que abençoasse a sua memória algum terno soneto, cheio de precisas analogias entre o ano em seu declínio e o declínio da felicidade e as imagens de juventude e esperança e primavera, tudo chegando ao fim ao mesmo tempo. Ela se animou a dizer, quando entravam em fila numa outra trilha: "Não é este um dos caminhos para Winthrop?". Mas ninguém ouviu ou, pelo menos, ninguém lhe respondeu.

Winthrop, porém, ou os seus arredores — pois às vezes se pode topar com os rapazes a vaguear perto de casa — era o destino da excursão; e depois de mais meia milha de gradual ascensão através de grandes campos cercados, onde o trabalho dos arados e o sulco recém-aberto indicavam o agricultor a se contrapor às doçuras da melancolia poética e a anunciar a volta da primavera, alcançaram o cume da mais alta colina, que separava Uppercross de Winthrop, e logo tiveram uma visão total desta, ao pé da colina em frente.

Winthrop, sem beleza e sem dignidade, encontrava-se diante deles, uma casa indiferente, situada num vale, e rodeada de celeiros e dos edifícios do terreiro.

Mary exclamou:

— Meu Deus! Aqui está Winthrop. Garanto que não tinha a menor ideia! Bem, acho melhor voltarmos; estou exausta.

Henrietta, ciente do que se passava e envergonhada, ao não ver nenhum primo Charles a caminhar por nenhuma trilha ou apoiado a nenhuma porteira, prontificou-se a fazer o que Mary queria; mas "Não!", disse Charles Musgrove, e "Não, não!", exclamou Louisa mais energicamente, e, chamando a irmã à parte, pareceu discutir animadamente a questão.

Charles, enquanto isso, declarava resolutamente a sua decisão de visitar a tia, agora que estava tão perto; e muito evidentemente, embora de modo mais timorato, tentava convencer a esposa a ir também. Mas esse foi um dos pontos em que Mary demonstrou toda a sua força; e quando ele mencionou a vantagem de ela descansar por quinze minutos em Winthrop, já que se sentia tão cansada, respondeu com decisão: "Ah! Não, mesmo! Subir toda aquela colina me faria mais mal do que o bem que me faria sentar-me por algum tempo em Winthrop"; em suma, seu aspecto e suas maneiras declaravam que ela não iria.

Depois de uma breve sequência de tais debates e consultas, ficou acertado entre Charles e as duas irmãs que ele e Henrietta iriam até lá para ver a tia e os primos e voltariam correndo em alguns minutos, enquanto os demais aguardariam no topo da colina. Louisa parecia ser o cérebro do plano; e, enquanto caminhava com eles por um breve trecho colina abaixo, ainda falando com Henrietta, Mary aproveitou a oportunidade para olhar ao redor com desdém e dizer ao capitão Wentworth:

— É muito desagradável ter parentes assim! Mas eu lhe garanto que não estive nessa casa mais de duas vezes na vida.

Não teve como resposta senão um sorriso artificial de assentimento, seguido de um olhar de desprezo, enquanto se afastava, cujo significado Anne compreendeu perfeitamente.

O topo da colina onde estavam era um lugar deslumbrante: Louisa voltou; e Mary, encontrando um assento confortável para si mesma num murinho, continuou muito satisfeita enquanto todos permaneceram ao seu lado; mas, quando Louisa levou o capitão Wentworth para longe, para tentar catar nozes numa sebe das proximidades, e eles aos poucos deixaram de estar ao alcance de sua vista e audição, Mary deixou de sentir-se feliz; queixou-se de seu assento, tinha certeza de que Louisa conseguira um muito melhor em algum lugar e nada podia impedi-la de também procurar outro melhor. Passou pela mesma porteira, mas não conseguiu vê-los. Anne encontrou um ótimo assento sobre uma encosta ensolarada e seca, sob a sebe, na qual não tinha dúvida de que eles ainda estavam, num ou noutro lugar. Mary sentou-se por um instante, mas não ficou satisfeita; tinha certeza de que Louisa encontrara um lugar melhor para sentar-se e seguiria em frente até alcançá-la.

Anne, cansadíssima, estava contente por poder sentar-se; e logo ouviu o capitão Wentworth e Louisa na sebe, atrás dela, como se estivessem voltando pela trilha, uma espécie de canal selvagem que se abria no centro. Estavam falando ao se aproximar. A voz de Louisa foi a primeira a poder ser distinguida. Parecia estar no meio de uma fala animada. A primeira coisa que Anne ouviu foi:

— E então eu fiz que ela fosse. Eu não podia suportar que ela se deixasse intimidar quanto à visita por uma besteira dessas. Como! Fazer-me desistir de algo a que eu estava decidida e que sabia ser certo, por causa dos modos e da interferência de determinada pessoa ou de qualquer pessoa que fosse? Não, não posso nem imaginar que alguém se deixe persuadir com tal facilidade. Quando tomo uma decisão, está tomada; e Henrietta parecia muito ter tomado a decisão de visitar Winthrop hoje;

e mesmo assim ela estava quase desistindo, por causa de uma complacência absurda!

— Ela teria voltado, se não fosse você?

— Teria, sim. Tenho quase vergonha de dizer isso.

— Feliz dela, que tem uma mente como a sua a que pode sempre recorrer! Depois das indicações que você acabava de passar, que só confirmaram as minhas próprias observações, da última vez que estive na companhia dele, eu não preciso fingir não compreender o que está acontecendo. Vejo que estava em questão mais do que uma mera visita matinal à sua tia; e ai dele e dela também, quando se trata de coisas importantes, quando se deparam com situações que exigem energia e firmeza de espírito, se não tiverem determinação suficiente para resistir a ociosas intromissões em coisas triviais como esta. Sua irmã é uma boa pessoa; mas vejo que *você* é quem tem um caráter resoluto e firme. Se você se importa com a conduta ou com a felicidade dela, tente infundir nela o máximo de seu espírito que puder. Mas não há dúvida de que é isto que você vem sempre fazendo. O mais grave mal de uma personalidade passiva e indecisa é que não se pode contar com nenhuma influência sobre ela. Nunca temos certeza de que uma boa impressão seja duradoura; todos podem modificá-la. Seja firme quem quiser ser feliz. Eis uma avelã — disse ele, colhendo uma de um ramo alto — que pode servir de exemplo: uma bela e reluzente avelã que, dotada de uma força original, sobreviveu a todas as intempéries do outono. Nenhum furo, nenhum sulco. Esta avelã — prosseguiu ele, com jocosa solenidade —, enquanto tantas de suas irmãs caíram e foram pisadas, ainda está de posse de toda a felicidade de que é capaz uma avelã.

Voltando, então, ao tom sério de antes:

— O que mais quero para todos aqueles de que gosto é que sejam firmes. Se Louisa Musgrove quiser ser linda e feliz no novembro de sua vida, deverá conservar toda a sua presente força de espírito.

Ele parou de falar e não recebeu resposta. Teria sido uma surpresa para Anne se Louisa respondesse prontamente a uma tal fala: palavras tão interessantes, ditas com tanto entusiasmo! Podia imaginar o que Louisa estava sentindo. De sua parte, temia mover-se, para não ser vista. Enquanto permanecia ali, estava protegida por um arbusto de azevinho, e eles prosseguiam a caminhada. Antes que estivessem fora de seu campo auditivo, porém, Louisa tornou a falar.

— Mary é boa pessoa, em muitos aspectos — disse ela —, mas às vezes ela me provoca demais, com sua insensatez e seu orgulho; o orgulho dos Elliot. Ela tem uma dose enorme do orgulho dos Elliot. Como gostaríamos que Charles tivesse casado com a Anne em vez dela! Imagino que você saiba que ele queria casar-se com a Anne...

Depois de uma breve pausa, o capitão Wentworth disse:

— Você quer dizer que ela o recusou?

— Ah! Sim, é claro.

— Quando foi isso?

— Não sei exatamente quando, pois eu e a Henrietta estávamos na escola naquela época; mas acho que foi mais ou menos um ano antes de ele se casar com Mary. Eu queria que ela o tivesse aceitado. Todos nós gostaríamos muito mais dela; e o papai e a mamãe sempre dizem que ela não o aceitou por causa de *Lady* Russell, grande amiga dela. Acham que Charles não era culto e pedante o bastante para agradar a *Lady* Russell, e que por isso ela persuadiu Anne a recusá-lo.

As vozes distanciavam-se, e Anne já não podia distingui-las. Suas emoções mantinham-na ali, imóvel. Tinha muito de que se recuperar, antes de poder mover-se. O proverbial destino do ouvinte não era absolutamente o seu; não ouvira nada de ruim sobre ela mesma, mas muito ouvira de significado muito doloroso. Via agora como o seu caráter era julgado pelo capitão Wentworth, e a maneira de ele falar tivera exatamente aquele grau de sentimento e curiosidade em relação a ela que lhe deveria causar tanto nervosismo.

Assim que conseguiu, partiu à procura de Mary, e, tendo-a encontrado e retornado com ela ao lugar de antes, junto ao murinho, sentiu certo reconforto pelo fato de o grupo inteiro ter-se reunido novamente logo em seguida, pondo-se mais uma vez em marcha. Seu estado de espírito precisava da solidão e do silêncio que só a multidão pode dar.

Charles e Henrietta voltaram, trazendo, como se podia esperar, Charles Hayter com eles. Anne não podia tentar compreender os pormenores do caso; até mesmo o capitão Wentworth parecia não ter recebido as informações mais confidenciais nesse caso; mas não havia dúvida de que ocorrera uma rendição da parte do cavalheiro e clemência da parte da dama, e agora eles estavam muito contentes por estarem juntos de novo. Henrietta parecia um pouco envergonhada, mas muito contente; Charles Hayter, extremamente feliz: e se dedicaram um ao outro quase desde o primeiro instante depois de retomarem o caminho de Uppercross.

Tudo agora restringia a escolha do capitão Wentworth apenas a Louisa; nada podia ser mais óbvio; e ali, onde se fazia necessário dividir o grupo, ou mesmo em outras oportunidades, eles caminhavam lado a lado quase tanto quanto os outros dois. Numa longa faixa de pradaria, onde havia amplo espaço para todos, eles se dividiram em três grupos distintos; e Anne pertencia necessariamente ao grupo que, dos três, mostrava menos animação e menos afabilidade. Ela se reuniu com Charles e Mary, e estava cansada o bastante para ficar muito contente em se apoiar no outro braço de Charles; mas Charles, embora com muito boa disposição para com ela, estava irritadíssimo com a mulher. Mary fora desaforada com ele, e agora devia arcar com as consequências, que consistiam no fato de ele soltar o braço dela a quase toda hora para cortar as cabeças de certas urtigas da sebe com o chicote; e, quando Mary começou a se queixar de estar sendo maltratada, como sempre, por estar do lado da sebe, enquanto Anne não era nunca incomodada do outro lado, ele soltou os braços de ambas para sair à caça de uma doninha que vira de relance, e foi difícil fazê-lo seguir adiante.

Esse longo prado margeava uma estradinha, com a qual a trilha que seguiam ia cruzar em seu final, e quando todo o grupo chegou à porteira de saída a carruagem que avançava na mesma direção e que eles já vinham escutando havia algum tempo estava justamente chegando: era o cabriolé do almirante Croft. Ele e a mulher haviam dado seu planejado passeio e estavam de volta para casa. Ao ouvirem em que longa caminhada os jovens se haviam empenhado, gentilmente ofereceram um lugar para alguma mulher que pudesse estar especialmente cansada; isso lhe pouparia uma milha inteira, e eles iam passar por Uppercross. O convite foi genérico, e genericamente recusado. As srtas. Musgrove não estavam nem um pouco cansadas, e Mary estava ou ofendida por não ter sido convidada antes das outras, ou o que Louisa chamava de orgulho dos Elliot não podia tolerar ocupar o terceiro lugar numa carruagem puxada por um só cavalo.

Os caminhantes haviam atravessado a estradinha e estavam subindo um degrau do outro lado, e o almirante estava pondo em marcha de novo o seu cavalo, quando o capitão Wentworth abriu num instante um espaço na sebe para dizer algo à irmã. O que fosse esse algo podia ser inferido pelos efeitos que provocava.

— Srta. Elliot, tenho certeza de que está cansada — exclamou a sra. Croft. — Dê-nos o prazer de levá-la para casa. Temos aqui muito espaço para três, eu garanto. Se todos fossem como a senhorita, creio que haveria lugar para quatro. Venha! Venha!

Anne ainda estava na estradinha; e, embora instintivamente começasse a recusar, não lhe permitiram prosseguir. O almirante veio gentilmente insistir com ela para reforçar o pedido da esposa; não aceitariam uma negativa; eles se apertaram o mais que puderam para lhe deixar um canto, e o capitão Wentworth, sem dizer palavra, voltou-se para ela e a obrigou a ser ajudada a entrar na carruagem.

Sim; ele fizera aquilo. Ela estava na carruagem e sentia que ele a pusera ali, que sua vontade e suas mãos haviam feito aquilo, que ela devia aquilo à percepção que ele teve de seu cansaço e à decisão de proporcionar-lhe algum repouso. Estava muito impressionada com a visão de sua boa disposição para com ela, que todas aquelas coisas haviam revelado. Aquela pequena circunstância parecia completar tudo o que acontecera antes. Ela o compreendeu. Ele não podia perdoá-la, mas não podia ser insensível. Embora a condenasse pelo passado e o julgasse com profunda e injusta mágoa, embora sem nenhum interesse por ela e embora começasse a gostar de outra, ele não conseguia vê-la sofrer sem desejar reconfortá-la. Era o que restava de um velho sentimento; era um impulso de puro, embora não reconhecido, bem-querer; era uma prova de seu coração ardente e terno, que ela não podia contemplar sem sentimentos em que se misturavam tanta dor e tanto prazer, que não sabia qual deles predominava.

Sua resposta à gentileza e às observações dos companheiros foi dada primeiro inconscientemente. Eles já haviam percorrido metade do caminho pela estradinha rústica, antes que ela se desse perfeitamente conta do que diziam. Percebeu, então, que eles falavam de "Frederick".

— Ele certamente tem planos de conquistar uma ou outra das duas mocinhas, Sophy — disse o almirante —; mas não há como saber qual. Ele as tem cortejado, ao que parece, por tempo suficiente para tomar uma decisão. Tudo isso é causado pela paz. Se estivéssemos em guerra agora, ele já teria resolvido o problema há muito tempo. Nós, marinheiros, srta. Elliot, não nos podemos dar ao luxo de fazer longas cortes em tempo de guerra. Quantos dias se passaram, querida, entre a primeira vez que eu vi você e a primeira vez que nos sentamos juntos em nosso apartamento em North Yarmouth?

— Seria melhor nem falarmos sobre isso, meu querido — replicou a sra. Croft, divertida —; pois, se a srta. Elliot soubesse como chegamos rápido a um entendimento, nunca se convenceria de que poderíamos ser felizes juntos. Já havia muito, porém, eu conhecia você de fama.

— E eu ouvira falar de você como uma linda menina; e por que esperarmos mais? Não gosto de demorar muito com esse tipo de coisas. Gostaria que Frederick içasse mais algumas velas e trouxesse para Kellynch uma dessas mocinhas. Então, sempre haveria companhia para eles. E ambas são muito bonitas; tenho dificuldade em distinguir uma da outra.

— São meninas muito animadas e simples, é verdade — disse a sra. Croft, num tom de mais moderado elogio, o que fez Anne suspeitar que seu discernimento mais agudo não considerasse nenhuma delas inteiramente digna do irmão —; e uma família muito respeitável. Não pode haver gente melhor com que estabelecer laços de parentesco. Querido almirante, o poste! Assim vamos bater naquele poste!

Mas após dar ela, calmamente, às rédeas uma melhor direção, superaram o perigo sem maiores problemas; e daí em diante, esticando judiciosamente a mão, ela evitou que caíssem numa vala e batessem numa carroça cheia de estrume; e Anne, divertida com aquele estilo de dirigir, que imaginava não ser uma representação infiel de como dirigiam seus negócios, se viu finalmente entregue por eles em segurança no Chalé.

Capítulo 11

Estava chegando o dia do retorno de *Lady* Russell: a data já estava marcada; e Anne, devendo juntar-se a ela tão logo ela estivesse instalada, se preparava para logo mudar-se para Kellynch e começava a calcular como o seu conforto seria afetado com aquilo.

A mudança a deixaria no mesmo vilarejo do capitão Wentworth, a meia milha dele; teriam de frequentar a mesma igreja e as duas famílias passariam inevitavelmente a se visitar. Isso não era bom para ela; mas, por outro lado, ele passava tanto tempo em Uppercross, que quando ela voltasse para lá poderia considerar que estaria distanciando-se dele, mais do que se aproximando; e, tudo bem considerado, achava que sairia ganhando nessa interessante questão, quase tanto quanto ao mudar de companhia doméstica, deixando a pobre Mary por *Lady* Russell.

Ela queria que fosse possível evitar ver o capitão em Kellynch Hall: aquelas salas haviam testemunhado velhos encontros que seria doloroso demais rememorar; mas estava ainda mais angustiada com a possibilidade de *Lady* Russell e o capitão Wentworth nunca se encontrarem, em nenhum lugar. Eles não gostavam um do outro, e reatar as relações agora não melhoraria a situação; e, se *Lady* Russell os visse juntos, poderia pensar que ele era senhor de si até demais, e ela, pouco demais.

Essas eram as suas principais preocupações ao prever a mudança de Uppercross, onde sentia já ter passado tempo demais. O proveito de seus cuidados com o pequeno Charles sempre daria certa doçura às lembranças daquela visita de dois meses, mas ele estava recuperando-se rapidamente e ela não tinha mais nada que a retivesse ali.

O término da visita, porém, foi bem diferente do que ela havia imaginado. O capitão Wentworth, depois de dois dias sem ser visto nem ouvido em Uppercross, tornou a aparecer na casa para justificar-se com um relato do que o afastara de lá. Tendo enfim recebido uma carta de um amigo, o capitão Harville, soube que ele se estabelecera com a família em Lyme, para lá passar o inverno; e que estavam, portanto, sem saber, a só vinte milhas um do outro. O capitão Harville jamais tornara a gozar de boa saúde desde um grave ferimento que sofrera dois anos antes, e a ansiedade do capitão Wentworth em vê-lo o determinara a ir imediatamente a Lyme. Lá estivera por vinte e quatro horas. Foi plenamente perdoado, sua amizade foi calorosamente apreciada, interessou a todos vivamente pelo amigo, e sua descrição da bela região que rodeava Lyme entusiasmou tanto os presentes, que provocou um ardente desejo de verem Lyme e um projeto de ir até lá.

Os jovens estavam loucos para ver Lyme. O capitão Wentworth falou de voltar lá, eram só dezessete milhas de Uppercross; embora fosse novembro, o tempo não estava nem um pouco ruim; em suma, Louisa, que era a mais ansiosa das ansiosas, tendo tomado a resolução de ir e, além do prazer de fazer o que queria, estando agora armada com a ideia do mérito que consistiria manter-se em seu próprio rumo, conseguiu fazer prevalecer seus planos contra os de seus pais, que queriam adiar a ida até o verão; e a Lyme haviam de ir — Charles, Mary, Anne, Henrietta, Louisa e o capitão Wentworth.

O primeiro plano, mal concebido, era ir de manhã e voltar à noite; mas isso o sr. Musgrove, para o bem de seus cavalos, não aceitaria; e, quando o projeto veio a ser racionalmente considerado, viu-se que um dia de meados de novembro não proporcionaria muito tempo para se conhecer um lugar novo, depois de deduzidas sete horas, como exigia a natureza da região, para ir e voltar. Deviam, portanto, passar a noite lá e não ser esperados de volta antes do jantar do dia seguinte. Essa foi considerada uma melhora considerável; e, embora todos se tivessem reunido cedo na Casa Grande para o desjejum e partido muito pontualmente, a tarde já ia tão avançada quando as duas carruagens, o coche do sr. Musgrove, com as quatro damas, e o cabriolé de Charles, em que levou o capitão Wentworth, começaram a descer a longa colina que levava a Lyme e entraram na ainda mais escarpada rua da cidade, que ficou muito evidente que não teriam muito tempo para observar as cercanias antes que a luz do dia se apagasse e o calor arrefecesse.

Depois de reservarem os apartamentos e encomendarem um jantar num dos albergues, a próxima coisa a fazer era sem dúvida caminhar direto para o mar. O ano já ia avançado demais para qualquer diversão ou entretenimento que Lyme, como um lugar público, podia oferecer. As casas estavam fechadas, quase todos os hóspedes haviam partido, pouquíssimas famílias, além dos próprios moradores, ainda permaneciam; e, como nada havia que admirar nos edifícios, a notável localização da cidade, a rua principal que como que se precipita nas águas, o passeio que vai até o Cobb, bordejando a agradável enseada que, durante a estação, era animada por cabines de banho dotadas de rodas e pela multidão, e o próprio Cobb, suas velhas maravilhas e novas melhorias, com a esplêndida linha de penhascos que se estende para leste da cidade, são o que atrai os olhares do forasteiro; só mesmo um estrangeiro muito estranho não percebe os encantos das cercanias imediatas de Lyme e não deseja conhecê-las melhor. As paisagens de Charmouth, um lugarejo nos arredores, com suas alturas e suas amplas extensões de terra cultivada e, mais ainda, sua doce e tranquila baía, apoiada em negros penhascos, onde fragmentos de rocha em meio à areia fazem dele o melhor lugar para se observar o fluxo da maré e para permanecer em solitária contemplação; os bosques variegados do delicioso vilarejo de Up Lyme; e, acima de tudo, Pinny, com seus verdes báratros entre românticos rochedos, onde as árvores esparramadas e pomares luxuriantes revelam que muitas gerações já se passaram desde que o primeiro esboroamento parcial do penhasco preparou o terreno para o seu estado atual, onde se exibe um cenário tão maravilhoso e tão agradável, que pode igualar e até superar as paisagens parecidas da célebre ilha de Wight: tais lugares têm de ser visitados muitas vezes, para bem se apreciar o valor de Lyme.

A comitiva vinda de Uppercross, ao passar pelas casas abandonadas e melancólicas e continuar descendo, logo se viu na praia; e apenas contemplando, como devem logo fazer todos os que tornam a ver o mar e que alguma vez mereceram vê-lo, avançaram em direção ao Cobb, objetivo deles tanto em si mesmo quanto por causa do capitão Wentworth: pois numa casa pequena, ao pé de um velho píer de idade desconhecida, moravam os Harville. O capitão Wentworth entrou para saudar o amigo; os demais seguiram caminho, e ele ficou de encontrá-los no Cobb.

Eles não se cansavam de surpreender-se e admirar-se; e nem mesmo Louisa parecia perceber que muito tempo se passara desde que se haviam despedido do capitão Wentworth, quando o viram vindo em sua direção, com três companheiros, que todos, pela descrição, já sabiam ser o capitão e a sra. Harville, mais um certo capitão Benwick, que estava passando um tempo com eles.

Algum tempo antes, o capitão Benwick fora o primeiro-tenente do *Laconia*; e a descrição que o capitão Wentworth dele fizera ao voltar de Lyme, seu entusiástico elogio do excelente rapaz e oficial que ele sempre apreciara, o qual devia tê-lo elevado na estima de todo ouvinte, foram seguidos de uma breve história de sua vida particular, que o tornaram interessantíssimo aos olhos das moças. Ele fora noivo da irmã do capitão Harville, e agora pranteava sua morte. Eles haviam durante um ou dois anos aguardado a fortuna e a promoção. A fortuna veio, sendo grande a quantia obtida com as presas marítimas; *por fim*, veio também a promoção; mas Fanny Harville não viveu para saber. Ela falecera no verão passado, enquanto ele ainda estava no mar. O capitão Wentworth achava impossível que um homem tivesse maior amor por uma mulher do que o pobre Benwick tivera por Fanny Harville, ou que se afligisse mais profundamente com o terrível trespasse. Considerava a sua índole como do tipo mais propenso a sofrer muito, unindo sentimentos muito fortes com maneiras calmas, sérias e discretas, e um gosto pronunciado pela leitura e pela vida sedentária. Para dar ainda maior interesse à história, a amizade entre ele e os Harville parecia, se possível, ter-se fortalecido com o acontecimento que encerrara todos os seus planos de aliança, e o capitão Benwick estava agora morando com eles. O capitão Harville alugara a casa por seis meses; seu bom gosto, sua saúde e sua fortuna, tudo o levava a uma residência barata e próxima ao mar; e a grandiosidade da região e a situação retirada de Lyme no inverno pareceram perfeitamente adequadas ao estado de espírito do capitão Benwick. Eram grandes a simpatia e a boa vontade de todos com o capitão Benwick.

— E, no entanto — disse Anne com seus botões, enquanto iam ao encontro do grupo —, talvez ele não tenha um coração mais triste do que o meu. Não posso acreditar que suas perspectivas sejam frustradas para sempre. É mais jovem do que eu; mais jovem de sentimentos, senão de fato; mais jovem como homem. Ele vai recuperar-se e ser feliz com outra mulher.

Eles se encontraram e foram apresentados uns aos outros. O capitão Harville era um homem alto e moreno, com uma expressão gentil e benévola; mancava um pouco; e pelos traços marcados e pela má saúde parecia muito mais velho do que o capitão Wentworth. O capitão Benwick parecia e era o mais jovem dos três e, comparado a qualquer um deles, parecia baixo. Tinha um rosto agradável e um ar melancólico, como ele esperava que ela tivesse, e se esquivou da conversa.

O capitão Harville, embora não tivesse as maneiras do capitão Wentworth, era um perfeito cavalheiro, simples, cordial e gentil. A sra. Harville, um pouco menos polida do que o marido, parecia, porém, ter os mesmos bons sentimentos; e nada podia ser mais agradável do que o desejo deles de tratar o grupo inteiro como seus próprios amigos, por serem amigos do capitão Wentworth, ou mais hospitaleiro e cortês do que a insistência com que conseguiram que todos prometessem jantar com eles. O jantar, já encomendado no albergue, foi enfim, embora com relutância, aceito como desculpa; mas pareciam até magoados por ter o capitão Wentworth trazido todos eles a Lyme, sem considerar óbvio que deviam jantar na casa deles.

Havia em tudo aquilo tanta afeição pelo capitão Wentworth e tal encanto naquela hospitalidade tão extraordinariamente calorosa, tão diferente do habitual estilo toma-lá-dá-cá de convidar, e dos jantares formais e de ostentação, que Anne sentiu que seu estado de espírito provavelmente não melhoraria com um mais estreito relacionamento com os colegas oficiais do capitão Wentworth. "Eles todos teriam sido meus amigos", era o que lhe passava pela cabeça; e teve de lutar contra uma forte tendência ao abatimento.

Ao deixarem o Cobb, entraram todos em casa com seus novos amigos, e deram com aposentos tão pequenos, que só aqueles que convidam de coração acreditariam que pudessem acomodar tanta gente. A própria Anne ficou por um momento pasma com aquilo; mas o espanto logo se dissolveu nos sentimentos mais agradáveis provocados pela vista de todas as engenhosas soluções e os simpáticos arranjos do capitão Harville, para aproveitar ao máximo o espaço disponível e suprir as deficiências dos móveis de aluguel e proteger as janelas e as portas das previsíveis tempestades de inverno. Era mais que apenas curiosa, para Anne, a diversidade na decoração dos cômodos, onde o mais básico e simples mobiliário fornecido pelo proprietário, com a costumeira indiferença, contrastava com alguns artigos de uma rara espécie de madeira, magnificamente trabalhada, e com objetos exóticos e valiosos trazidos dos países distantes que o capitão Harville visitara; como tudo aquilo estava ligado à sua profissão, ao fruto de seus trabalhos, ao efeito de sua influência sobre os hábitos, à imagem de repouso e felicidade doméstica que apresentava, representava para ela algo mais, ou menos, do que uma visão gratificante.

O capitão Harville não era um leitor; mas tinha reservado excelentes acomodações e fabricado belíssimas estantes para uma razoável coleção de livros bem encadernados, de propriedade do capitão Benwick. A sua claudicação impedia-o de fazer muito exercício; mas uma inteligência prática e engenhosa parecia proporcionar-lhe constante emprego dentro de casa. Desenhava, envernizava, praticava a carpintaria, colava; fazia brinquedos para as crianças; fabricava novos tipos melhores de anzóis e ferros para redes; e, se nada mais lhe restava para fazer, remendava a sua grande rede de pesca num dos cantos da sala.

Anne julgou que se separava de uma grande felicidade quando deixaram a casa; e Louisa, ao lado de quem ela caminhava, se entregou a arroubos de admiração e contentamento sobre a natureza da Marinha, a cordialidade, a fraternidade, a sinceridade, a integridade de seus membros, afirmando que estava convencida de que os marinheiros tinham mais valor e sentimentos mais calorosos do que qualquer outro grupo de homens na Inglaterra; que só eles sabiam viver e só eles mereciam ser respeitados e amados.

Voltaram para trocar de roupa e jantar; e os planos funcionaram tão bem até ali, que nada acharam que devesse ser mudado, ainda que os donos do albergue se desculpassem pela "baixa estação" e por "Lyme estar tão fora de mão", sem oferecer "expectativas de companhia".

Anne sentiu que já conseguia ficar muito mais à vontade na companhia do capitão Wentworth do que antes podia imaginar, que agora estar à mesma mesa com ele e trocar as saudações de costume (nunca iam além disso) já não era nada para ela.

As noites eram escuras demais para que as mulheres se reunissem de novo antes do amanhecer, mas o capitão Harville lhes prometera uma visita à noite; e ele veio, trazendo consigo o amigo, o que era mais do que se esperava, tendo todos concordado que o capitão Benwick parecia sentir-se constrangido com a presença de tantos estranhos. Ele os enfrentou de novo, porém, embora o seu estado de espírito certamente não parecesse adequar-se à alegria do grupo como um todo.

Enquanto os capitães Wentworth e Harville conduziam a conversa num dos lados da sala e, lembrando os tempos passados, contavam muitas anedotas para ocupar e entreter os demais, calhou de Anne ficar um tanto à parte, com o capitão Benwick; e um generoso impulso de sua natureza obrigou-a a começar a se relacionar com ele. Ele era tímido e com queda para a abstração; mas a cativante doçura do rosto de Anne e a gentileza de suas maneiras logo surtiram seu efeito; e ela foi bem recompensada pelos esforços. Era ele evidentemente um jovem de considerável bom gosto nas leituras, embora sobretudo no que se refere à poesia; e, além de estar persuadida de ter proporcionado a ele pelo menos uma noite para a discussão de assuntos a que seus companheiros habituais provavelmente não davam importância, tinha a esperança de poder ser útil a ele dando-lhe algumas sugestões quanto ao dever e às vantagens de combater a angústia, assunto que irrompera naturalmente durante a conversa. Pois, embora tímido, ele não parecia reservado; parecia, antes, que tinha sentimentos prontos para romper seu silêncio habitual; e, tendo falado de poesia, da riqueza da época atual e feito uma breve comparação entre o valor dos principais poetas, tentando determinar qual era melhor, "Marmion"[1] ou "The lady of the lake",[2] e como classificar "Giaour"[3] e "The bride of Abydos",[4] e também como se devia pronunciar "Giaour", mostrou-se tão intimamente familiarizado com todas as mais ternas canções do primeiro poeta, quanto com todas as apaixonadas descrições de desesperada agonia do segundo; repetiu, com trêmulo sentimento, os vários versos que pintavam um coração partido ou um espírito desolado pela desgraça, e demonstrava em tudo tamanho desejo de ser compreendido, que ela se arriscou a esperar que ele nem sempre se limitasse a ler poesia, dizendo que considerava a maior desgraça da poesia o fato de raramente ser apreciada sem perigo por aqueles que mais completamente a apreciam; e que os sentimentos intensos, os únicos a poderem apreciá-la de verdade, eram os mesmos sentimentos que deveriam fruí-la apenas ocasionalmente.

Como seu olhar mostrava que ele não se afligira, e antes se alegrara com essa alusão à sua situação, ela tomou coragem e seguiu em frente; e, sentindo em si mesma os direitos de uma inteligência mais experiente, permitiu-se recomendar uma parte maior de prosa em seus estudos diários; e, ao ser solicitado que fosse mais específica, mencionou as obras que lhe ocorreram no momento, de autoria de nossos melhores moralistas, as melhores coletâneas de cartas, as memórias de personagens de mérito que haviam muito sofrido, como propícias a elevar e a fortalecer o espírito com os mais altos preceitos e os mais intensos exemplos de firmeza moral e religiosa.

O capitão Benwick ouviu com atenção e pareceu grato pelo interesse demonstrado; e, embora com um balançar da cabeça e suspiros que indicavam sua pouca fé na eficiência de quaisquer

---

[1] Poema de Walter Scott (1808). (N. T.)
[2] Poema de Walter Scott (1810). (N. T.)
[3] Poema de Byron (1813). (N. T.)
[4] Poema de Byron (1813). (N. T.)

livros sobre uma dor como a sua, anotou os nomes dos autores recomendados e prometeu comprar os livros e lê-los.

Quando a reunião terminou, Anne não podia deixar de se divertir com a ideia de vir a Lyme para pregar a paciência e a resignação a um jovem que jamais vira antes; nem podia deixar de temer, ao refletir com maior seriedade, que, como muitos outros moralistas e pregadores, ela fora eloquente sobre um ponto em que sua própria conduta dificilmente resistiria ao exame.

Capítulo 12

Anne e Henrietta, as primeiras a se encontrar na manhã seguinte, combinaram dar um breve passeio à beira-mar antes do café. Desceram até a areia para observar o fluxo da maré, que uma fina brisa de sudeste trazia com toda a grandiosidade permitida por uma praia tão plana. Admiraram a manhã; deram glória ao mar; compartilharam a delícia da brisa refrescante — e permaneceram caladas; até que de repente Henrietta disse:

— Ah! Sim... Estou convencida de que, com pouquíssimas exceções, o ar marinho sempre faz bem. Não há dúvida de que foi muito útil ao dr. Shirley, depois da sua doença, na primavera do ano passado. Ele próprio afirma que passar um mês em Lyme lhe fez mais bem do que todos os remédios que tomou; e que quando está perto do mar sempre se sente jovem outra vez. Ora, não posso deixar de pensar que é uma pena que ele não viva sempre à beira-mar. Acho que seria melhor para ele sair de Uppercross e estabelecer-se em Lyme. Não acha, Anne? Não concorda comigo que é o melhor que ele poderia fazer, tanto para si mesmo como para a sra. Shirley? Ela tem primos e muitos conhecidos aqui, o que tornaria o lugar agradável para ela, e tenho certeza de que ela adoraria vir para um lugar onde pudesse ter assistência médica disponível, caso ele venha a sofrer outro ataque. Acho profundamente melancólico ver pessoas excelentes como o sr. e a sra. Shirley, que fizeram o bem durante toda a vida, gastando seus últimos dias num lugar como Uppercross, onde, com exceção da nossa família, eles parecem apartados de todo o mundo. Gostaria que os amigos dele lhe fizessem essa sugestão. Acho mesmo que deveriam fazer isso. E, quanto a obter uma dispensa, não haveria dificuldades para ele nesta altura da vida e com o caráter que ele tem. Minha única dúvida é se algo poderia persuadi-lo a deixar a paróquia. Ele é tão rigoroso e escrupuloso em suas coisas, eu diria até que exageradamente. Você não acha, Anne, que ele é exageradamente escrupuloso? Não acha que seja um falso escrúpulo o eclesiástico sacrificar a saúde por suas tarefas, que podem ser igualmente bem executas por outra pessoa? E em Lyme, também, que fica a apenas dezessete milhas, ele estaria perto o bastante para saber, se as pessoas achassem haver algum motivo de queixa.

Anne sorriu mais de uma vez consigo mesma ao ouvir aquilo, e entrou na conversa, pronta para fazer algum bem participando dos sentimentos de uma jovem como participara dos de um jovem, embora nesse caso pouco pudesse fazer, pois o que podia oferecer além de um completo assentimento? Disse tudo que era adequado e razoável sobre o assunto; discerniu os direitos do dr. Shirley ao repouso, como devia; viu como era desejável que ele tivesse um jovem ativo e respeitável como pároco residente, e até levou a cortesia a ponto de sugerir que seria vantajoso que esse pároco residente fosse casado.

— Eu gostaria — disse Henrietta, muito contente com a companheira —, eu gostaria que *Lady* Russell vivesse em Uppercross e tivesse intimidade com o dr. Shirley. Sempre ouvi falar de *Lady* Russell como uma mulher capaz de exercer enorme influência sobre as pessoas! Eu sempre a considerei capaz de persuadir uma pessoa a fazer qualquer coisa! Tenho medo dela, como já disse a você, muito medo, porque ela é muito esperta; mas a respeito demais, e gostaria de tê-la como vizinha em Uppercross.

Anne achou engraçada a maneira de Henrietta mostrar gratidão e também que o curso dos acontecimentos e os novos interesses e planos de Henrietta tivessem acabado por fazer que sua amiga fosse aceita por um membro da família Musgrove; só teve tempo, no entanto, de dar uma resposta genérica e exprimir o desejo de que houvesse outra mulher assim em Uppercross, quando todos os assuntos morreram de repente, ao verem Louisa e o capitão Wentworth caminhando na direção delas. Vieram também dar um passeio até que o desjejum estivesse pronto; mas, como Louisa logo se lembrasse que tinha algo a comprar numa loja, convidou todos para que fossem com ela até o centro. Estavam todos à sua disposição.

Quando chegaram aos degraus que subiam da praia, um cavalheiro que naquele mesmo instante se preparava para descer educadamente retrocedeu e parou para lhes dar passagem. Eles subiram e passaram por ele; e ao passarem o rosto de Anne captou seu olhar, e ele olhou para ela com tamanha admiração, que não podia deixá-la insensível. Ela estava muito atraente; seu rosto, muito regular e muito bonito, com o frescor da juventude restaurado pela brisa que soprava sobre a pele e pelo brilho nos olhos que isso também produzira. Era evidente que o cavalheiro (de maneiras totalmente dignas de um cavalheiro) a admirou demais. O capitão Wentworth olhou para ela imediatamente, mostrando que notara aquilo. Lançou a ela um breve olhar, um olhar brilhante, que parecia dizer: "Aquele homem se impressionou com você, e até eu, neste momento, torno a ver em você algo de Anne Elliot".

Depois de acompanhar Louisa em suas compras e flanar por mais algum tempo, voltaram para o albergue; e Anne, mais tarde, ao passar rapidamente do quarto para a sala de jantar, quase se chocara contra o mesmíssimo cavalheiro, que estava de saída de um dos quartos vizinhos. Antes, ela imaginara que ele fosse um forasteiro como eles e que o cavalariço de boa aparência que passeava pelas proximidades dos dois albergues quando voltaram devia ser o seu criado. O fato de tanto o cavalheiro quanto o criado estarem de luto reforçou a ideia.

Estava agora provado que ele esteve no mesmo albergue que eles; e esse segundo encontro, por mais breve que fosse, também revelou mais uma vez, pelo olhar do cavalheiro, que ele a achava adorável, e, pela rapidez e educação das desculpas, que era um homem de excelentes maneiras. Parecia ter seus trinta anos, e embora não fosse bonito tinha um aspecto agradável. Anne sentiu que gostaria de saber quem era ele.

Tinham quase terminado o desjejum, quando o ruído de uma carruagem (uma das primeiras que ouviam desde que chegaram a Lyme) atraiu metade dos presentes para a janela. Era uma carruagem de fidalgo, um cabriolé, que vinha apenas dos estábulos até a porta da frente; alguém devia estar de saída. Era dirigido por um criado de luto.

A palavra cabriolé fez Charles Musgrove saltar para poder compará-lo com o seu; o criado de luto despertou a curiosidade de Anne, e todos os seis se reuniram para olhar, no momento em que o dono do cabriolé atravessava a porta em meio às reverências e atenções dos empregados e, ocupando o seu lugar, partia.

— Ah! — exclamou o capitão Wentworth, de imediato, e com um olhar de relance para Anne. — É aquele homem que passou por nós.

As srtas. Musgrove concordaram; e, tendo-o todos seguido com os olhos até o mais alto da colina que puderam, voltaram à mesa de desjejum. O garçom logo em seguida entrou na sala.

— Por obséquio — disse logo o capitão Wentworth —, pode dizer-nos o nome do cavalheiro que acaba de partir?

— Posso, *Sir.* É o sr. Elliot, um cavalheiro riquíssimo, que chegou a noite passada vindo de Sidmouth. Acho que o senhor ouviu a carruagem, *Sir*, enquanto jantava; ele partiu agora para Crewkherne, a caminho de Bath e Londres.

— Elliot! — Muitos se entreolharam e muitos repetiram o nome antes que todas aquelas informações fossem passadas, mesmo com a rapidez de um garçom.

— Meu Deus! — exclamou Mary. — Deve ser o nosso primo; deve ser o nosso sr. Elliot, deve ser, claro! Charles, Anne, não deve ser ele? De luto, exatamente como o nosso sr. Elliot deve estar. Que incrível! No mesmíssimo albergue que nós! Anne, não deve ser o nosso sr. Elliot? O herdeiro mais próximo do papai? Por favor — voltando-se para o garçom —, você não ouviu, o criado dele não disse que ele pertencia à família Kellynch?

— Não, senhora, ele não mencionou nenhuma família em especial; mas disse que seu amo era um homem riquíssimo e um dia seria criado baronete.

— Aí está! Vocês veem? — exclamou Mary, em êxtase. — Exatamente como eu disse! O herdeiro de *Sir* Walter Elliot! Tinha certeza de que acabaria sabendo, se fosse verdade. Garanto que esse é um detalhe que seus criados se apressam em revelar em todos os lugares aonde ele vai. Mas, Anne, veja só que coisa incrível! Queria ter olhado mais para ele. Queria ter sabido a tempo quem ele era, para podermos apresentar-nos uns aos outros! Você acha que ele tem o jeito dos Elliot? Mal olhei para ele, estava olhando para os cavalos dele; mas acho que ele tinha algo do jeito dos Elliot, é surpreendente que o brasão não tenha chamado a minha atenção! Ah! O capote tinha sido pendurado sobre o painel da carruagem, cobrindo o brasão; se não fosse por isso, tenho certeza de que o teria observado e a libré também; se o criado não estivesse de luto, nós o teríamos reconhecido pela libré.

— Considerando todas essas extraordinárias circunstâncias juntas — disse o capitão Wentworth —, devemos ver nisso a mão da Providência, que não quis que vocês fossem apresentadas ao primo.

Quando conseguiu reter a atenção de Mary, Anne tentou calmamente convencê-la de que o pai delas e o sr. Elliot não vinham, há muitos anos, mantendo relações suficientemente boas para que uma tentativa de apresentação fosse desejável.

Ao mesmo tempo, todavia, era um secreto prazer para ela ter visto o primo e saber que o futuro proprietário de Kellynch era, sem dúvida, um cavalheiro e tinha um ar de grande bom-senso. Não pretendia, de modo algum, mencionar o segundo encontro com ele; por sorte, Mary não esteve presente quando cruzaram com ele durante o passeio matinal, mas se teria sentido injuriada pelo fato de Anne ter-se quase chocado com ele no corredor, enquanto ela nem perto dele chegara; não, aquele pequeno encontro entre primos devia permanecer absolutamente secreto.

— É claro — disse Mary — que você há de mencionar que vimos o sr. Elliot, da próxima vez que escrever para Bath. Acho que o papai certamente devia saber disso; conte tudo sobre ele.

Anne evitou dar uma resposta direta, mas considerava que aquela circunstância não só não merecia ser comunicada, como também devia ser ignorada. Ela conhecia a ofensa feita muitos anos antes a seu pai; suspeitava da parte importante que Elizabeth tinha no caso; e não havia dúvida de que a mera menção de Elliot sempre provocava irritação nos dois. Mary nunca havia escrito para Bath; coube a Anne todo o aborrecimento de manter uma vagarosa e maçante correspondência com Elizabeth.

Pouco depois do café, vieram encontrá-los o capitão e a sra. Harville e o capitão Benwick, com quem haviam combinado dar um último passeio por Lyme. Deviam partir para Uppercross à uma, e até lá queriam permanecer todos juntos ao ar livre o máximo que pudessem.

Anne viu que o capitão Benwick se aproximava dela, assim que todos saíram para a rua. A conversa que haviam tido a noite anterior não o impedia de buscar de novo a companhia dela; e caminharam juntos por algum tempo, falando como antes do sr. Scott e de Lord Byron, e incapazes como antes, e tão incapazes quanto quaisquer outros dois leitores, de pensar exatamente igual sobre os méritos de ambos os poetas, até que algo provocou uma mudança quase total na disposição do grupo, e em vez do capitão Benwick ela passou a ter o capitão Harville ao seu lado.

— Srta. Elliot — disse ele, falando em voz baixa —, foi uma boa ação fazer meu pobre amigo falar bastante. Gostaria que ele tivesse a sua companhia com mais frequência. É ruim para ele, eu sei, ficar trancado como agora; mas o que podemos fazer? Não podemos separar-nos.

— Não — disse Anne —, é fácil ver que isso é impossível; mas com o tempo, talvez... sabemos o que o tempo faz em todas as situações de dor, e você deve lembrar-se, capitão Harville, de que o luto do seu amigo ainda pode ser considerado recente... data só do verão passado, pelo que sei.

— É verdade — com um profundo suspiro —; é só de junho.

— E talvez a notícia lhe tenha chegado até mais tarde.

— Só na primeira semana de agosto, quando ele chegou do Cabo com o *Grappler*. Eu estava em Plymouth, com medo de ter notícias dele; ele enviara cartas, mas o *Grappler*, estando a serviço, devia prosseguir até Portsmouth. Era ali que ele deveria receber a notícia, mas quem a contaria? Não eu. Eu preferiria ser içado no lais da verga. Ninguém podia fazer aquilo, a não ser o nosso bom amigo — apontando o capitão Wentworth. — O *Laconia* chegara a Plymouth uma semana antes; não havia perigo de receber ordens para zarpar de novo. Quanto ao resto, fez tudo por conta própria; escreveu um pedido de licença, mas sem esperar a resposta viajou noite e dia até chegar a Portsmouth, remou até o *Grappler* imediatamente, e não abandonou o pobre sujeito nem por um instante durante uma semana. Foi isso o que ele fez, e ninguém mais poderia ter salvado o pobre James. Pense, então, srta. Elliot, como ele é querido por nós!

Anne pensou intensamente sobre a questão, e disse em resposta o que seus próprios sentimentos lhe permitiam dizer ou o que os dele podiam suportar, pois ele estava comovido demais para voltar a tocar no assunto e, quando tornou a falar, escolheu um tema completamente diferente.

A opinião da sra. Harville de que o marido já teria andado o bastante quando voltasse para casa determinou o percurso que toda a comitiva faria em sua última caminhada: iam acompanhá-los até a porta de casa, e então voltariam e partiriam. Pelos cálculos que fizeram, só havia tempo para isso; mas, quando chegaram às cercanias do Cobb, manifestou-se um desejo geral de dar uma volta por ele mais uma vez; todos gostaram tanto da ideia e Louisa logo se tornou tão decidida, que acharam que quinze minutos a mais não fariam nenhuma diferença; assim, com toda espécie de amáveis saudações de despedida e todo amável intercâmbio de convites e promessas imagináveis, separaram-se do capitão e da sra. Harville diante da porta de sua casa e, ainda acompanhados pelo capitão Benwick, que parecia não querer desgrudar deles antes do último instante, seguiram em frente para o adequado adeus ao Cobb.

Anne viu-se novamente na companhia do capitão Benwick. O "mar azul escuro" de Lord Byron não podia deixar de ser lembrado ante a vista que se lhes oferecia, e ela deu alegremente a ele toda a atenção possível. Porém, logo foi forçada a voltar-se para outra direção.

Ventava demais na parte alta do novo Cobb para que se mostrasse agradável às mulheres, e eles concordaram em descer as escadas até o mais baixo, e todos se contentaram em atravessar devagar e com cautela a íngreme rampa, exceto Louisa; ela tinha de saltar os degraus com a ajuda do capitão Wentworth. Em todos os passeios que fizeram, ele tivera de ajudá-la a saltar todos os murinhos; ela achava deliciosa aquela sensação. O chão muito duro para os pés dela fez que o capitão se mostrasse menos disposto a fazer aquilo naquele momento; ele o fez, porém. Ela desceu sã e salva, e imediatamente, para mostrar sua alegria, correu escada acima para saltar de novo.

Ele a aconselhou a não fazer isso, achou que o impacto seria grande demais; mas não, ele argumentou e falou em vão, ela sorriu e disse: "Já decidi que vou saltar"; ele estendeu as mãos; ela saltou meio segundo antes do que devia e caiu no chão de pedra do Cobb de baixo; quando a levantaram, estava sem vida! Não havia ferimentos, nem sangue, nem contusões visíveis; mas seus olhos estavam fechados, ela não respirava, seu rosto estava como morto. Quão medonho foi aquele momento para todos os que estavam ao seu redor!

O capitão Wentworth, que era quem a havia erguido, ajoelhou-se com ela nos braços, olhando para ela com o rosto tão lívido quanto o dela, em silenciosa agonia. "Ela morreu! Ela morreu!", gritou Mary, agarrando-se ao marido e contribuindo com seu próprio horror para petrificá-lo; e no momento seguinte Henrietta, cedendo à certeza de que a irmã estava morta, também perdeu os sentidos, e teria caído nos degraus, se não fossem o capitão Benwick e Anne, que a seguraram e a ampararam.

— Alguém pode ajudar-me? — foram as primeiras palavras do capitão Wentworth, em tom de desespero, como se todas as suas forças se tivessem esvaído.

— Ajude-o, ajude-o — gritou Anne —, pelo amor de Deus, ajude-o. Eu posso segurá-la sozinha. Deixe-me e vá ajudá-lo. Esfregue as mãos dela, esfregue as têmporas; aqui estão os sais; pegue-os, pegue-os.

O capitão Benwick obedeceu e, como Charles na mesma hora se separou da mulher, ambos foram acudi-lo; e Louisa foi erguida e amparada mais firmemente entre eles, e tudo o que Anne ordenara foi feito, mas em vão, enquanto o capitão Wentworth, que se encostara à parede para se sustentar, exclamava com a mais amarga agonia:

— Ah! Meu Deus! O pai e a mãe dela!

— Um cirurgião! — disse Anne.

Ele compreendeu imediatamente; aquilo até pareceu revigorá-lo de imediato e, dizendo apenas: "É verdade, é verdade, um cirurgião imediatamente", começou a sair em disparada, quando Anne se apressou em lhe sugerir:

— O capitão Benwick, não seria melhor o capitão Benwick? Ele sabe onde encontrar um cirurgião.

Todos os que estavam em condições de pensar perceberam os méritos da ideia, e num instante (tudo se passou numa questão de instantes) o capitão Benwick entregou o pobre corpo sem vida inteiramente aos cuidados do irmão e partiu para a cidade com a máxima velocidade.

Quanto ao aflito grupo que deixou para trás, era difícil dizer qual dos três ainda no gozo de suas faculdades sofria mais: o capitão Wentworth, Anne ou Charles, que, sendo um irmão realmente muito carinhoso, se debruçou sobre Louisa soluçando angustiado, e só podia tirar os olhos de uma irmã para ver a outra igualmente inconsciente ou para testemunhar a histérica agitação da esposa, que lhe pedia um socorro que ele não podia oferecer-lhe.

Anne, cuidando de Henrietta com toda a atenção e zelo e seriedade que o instinto lhe oferecia, ainda tentava, de quando em quando, proporcionar conforto aos demais, tentava acalmar Mary, animar Charles, amenizar os sentimentos do capitão Wentworth. Ambos pareciam olhar para ela em busca de orientação.

— Anne, Anne — exclamou Charles —, que fazer agora? Pelo amor de Deus, que devemos fazer agora?

Os olhos do capitão Wentworth também estavam voltados para ela.

— Não seria melhor carregá-la até o albergue? É claro: carreguem-na com todo o cuidado até o albergue.

— Para o albergue, é claro — repetiu o capitão Wentworth, comparativamente calmo, e impaciente para fazer alguma coisa. — Eu mesmo vou carregá-la. Musgrove, cuide das outras.

A essa altura a notícia do acidente já se espalhara pelos trabalhadores e barqueiros do Cobb, e muitos se reuniram ao redor deles, para fazerem alguma coisa se fosse preciso e, de qualquer modo, para gozar da vista de uma jovem morta, ou melhor, de duas jovens mortas, pois a realidade se revelara duas vezes melhor do que a primeira notícia. Henrietta foi confiada a alguns dos de melhor aparência daquela boa gente, pois, embora tivesse parcialmente voltado a si, estava completamente prostrada; e dessa maneira, com Anne caminhando ao seu lado e Charles amparando a mulher, eles se puseram a caminho, percorrendo em sentido contrário, com sentimentos inexprimíveis, o caminho que haviam percorrido tão pouco antes, tão pouquíssimo tempo antes e com o coração tão despreocupado.

Não haviam ainda saído do Cobb, quando deram com os Harville. O capitão Benwick fora visto quando passava correndo em frente à casa deles, com uma expressão que mostrava que algo não ia bem; e eles partiram imediatamente, sendo informados e orientados pelo caminho, até o lugar do acidente. Por mais chocado que estivesse, o capitão Harville trouxe consigo bom-senso e nervos que podiam ser de utilidade imediata; e um olhar entre ele e a mulher decidiu o que devia ser feito. Ela devia ser levada à casa deles; todos deviam ir à casa deles; e lá aguardar a chegada do cirurgião. Eles não vacilaram: ele foi obedecido; foram todos abrigar-se sob o seu teto; e enquanto Louisa, sob a direção da sra. Harville, era carregada escada acima e colocada em sua própria cama, o marido oferecia assistência, licores e bebidas tônicas a todos que precisassem.

Louisa abrira uma vez os olhos, mas logo os fechou de novo, aparentemente inconsciente. Aquilo era uma prova de que estava viva, porém, o que animou a irmã; e aquela agitação de esperanças e receios evitou que Henrietta, embora completamente incapaz de ficar no mesmo quarto com Louisa, voltasse ao seu estado de inconsciência. Também Mary estava acalmando-se.

O cirurgião chegou antes do que parecera possível. Estavam todos apavorados, enquanto a examinava; mas ele se mostrou esperançoso. A cabeça sofrera uma grave contusão, mas já vira casos mais graves em que houve recuperação: não estava de modo algum pessimista; mostrava animação ao falar.

Que ele não considerasse o caso desesperado, não dissesse que tudo acabaria em poucas horas foi, a princípio, sentido como algo que ia além das esperanças da maioria deles; e pode-se imaginar o entusiasmo de um tal indulto, o júbilo profundo e silencioso depois que algumas fervorosas jaculatórias de gratidão foram oferecidas aos Céus.

Anne tinha certeza de que jamais esqueceria o tom, a expressão com que o capitão Wentworth dissera "Graças a Deus!"; nem a visão dele em seguida, quando se sentou a uma mesa, debruçando-se sobre ela com os braços cruzados e o rosto encoberto, como se exausto pelos múltiplos sentimentos de sua alma, e tentando acalmá-los pela oração e pela reflexão.

Louisa nada sofrera. Só a cabeça estava machucada.

Agora os presentes precisavam resolver o que deviam fazer quanto à sua situação geral. Agora já podiam falar e consultar-se uns com os outros. Não havia dúvida de que Louisa devia ficar onde estava, por mais que seus entes queridos lamentassem o incômodo que estariam causando aos Harville. Era impossível removê-la. Os Harville trataram de calar todos os escrúpulos; e, na medida do possível, todas as expressões de gratidão. Eles haviam previsto e arranjado tudo antes que os outros começassem a refletir. O capitão Benwick cederia seu quarto a eles e ia dormir em algum outro lugar; e tudo ficou acertado. Só estavam preocupados com o fato de a casa não poder abrigar mais ninguém; e mesmo assim, talvez, "pondo as crianças no quarto da empregada ou se armassem uma cama em algum lugar", não perdiam a esperança de abrir lugar para mais duas ou três pessoas, supondo que elas quisessem ficar ali; mesmo se, com relação à assistência à srta. Musgrove, não tivessem nenhuma apreensão em deixá-la inteiramente aos cuidados da sra. Harville. A sra. Harville era uma enfermeira muito experiente, e o mesmo se podia dizer da babá de seus filhos, que vivia com ela havia muito tempo e a acompanhara em todas as suas viagens. Com aquelas duas, não faltaria assistência nem de dia nem de noite. E tudo isso era dito com uma irresistível autenticidade e sinceridade de sentimentos.

Charles, Henrietta e o capitão Wentworth estavam os três reunidos em consulta, e por alguns momentos foi só um intercâmbio de perplexidade e terror. Uppercross, a necessidade de alguém ir a Uppercross; a notícia a ser dada; como podia ser comunicada ao sr. e à sra. Musgrove; o adiantado da manhã; já uma hora passada depois do horário em que deviam ter partido; a impossibilidade de chegar num tempo razoável. A princípio, não eram capazes de mais nada além de tais exclamações; mas, pouco depois, o capitão Wentworth, recompondo-se, disse:

— Temos de decidir logo, não temos mais nenhum minuto a perder. Cada minuto é precioso. Alguém deve ir a Uppercross imediatamente. Musgrove, ou você ou eu.

Charles concordou, mas disse estar decidido a não ir. Causaria o menor incômodo possível ao capitão e à sra. Harville; mas abandonar a irmã num tal estado, ele nem devia nem queria. Isso estava decidido; e Henrietta inicialmente disse a mesma coisa. Ela, porém, logo foi persuadida a mudar de ideia. Qual a utilidade de permanecer ali! Ela, que não fora capaz de permanecer no mesmo quarto que Louisa, ou de olhar para ela sem sofrer de um modo que a deixava completamente prostrada! Foi forçada a reconhecer que não seria útil ali, mas ainda não estava disposta a partir, até que, comovida à lembrança do pai e da mãe, desistiu; concordou em ir, estava ansiosa para chegar em casa.

O plano fora traçado até esse ponto, quando Anne, descendo silenciosamente do quarto de Louisa, não pôde evitar ouvir o que segue, pois a porta da sala estava aberta.

— Então, está tudo certo, Musgrove — exclamou o capitão Wentworth —; você fica e eu cuido da casa de sua irmã. Mas quanto ao resto, quanto aos demais, se alguém ficar para ajudar a sra. Harville, acho que deve ser uma só pessoa. A sra. Charles Musgrove vai, é claro, querer voltar para junto dos filhos; mas, se Anne ficar, não há ninguém tão indicado, tão capaz como Anne.

Ela estacou por um momento para recuperar-se da comoção de ouvir falarem assim dela. Os outros dois concordaram calorosamente com o que ele disse, e ela então apareceu.

— Você vai ficar, tenho certeza; você vai ficar e cuidar dela — exclamou ele, voltando-se para ela e falando com um ardor, mas também com uma gentileza, que pareceram quase trazer de volta o passado. Ela corou profundamente, e ele se recompôs e se afastou. Ela se disse totalmente disposta e pronta a ficar e feliz com isso. Era nisso que ela estava pensando e desejava que lho permitissem. Um leito no chão do quarto de Louisa seria o bastante para ela, se a sra. Harville não tivesse nada contra.

Mais uma coisa, e tudo parecia acertado. Embora fosse desejável que o sr. e a sra. Musgrove já estivessem alarmados com o atraso, o tempo necessário para que os cavalos de Uppercross os trouxessem de volta aumentaria terrivelmente a angústia da espera; e o capitão Wentworth propôs, e Charles Musgrove concordou, que seria muito melhor para ele alugar uma *chaise* no albergue e deixar que a carruagem e os cavalos do sr. Musgrove fossem mandados para casa na manhã seguinte bem cedo, quando seria muito bom enviar notícias sobre como Louisa teria passado a noite.

O capitão Wentworth agora saiu correndo para preparar tudo que lhe cabia, e as duas damas logo o seguiriam. Quando contaram o plano a Mary, porém, toda aquela paz acabou. Ela estava tão indignada e fora de si, queixou-se tanto da injustiça de dever ir embora em vez de Anne; Anne, que não era nada para Louisa, ao passo que ela era sua cunhada e tinha mais direito de ficar no lugar de Henrietta! Por que não podia ser tão útil quanto Anne? E ir para casa sem Charles, ainda por cima, sem o marido! Não, aquilo era um desaforo. Em resumo, ela falou mais do que o marido podia suportar por muito tempo, e, como nenhum dos demais podia opor-se enquanto ele cedia, o resultado só podia ser um; a troca de Mary por Anne passou a ser inevitável.

Anne nunca se submetera com maior relutância às injustas e insensatas exigências de Mary; mas tinha de ser assim, e eles partiram para a cidade, com Charles tomando conta da irmã e o capitão Benwick acompanhando-a. Por um momento, enquanto corriam, Anne se entregou à recordação das pequenas circunstâncias que aqueles mesmos lugares haviam testemunhado naquela mesma manhã. Ali ela ouvira os planos de Henrietta para que o dr. Shirley partisse de Uppercross; mais tarde, vira pela primeira vez o sr. Elliot; agora, um momento parecia ser tudo o que podia conceder a alguém, a não ser a Louisa ou àqueles empenhados no bem-estar dela.

O capitão Benwick demonstrou para com ela a mais atenciosa consideração; e, unidos como todos pareciam estar pelas angústias do dia, ela sentiu uma simpatia cada vez maior por ele e um prazer em pensar que aquela poderia talvez ser uma boa ocasião para aprofundar o relacionamento.

O capitão Wentworth estava à espera deles, e uma *chaise* puxada por quatro cavalos estava pronta para partir, estacionada para conveniência deles na parte mais baixa da rua; mas sua evidente surpresa e irritação ante a substituição de uma irmã pela outra, a mudança em sua expressão, o espanto, as frases iniciadas e logo interrompidas com que ouvia Charles constituíram uma mortificante recepção para Anne; ou pelo menos a convenceram de que só era apreciada à medida que podia ser útil a Louisa.

Ela tentou não perder a calma e ser justa. Sem emular os sentimentos de uma Emma pelo seu Henry,[1] ela teria cuidado de Louisa com um zelo acima do exigido pela afeição comum, por causa dele; e esperava que ele não fosse tão injusto a ponto de imaginar que ela se tivesse furtado sem necessidade aos deveres de amiga.

Nesse ínterim, ela entrara na carruagem. Ele ajudara as duas a subir e se instalara entre elas; e assim, nessa situação cheia de espanto e emoção para Anne, ela deixou Lyme. Como seria superada aquela etapa, como afetaria as maneiras de ambos, qual seria o relacionamento que teriam era algo que ela não conseguia prever. Era tudo muito natural, porém. Ele era atencioso com Henrietta; sempre se voltava para ela; e sempre que falava era para fortalecer as esperanças dela e para animá-la. Em geral, a voz e as maneiras dele eram deliberadamente calmas. Poupar Henrietta de toda agitação parecia ser o objetivo principal. Só uma vez, quando ela deplorava aquele último passeio ao Cobb, tão insensato e fatal, lamentando-se amargamente de que tivesse sido planejado, ele explodiu, como se não pudesse conter-se:

— Não me fale daquilo, não me fale daquilo — gritou ele. — Ah! Meu Deus! Se eu não tivesse cedido no momento fatal! Se tivesse feito o que devia! Mas tão animada e decidida! Minha querida e doce Louisa!

Anne pensou com seus botões se agora ocorrera a ele questionar sua opinião anterior sobre a universal felicidade e proveito da firmeza de caráter; e se ele não acabara por perceber que, como todas as qualidades do espírito, essa devia ter as suas medidas e os seus limites. Achou que agora dificilmente escaparia a ele que um temperamento capaz de ser

---

[1] Dois personagens do poema "Henry and Emma", do poeta inglês Matthew Prior (1664–1721). (N. T.)

persuadido pode, às vezes, ser tão favorecido pela felicidade quanto o caráter mais resoluto.

Avançavam velozmente. Anne espantou-se em ver as mesmas colinas e as mesmas paisagens tão rápido. Sua velocidade real, aumentada por certo medo quanto à conclusão da viagem, fez que a estrada parecesse ter a metade da extensão que tinha na véspera. Estava cada vez mais escuro, porém, quando chegaram ao vilarejo de Uppercross, e durante algum tempo se fez um completo silêncio, e Henrietta, acocorada num canto, com um xale sobre o rosto, dava a esperança de que, de tanto chorar, adormecera; quando atravessavam a última colina, Anne se viu de repente interpelada pelo capitão Wentworth. Com voz baixa e cautelosa, ele disse:

— Venho pensando no que é melhor fazermos. Inicialmente, ela não deve apresentar-se. Ela pode não suportar. Tenho pensado se não é melhor você ficar com ela na carruagem, enquanto eu vou e conto tudo ao sr. e à sra. Musgrove. Que você acha?

Ela concordou: ele ficou satisfeito e não disse mais nada. Mas a lembrança de ter sido consultada por ele continuou sendo um prazer para ela, como prova de amizade e de respeito pelo seu discernimento, um grande prazer, o qual não diminuiu, mesmo tudo isso significando uma espécie de despedida.

Quando terminou a penosa comunicação da notícia em Uppercross e viu o pai e a mãe tão calmos como ele podia esperar e a filha bem melhor por estar com eles, o capitão Wentworth anunciou sua intenção de voltar a Lyme na mesma carruagem; e, assim que os cavalos terminaram sua ração, ele partiu.

Capítulo 13

O resto da estada de Anne em Uppercross, de apenas dois dias, foi passado todo na Casa Grande; e ela teve a satisfação de saber que estava sendo muito útil, tanto pela companhia, como por ajudar em todos os preparativos para o futuro, o que, no deprimido estado de espírito do sr. e da sra. Musgrove, era para eles uma tarefa muito dura.

Na manhã seguinte, receberam bem cedo notícias de Lyme. Louisa estava no mesmo estado. Não surgira nenhum sintoma pior. Charles veio algumas horas depois, para fazer um relato mais atualizado e minucioso. Estava razoavelmente otimista. Não era de esperar uma cura rápida, mas tudo estava indo bem, na medida do possível para um caso daqueles. Ao falar dos Harville, pareceu incapaz de expressar sua própria ideia de bondade, sobretudo no que se referia às atividades da sra. Harville como enfermeira. Ela realmente não deixava nada para Mary fazer. Ele e Mary foram persuadidos a irem cedo para o albergue na noite anterior. Mary tivera outro ataque histérico nessa manhã. Quando ele partiu, ela tinha ido dar um passeio com o capitão Benwick, o que, esperava ele, lhe faria bem. Ele quase desejava que ela tivesse sido convencida a vir para casa no dia anterior; mas a verdade era que a sra. Harville não deixava nada para ninguém fazer.

Charles devia voltar a Lyme aquela mesma tarde, e seu pai chegou a pensar em ir com ele, mas as mulheres não consentiram. Isso só agravaria os problemas dos outros e aumentaria sua própria angústia; e um plano muito melhor foi concebido e posto em ação. Uma *chaise* foi enviada de Crewkherne, e Charles levou consigo uma pessoa muito mais útil: a velha babá da família — aquela que criara todas as crianças e tinha visto a última delas, Harry, durante tanto tempo mimada, ser mandada para a escola depois dos irmãos —, que agora vivia na sua sala das crianças deserta, a remendar meias e a tratar de todas as pústulas e machucados de que podia aproximar-se, e que, portanto, estava felicíssima por lhe permitirem ir ajudar a cuidar da sua querida srta. Louisa. Vagos planos de levar Sarah até lá haviam ocorrido antes à sra. Musgrove e a Henrietta; mas, sem Anne, dificilmente teriam tomado tão cedo a decisão de pô-los em prática.

No dia seguinte, ficaram em dívida com Charles Hayter, por todas as minuciosas informações sobre Louisa que era tão essencial obter a cada vinte e quatro horas. Ele tomou para si a responsabilidade de ir a Lyme, e seus relatos foram ainda encorajadores. Acreditava-se que os intervalos de lucidez e consciência estavam mais nítidos. Todos os relatos concordavam em que o capitão Wentworth parecia ter-se estabelecido em Lyme.

Anne deveria despedir-se deles no dia seguinte, um acontecimento que todos temiam. Que fariam sem ela? Eram de muito pouco consolo uns para os outros. E tanto se disse nesse sentido, que Anne achou que nada melhor podia fazer do que torná-los cientes do que sabia ser a inclinação geral e persuadir todos eles a irem juntos a Lyme. Encontrou pouca dificuldade nisso; logo ficou decidido que iriam; ir no dia seguinte, estabelecer-se no albergue ou em apartamentos alugados, como fosse melhor, e ali permanecer até que a querida Louisa pudesse ser levada para casa. Deviam ajudar aquela boa gente com quem ela estava; poderiam pelo menos aliviar a sra. Harville do cuidado de seus próprios filhos; em suma, ficaram tão felizes com a decisão, que Anne estava orgulhosa com o que fizera e sentiu que não poderia passar a sua última manhã em Uppercross melhor do que ajudando-os com os preparativos e fazendo-os partir bem cedo, embora isso tivesse como consequência ser abandonada à solidão daquela imensa casa.

Era ela a última, salvo as crianças do Chalé, a última mesmo, a única remanescente de tudo que enchera e animara ambas as casas, de tudo que dera a Uppercross seu caráter tão alegre. Alguns poucos dias tinham feito uma enorme diferença!

Se Louisa se recuperasse, tudo voltaria a estar bem. Voltaria a reinar a felicidade, até mais do que antes. Não havia dúvida para ela do que se passaria depois da recuperação. Mais alguns meses e a sala, agora tão deserta, ocupada apenas pela sua silenciosa e pensativa pessoa, estaria de novo repleta de toda aquela alegria e felicidade, de tudo que é animado e brilhante no amor feliz, de tudo que menos se parecia com Anne Elliot!

Uma hora de completo lazer para reflexões como essa, num escuro dia de novembro, com uma chuva forte e de pingos finos que quase apagava os pouquíssimos detalhes que se podiam distinguir das janelas, era o bastante para fazer o ruído da carruagem de *Lady* Russell mais do que bem-vindo; e no entanto, embora desejosa de partir, não conseguia deixar a Casa Grande ou lançar um olhar de despedida ao Chalé, com sua varanda negra, gotejante e desconfortável, ou mesmo discernir entre os vidros empanados os últimos humildes casarios da aldeia, sem ficar com o coração pesado. Haviam-se passado cenas em Uppercross que a tornavam preciosa. Ela guardava a lembrança de muitas sensações de sofrimento, antes profundas, mas agora mais brandas; e de alguns exemplos de ternos sentimentos, alguns suspiros de bem-querer e de reconciliação, que não mais voltariam e que jamais deixariam de ser benquistos. Ela deixava tudo aquilo para trás, tudo menos a memória de que tais coisas haviam acontecido.

Anne jamais entrara em Kellynch desde que deixara a casa de *Lady* Russell em setembro. Não fora necessário, e nas poucas ocasiões em que lhe fora possível ir a Kellynch Hall, conseguira furtar-se. Voltava agora pela primeira vez, para retomar o seu lugar nos modernos e elegantes apartamentos de Kellynch Lodge e para alegrar a vista de sua proprietária.

Havia alguma ansiedade misturada à alegria de *Lady* Russell em vê-la. Ela sabia quem vinha frequentando Uppercross. Mas felizmente, ou Anne tinha um aspecto melhor, mais cheinha e bonita, ou *Lady* Russell imaginou que assim era; e Anne, ao receber os seus cumprimentos, divertiu-se relacionando-os com a silenciosa admiração do seu primo e na esperança de ser abençoada com uma segunda primavera de juventude e beleza.

Quando começaram a conversar, ela logo notou certa mudança de espírito. Os assuntos que mais lhe tocavam o coração ao deixar Kellynch, e que vira os outros desdenharem e fora obrigada a ocultar quando estava com os Musgrove, haviam-se tornado de interesse secundário. Perdera de vista até o pai e a irmã e Bath. A preocupação com eles desaparecera ante as angústias com Uppercross; e quando *Lady* Russell trouxe de volta as velhas esperanças e receios, e expressou a sua satisfação com a casa de Camden Place, que fora alugada, e seu pesar pelo fato de a sra. Clay ainda estar com eles, Anne ter-se-ia envergonhado se ela soubesse como a preocupavam muito mais Lyme e Louisa Musgrove e todos os seus conhecidos de lá; como eram mais interessantes para ela a casa e a amizade dos Harville e do capitão Benwick, do que a casa do pai em Camden Place ou a intimidade de sua irmã com a sra. Clay. Teve realmente de se esforçar para mostrar a *Lady* Russell pelo menos a aparência de uma igual solicitude por assuntos que, por natureza, lhe eram mais próximos.

Houve também certo constrangimento inicial em suas palavras sobre outro assunto. Tiveram de falar sobre o acidente de Lyme. Ainda não havia cinco minutos que *Lady* Russell chegara na véspera e já um relatório completo sobre o caso lhe foi oferecido; mas mesmo assim ainda era preciso falar dele, ela teve de fazer perguntas, lamentar a imprudência e o resultado dela, e o nome do capitão Wentworth teve de ser mencionado por ambas. Anne sabia que não se estava saindo tão bem quanto *Lady* Russell. Não conseguiu pronunciar o nome dele e olhar direto para os olhos de *Lady* Russell, até adotar o expediente de lhe contar brevemente o que achava da relação entre ele e Louisa. Dito isso, o nome dele já não causou embaraços.

Limitou-se *Lady* Russell a ouvir calmamente e desejar-lhes felicidade, mas dentro dela o coração exultou em colérico prazer e em prazeroso desprezo, pois o homem que aos vinte e três anos parecera compreender algo do valor de uma Anne Elliot haveria de, oito anos depois, encantar-se com uma Louisa Musgrove.

Os primeiros três ou quatro dias passaram-se bastante tranquilos, sem nenhuma situação que os assinalasse, salvo o recebimento de um ou outro bilhete de Lyme que alcançaram Anne, ela não sabia bem como, e trouxeram notícias um tanto melhores acerca de Louisa. Ao fim daquele período, a polidez de *Lady* Russell não pôde suportar mais e o tom mais tímido do passado se tornou mais decidido:

— Tenho de ir ter com a sra. Croft; preciso *realmente* ir ter com ela logo. Anne, você tem coragem de ir comigo e fazer uma visita àquela casa? Será uma dura prova para nós duas.

Anne não se furtou; ao contrário, foi sincera ao observar:

— Acho que das duas a que mais vai sofrer será a senhora; seus sentimentos são menos abertos à mudança dos que os meus. Permanecendo na vizinhança, habituei-me a isso.

Poderia falar mais sobre o assunto; pois tinha, na verdade, uma tão boa opinião dos Croft e considerava o pai tão felizardo por tê-los como inquilinos, julgava que a paróquia podia contar com um tão bom exemplo, e os pobres, com tanta atenção e ajuda, que, embora aborrecida e envergonhada com a necessidade de se mudar, não podia em sã consciência deixar de pensar que haviam partido os que não mereciam ficar e que Kellynch Hall estava agora em melhores mãos do que as de seus proprietários. Tais convicções deviam, sem dúvida, provocar certa dor, e uma dor profunda; estas, porém, impediam aquela dor que *Lady* Russell sofreria se entrasse na casa de novo e tornasse a percorrer aqueles tão conhecidos aposentos.

Em tais momentos, Anne não conseguia dizer consigo mesma: "Estes aposentos deviam pertencer somente a nós. Ah, como decaíram! Como são indignos os seus ocupantes! Uma família tão antiga ser posta para fora! Estranhos ocuparem o seu lugar!". Não, salvo quando pensava na mãe e se lembrava do lugar onde ela costumava sentar-se e presidir a reunião, não arrancava do peito tais suspiros.

A sra. Croft sempre a tratava com uma delicadeza que lhe sugeria o prazer de ser a sua favorita e, na presente ocasião, recebendo-a em sua casa, dedicou-lhe uma atenção especial.

O triste acidente de Lyme logo se tornou o assunto dominante e, ao compararem as últimas notícias que haviam recebido sobre a inválida, ficou claro que as duas datavam as suas informações da mesma hora da manhã do dia anterior; que o capitão Wentworth estivera em Kellynch na véspera (pela primeira vez desde o acidente) e trouxera a Anne o último bilhete, aquele cujo percurso até ela não conseguira rastrear; permanecera por algumas horas e em seguida voltara novamente a Lyme, sem nenhuma intenção de tornar a sair de lá no momento. Descobriu que ele fizera perguntas sobre ela, em particular; exprimira a esperança de que a srta. Elliot não estivesse sentindo-se mal pelos esforços despendidos, e se referira a tais esforços como grandes. Isso era belo, e deu a ela um prazer maior do que quase tudo o mais poderia dar-lhe.

Quanto à triste catástrofe em si, só podia ser discutida de um único modo por um par de mulheres equilibradas e sensatas, cujos julgamentos deviam fundamentar-se em acontecimentos reconhecidos; e ficou plenamente decidido que fora a consequência de muita irreflexão e de muita imprudência; que seus efeitos eram mais do que alarmantes e que era apavorante pensar por quanto tempo a recuperação da srta. Musgrove ainda poderia permanecer duvidosa, e como era provável que mais tarde ela continuasse a sentir as sequelas da pancada! O almirante resumiu tudo com esta exclamação:

— Ah! Um caso muito triste, realmente. Deve ser um jeito novo de os rapazes cortejarem suas bem-amadas, quebrando-lhes a cabeça, não é, srta. Elliot? Quebrar a cabeça e depois engessá-la, na verdade!

As maneiras do almirante Croft não tinham exatamente o tom mais adequado para agradar a *Lady* Russell, mas deliciavam a Anne. Sua bondade de coração e a simplicidade de caráter eram irresistíveis.

— Ora, deve ter sido muito doloroso para você — disse ele, despertando de repente de um breve devaneio — vir e nos encontrar aqui. Não havia pensado nisso antes, garanto, mas deve ser muito ruim. Mas, agora, não faça cerimônia. Levante-se e vá a todos os quartos da casa que quiser.

— Uma outra ocasião, *Sir*, muito obrigada, mas não agora.

— Quando quiser. Pode entrar quando quiser pelo bosquinho; e lá vai descobrir que penduramos nossos guarda-chuvas perto da porta. Um bom lugar, não é? Mas — controlando-se — não vai achar que seja um bom lugar, pois os de vocês ficavam sempre no quarto do mordomo. Ah, é sempre assim, eu acho. Os costumes de um homem podem ser tão bons quanto os de outro, mas sempre preferimos os nossos. E então você poderá julgar por si mesma se acha melhor passear pela casa ou não.

Anne, julgando que poderia recusar o convite, assim o fez, muito agradecida.

— Fizemos muito poucas modificações — prosseguiu o almirante, depois de refletir por um momento. — Muito poucas. Falamos-lhe sobre a porta da lavanderia, em Uppercross. Essa foi uma grande melhoria. O espantoso é que alguma família neste mundo tenha podido tolerar por tanto tempo o inconveniente de ela se abrir como se abria! Você vai dizer a *Sir* Walter o que fizemos e que o sr. Shepherd acha que esse foi o maior melhoramento que a casa já teve. Na verdade, eu devo fazer justiça a nós mesmos dizendo que as poucas alterações que fizemos foram todas para bem melhor. A minha esposa deve levar o crédito por elas, porém. Eu fiz muito pouca coisa, além de mandar tirar alguns dos grandes espelhos do meu quarto de vestir, que era do seu pai, Um excelente homem e um perfeito cavalheiro, sem dúvida: mas eu diria, srta. Elliot — lançando-lhe um olhar sério e pensativo —, eu diria que ele deve ser um tanto vaidoso para a sua idade. Tal quantidade de espelhos! Meu Deus! Não havia como fugir de si mesmo. Então pedi a Sophy que me ajudasse e logo os tiramos dali; e agora estou bem à vontade, com meu espelhinho de barbear num canto e um outro, enorme, de que nunca chego perto.

Anne, divertida mesmo a contragosto, teve alguma dificuldade para encontrar uma resposta, e o almirante, temendo não ter sido muito educado, voltou ao assunto, dizendo:

— A próxima vez que você escrever para o seu bom pai, srta. Elliot, por favor apresente-lhe os meus cumprimentos e os da sra. Croft e diga que estamos morando aqui de modo muito satisfatório e que não temos nada a reclamar da casa. A chaminé da sala de desjejum solta um pouco de fumaça, é verdade, mas só quando sopra com força o vento do norte, o que talvez só aconteça três vezes por inverno. E tudo somado, agora que já conhecemos a maioria das casas dos arredores e podemos julgar, não há nenhuma que prefiramos a esta. Diga-lhe isso, por favor, com os meus cumprimentos. Ele vai gostar de ouvir.

Lady Russell e a sra. Croft haviam gostado muito uma da outra: mas o relacionamento que essa visita começava não estava destinado a aprofundar-se, por enquanto; pois, quando foi retribuída, os Croft anunciaram que ficariam fora por algumas semanas, em visita aos parentes do norte do condado, e provavelmente não estariam em casa antes de *Lady* Russell partir de novo para Bath.

Desaparecia, assim, qualquer perigo de Anne encontrar o capitão Wentworth em Kellynch Hall ou de vê-lo na companhia de sua amiga. Tudo estava bastante seguro, e ela sorriu dos muitos sentimentos ansiosos que o problema lhe provocara.

Capítulo 14

Ainda que Charles e Mary tenham permanecido em Lyme por muito mais tempo, depois da chegada do sr. e da sra. Musgrove, do que Anne julgava terem podido ser de alguma utilidade, foram os primeiros da família a voltar para casa; e assim que puderam, depois da volta a Uppercross, foram visitar Kellynch Lodge. Quando deixaram Louisa, ela começava a poder sentar-se; mas sua cabeça, embora lúcida, estava fraca demais, e seus nervos, suscetíveis e extremamente sensíveis; e, embora se pudesse dizer que, de um modo geral, ela estava indo muito bem, ainda era impossível dizer quando poderia suportar o transporte até sua casa; e seus pais, que deviam voltar a tempo para receber as crianças menores para os feriados de Natal, tinham poucas esperanças de poder levá-la consigo.

Todos se haviam instalado em apartamentos alugados. A sra. Musgrove saía o máximo que podia com os filhos da sra. Harville, todos os suprimentos possíveis haviam sido mandados de Uppercross, para aliviar os inconvenientes causados aos Harville, ao passo que os Harville os haviam convidado para jantar todos os dias; em breve, parecia uma luta para saber qual dos lados se mostraria mais desinteressado e hospitaleiro.

Mary tivera os seus achaques; mas de um modo geral, como era óbvio pelo fato de ter permanecido por tanto tempo, ela se divertira mais do que sofrera. Charles Hayter estivera em Lyme tempo demais para seu gosto; e quando jantaram com os Harville só uma criada os servira, e no começo a sra. Harville dera sempre a precedência à sra. Musgrove; mas, em seguida, recebeu dela um pedido de desculpas tão gentil quando descobriu de quem ela era filha, e tinham ocorrido tantas coisas todos os dias, tantas caminhadas entre os seus apartamentos e os dos Harville, e pegara livros da biblioteca e os trocara tantas vezes, que a balança decerto pendera em favor de Lyme. Também a levaram a Charmouth e lá ela se banhara e fora à igreja e havia muito mais gente para se olhar na igreja em Lyme do que em Uppercross; tudo isso, mais a sensação de ser tão útil, compusera, enfim, duas semanas agradabilíssimas.

Anne perguntou pelo capitão Benwick, e o rosto de Mary logo se fechou. Charles riu.

— Ah! O capitão Benwick vai muito bem, eu acho, mas é um rapaz muito esquisito. Não sei o que ele quer. Pedimos a ele que viesse para casa conosco por um ou dois dias: Charles lhe prometeu levá-lo para caçar e ele pareceu muito contente e, por meu lado, achei que estava tudo acertado; e eis que na terça-feira à noite ele deu uma desculpa muito estranha; ele nunca havia caçado e tinha sido "mal interpretado" e tinha prometido isto e aquilo, e o fim da história é que, segundo apurei, ele não queria vir. Imagino que temia aborrecer-se; mas, palavra de honra, eu diria que éramos animados o bastante no Chalé para um homem de coração partido como o capitão Benwick.

Charles riu mais uma vez e disse:

— Ora, Mary, você sabe muito bem o que aconteceu. Foi tudo culpa sua — voltando-se para Anne. — Ele imaginou que, se viesse conosco, poderia ter você por perto: imaginava que todos morassem em Uppercross; e quando descobriu que *Lady* Russell vivia a três milhas dali desanimou-se e perdeu a coragem de vir. Estes são os fatos, palavra de honra, e Mary sabe disso.

Mas Mary não estava disposta a conceder aquilo muito facilmente; se por não considerar o capitão Benwick autorizado por nascimento e condição financeira a se apaixonar por uma

Elliot, ou se por não querer acreditar que Anne fosse uma atração maior para Uppercross do que ela mesma, é algo que cada qual pode adivinhar. A simpatia de Anne, porém, não diminuiu com o que ouviu. Reconheceu altivamente estar lisonjeada e continuou a informar-se.

— Ah! Ele fala de você — exclamou Charles — com tal admiração...

Mary interrompeu-o.

— Eu garanto, Charles, que nunca o ouvi mencionar Anne duas vezes durante todo o tempo em que estive lá. Eu lhe garanto, Anne, ele nunca fala de você.

— Não — admitiu Charles —, não sei se ele fala de você, de um modo geral; mas é óbvio que ele a admira demais. A cabeça dele está cheia de livros que está lendo por sua indicação, e quer falar com você sobre eles; descobriu algo num deles que ele acha... Ah! Não vou fingir que me lembro, mas é algo muito belo... Ouvi-o contar tudo a esse respeito a Henrietta; e então a "srta. Elliot" foi citada com os mais altos elogios! Agora, Mary, eu garanto que é verdade, eu mesmo ouvi e você estava na outra sala. "Elegância, doçura, beleza." Ah! Não tinham fim os encantos da srta. Elliot.

— E tenho certeza — exclamou Mary, animada — de que, se isso é verdade, não conta muitos pontos a favor dele. A srta. Harville morreu em junho passado. Não vale a pena conquistar um coração desses. Não é, *Lady* Russell? Tenho certeza de que a senhora há de concordar comigo.

— Preciso ver o capitão Benwick antes de me decidir — disse *Lady* Russell, sorrindo.

— E isso provavelmente vai acontecer logo, logo, eu lhe garanto, minha senhora — disse Charles. — Embora ele não tenha tido a coragem de vir conosco e depois partir de novo para lhe fazer uma visita formal aqui, ele mais dia, menos dia vai aparecer sozinho em Kellynch, pode ter certeza. Eu disse a ele qual era a distância e o caminho, e lhe falei que valia muito a pena ver a igreja; pois, como ele aprecia esse tipo de coisa, achei que essa seria uma boa desculpa e ele me ouviu com toda a atenção e carinho; e, pelo jeito dele, tenho certeza de que virá visitá-la muito em breve. Assim, *Lady* Russell, já está avisada.

— Qualquer conhecido de Anne sempre será bem recebido aqui — foi a delicada resposta de *Lady* Russell.

— Ah! Quanto a ser um conhecido de Anne — disse Mary —, acho que ele é mais conhecido meu, pois o vi todos os dias nas duas últimas semanas.

— Como um conhecido de vocês duas, então, será uma grande satisfação conhecer o capitão Benwick.

— Não vai encontrar nada de muito agradável nele, eu lhe garanto, minha senhora. É um dos homens mais insulsos que já vi. Ele caminhou comigo algumas vezes de uma ponta da praia à outra, sem dizer palavra. Não é um rapaz bem-educado, de jeito nenhum. Tenho certeza de que não vai gostar dele.

— Quanto a isso, Mary, somos muito diferentes — disse Anne. — Acho que *Lady* Russell vai gostar dele. Acho que ela vai apreciar a sua inteligência e não vai encontrar defeitos no jeito dele.

— Eu também, Anne — disse Charles. — Tenho certeza de que *Lady* Russell gostaria dele. Ele é bem o tipo de *Lady* Russell. Dê-lhe um livro e ele passará o dia a lê-lo.

— Ah, isso ele fará! — exclamou Mary, irônica. — Vai sentar-se para ler atentamente o seu livro, sem notar quando alguém fala com ele ou quando alguém derruba uma tesoura ou qualquer coisa acontecer. Você acha que *Lady* Russell gostaria disso?

Lady Russell não conseguiu conter o riso.

— Palavra de honra — disse ela —, não imaginava que o meu parecer sobre alguém pudesse dar margem a tal diferença de opiniões, sendo eu uma pessoa equilibrada e objetiva. Estou mesmo curiosa de ver a pessoa que pode suscitar reações tão diametralmente opostas. Tomara que ele se decida a nos fazer uma visita. E quando vier, Mary, pode ter certeza de que terá a minha opinião; mas estou decidida a não julgá-lo antecipadamente.

— Você não vai gostar dele, eu lhe garanto.

Lady Russell começou a falar de outra coisa. Mary falou com animação de seu tão extraordinário encontro — ou, antes, desencontro — com o sr. Elliot.

— Esse é um homem — disse *Lady* Russell — que não tenho vontade de ver. Sua recusa em estabelecer um relacionamento cordial com o chefe de sua própria família deixou em mim uma forte impressão negativa.

Essa decisão arrefeceu o entusiasmo de Mary e interrompeu a sua referência às feições de Elliot.

Com relação ao capitão Wentworth, embora Anne não arriscasse fazer nenhuma pergunta, houve suficiente comunicação espontânea. Vinha recuperando-se bem do abatimento nos últimos dias, como era de se esperar. Quando Louisa melhorou, ele melhorou, e era agora uma criatura bem diferente do que fora na primeira semana. Não havia visto Louisa; e estava tão extremamente temeroso de qualquer má consequência de um encontro para ela, que não insistiu nisso de modo algum; e, ao contrário, parecia ter planos de se afastar por uma semana ou dez dias, até que a cabeça dela estivesse mais forte. Falara em ir a Plymouth por uma semana, e queria persuadir o capitão Benwick a ir com ele; mas, como Charles sustentou até o fim, o capitão Benwick parecia muito mais disposto a uma cavalgada até Kellynch.

Não há dúvida de que *Lady* Russell e Anne pensavam ambas no capitão Benwick, a partir daí. *Lady* Russell não podia ouvir a campainha sem pensar que podia ser ele; nem podia Anne voltar de algum passeio solitário pelas terras do pai ou de alguma visita de caridade no vilarejo sem cogitar se o veria ou teria notícias dele. O capitão Benwick não veio, porém. Ou estava menos disposto a isso do que Charles imaginara, ou era tímido demais; e, depois de lhe dar um prazo de uma semana, *Lady* Russell determinou que ele era indigno do interesse que começara a despertar.

Os Musgrove voltaram para receber da escola seus alegres meninos e meninas, trazendo consigo os filhinhos da sra. Harville, para aumentar o barulho em Uppercross e diminuí-lo em Lyme. Henrietta permaneceu com Louisa; mas todo o resto da família voltou ao lugar de costume.

Lady Russell e Anne foram uma vez visitá-los, e Anne não pôde deixar de sentir que Uppercross já estava bastante animada outra vez. Embora nem Henrietta, nem Louisa, nem Charles Hayter nem o capitão Wentworth estivessem presentes, a sala exibia o maior contraste possível com o estado em que a vira pela última vez.

Ao redor da sra. Musgrove estavam os pequenos Harville, que ela defendia assiduamente da tirania das duas crianças do Chalé, enviadas expressamente para diverti-los. De um lado estava uma mesa ocupada por umas meninas tagarelas, que recortavam seda e papel dourado; e, do outro, mesinhas e bandejas, curvadas ao peso de empadas e empanados, em que meninos agitadíssimos faziam uma bagunça dos diabos; tudo isso era completado por uma crepitante fogueira de Natal na lareira, que parecia decidida a fazer-se ouvir, apesar de todo o barulho dos outros. Charles e Mary também chegaram, é claro, durante a visita, e o sr. Musgrove fez questão de saudar *Lady* Russell, e se sentou ao lado dela por dez minutos, falando em voz bem alta, mas, em razão da algazarra das crianças em seu colo, quase sempre em vão. Era um belo quadro de família.

Anne, julgando por seu próprio temperamento, teria considerado um tal furacão doméstico um mau tônico para os nervos, que a enfermidade de Louisa havia tanto abalado. A sra. Musgrove, porém, que se manteve perto de Anne expressamente para lhe agradecer muito cordialmente, repetidas vezes, por todas as atenções que tivera com eles, lançando um olhar feliz ao redor da sala, concluiu uma breve recapitulação de tudo que sofrera com a observação de que, afinal, depois de tudo por que passara, nada poderia fazer-lhe tão bem quanto um pouco de calma e alegria em casa.

Louisa agora se recuperava rapidamente. Sua mãe chegava a pensar que ela poderia juntar-se a eles em casa antes que seus irmãos e irmãs voltassem para a escola. Os Harville haviam prometido vir com ela e permanecer em Uppercross, assim que ela voltasse. O capitão Wentworth fora visitar o irmão, em Shropshire.

— Espero lembrar-me no futuro — disse *Lady* Russell, assim que se assentaram na carruagem — de não visitar Uppercross durante os feriados de Natal.

Cada um tem seu gosto em matéria de barulho ou de outras coisas; e os sons são completamente inócuos ou insuportáveis, mais pelo tipo do que pela quantidade. Quando *Lady* Russell, não muito mais tarde, chegou a Bath numa tarde chuvosa e, indo de carruagem pela longa fila de ruas, desde Old Bridge até Camden Place, em meio ao fragor das outras carruagens, ao pesado estrondo das carretas e das carroças, ao vozerio dos jornaleiros, dos doceiros e dos leiteiros e ao incessante matraquear dos solados de madeira, ela não se queixou. Não, esses eram ruídos ligados aos prazeres do inverno; seu ânimo elevou-se sob a influência deles; e como a sra. Musgrove ela sentia, embora não dissesse, que depois de passar muito tempo no interior nada podia ser tão bom para ela quanto um pouco de calma e alegria.

Não compartilhava Anne tais sentimentos. Teimava numa muito resoluta, embora silenciosíssima, repulsa por Bath; teve a primeira pálida visão dos grandes edifícios a fumegar na chuva sem nenhum desejo de poder vê-los melhor; sentiu que seu avanço pelas ruas, embora desagradável, era ainda assim veloz demais; pois quem ficaria feliz em vê-la quando chegasse? E teve saudades da algazarra de Uppercross e da solidão de Kellynch.

A última carta de Elizabeth comunicara uma notícia de certo interesse. O sr. Elliot estava em Bath. Fizera uma visita a Camden Place; depois, uma segunda e uma terceira; havia sido extremamente atencioso. Se Elizabeth e seu pai não estavam enganados, ele se havia empenhado ao máximo para estabelecer o relacionamento e proclamar o valor do parentesco, como antes se esforçara em mostrar desdém por ele. Isso seria maravilhoso, se fosse verdade; e *Lady* Russell estava num estado de agradabilíssima curiosidade e perplexidade acerca do sr. Elliot, já reconsiderando o sentimento que exprimira tão recentemente a Mary, de ser ele "um homem que não desejava ver". Desejava muito vê-lo. Se ele realmente procurara reconciliar-se, como um ramo responsável, devia ser perdoado por ter-se destacado da árvore paterna.

Anne não estava tão animada com a situação, mas sentiu que preferia tornar a ver o sr. Elliot a não o ver, o que era mais do que podia dizer de muitas outras pessoas de Bath.

Ela desembarcou em Camden Place; e *Lady* Russell, então, seguiu caminho para seus próprios apartamentos na Rivers Street.

Capítulo 15

Sir Walter alugara uma belíssima casa em Camden Place, num bairro alto e nobre, como convém a um homem de importância; e tanto ele como Elizabeth se instalaram ali, para grande satisfação de ambos.

Anne entrou abatidíssima, prevendo um cativeiro de muitos meses e dizendo ansiosamente com seus botões: "Ah! Quando vou tornar a deixar-te?". Animou-a, porém, certo grau de cordialidade nas boas-vindas que recebeu. Seu pai e sua irmã estavam contentes em vê-la, para poderem mostrar-lhe a casa e a mobília e recebê-la gentilmente. O fato de ser a quarta pessoa à mesa quando se sentaram para jantar foi tido como uma vantagem.

A sra. Clay mostrou-se muito amável e muito sorridente, mas suas cortesias e sorrisos eram favas contadas. Anne sempre soubera que ela fingiria o que fosse adequado à sua chegada, mas a simpatia dos outros foi imprevista. Estavam obviamente muito animados, e ela logo saberia por quê. Eles não estavam nem um pouco inclinados a dar ouvidos a ela. Depois de terem aguardado a nova de terem deixado muitas saudades no coração dos ex-vizinhos, algo que Anne não lhes pôde oferecer, fizeram a ela apenas algumas vagas perguntas, antes de monopolizar a conversa. Uppercross não despertava interesse; Kellynch, muito pouco: Bath era tudo.

Eles tiveram o prazer de garantir a ela que Bath mais do que correspondera às suas expectativas, em todos os aspectos.

A casa era, sem dúvida, a melhor de Camden Place; as salas tinham muitas decisivas vantagens sobre todas as outras que haviam visto ou de que haviam ouvido falar, e a superioridade não era menor no estilo da decoração ou no bom gosto da mobília. Eram extremamente requisitados por todos. Todos queriam visitá-los. Haviam evitado muitas apresentações e mesmo assim não paravam de receber cartões de visita deixados por pessoas de quem nada sabiam.

Oh, tesouros de júbilo! Podia Anne maravilhar-se de que o pai e a irmã estivessem felizes? Talvez não se maravilhasse, mas devia suspirar pelo fato de o pai não ter sentido nenhuma humilhação com a mudança, nenhuma saudade dos deveres e da dignidade de proprietário fundiário residente, e encontrar tantos motivos de vanglória nas trivialidades da cidade; e teve de suspirar e sorrir e também se maravilhar quando Elizabeth escancarou as portas de dois batentes e passou exultante de uma sala a outra, gabando-se de tanto espaço; e maravilhou-se ainda com a possibilidade de aquela mulher, que fora dona de Kellynch Hall, achar motivo para se orgulhar do espaço entre duas paredes que só distavam trinta pés uma da outra.

Mas não era só isso que os fazia felizes. Havia também o sr. Elliot. Anne teve de ouvir muitas coisas acerca do sr. Elliot. Havia sido não só perdoado, mas estavam encantados com ele. Estivera em Bath por cerca de duas semanas (ele passara por Bath em novembro, a caminho de Londres, quando a informação de que *Sir* Walter se havia estabelecido ali naturalmente chegou aos seus ouvidos, embora tivesse passado só vinte e quatro horas no local, mas não pudera tirar proveito de tal informação); agora, porém, passara duas semanas em Bath, e sua primeira preocupação ao chegar fora deixar o seu cartão em Camden Place, acompanhando esse gesto com tão assíduas tentativas de encontrá-los e, quando se encontraram, com tanta espontaneidade de conduta, com tal disposição a se desculpar pelo passado, com tal solicitude em ser de novo aceito como parente, que o velho bom relacionamento foi completamente restabelecido.

Não viam defeito nele. Ele explicara toda a aparência de desdém de sua parte. Ela se originara num mal-entendido. Jamais tivera a ideia de se manter afastado; receara, ao contrário, estar sendo mantido afastado, mas não sabia por que, e a delicadeza o mantivera calado. Ao lhe sugerirem que havia falado de maneira desrespeitosa ou desdenhosa da família e da dignidade dela, ficou profundamente indignado. Ele, que sempre se gabara de ser um Elliot e cujos sentimentos, quanto a parentescos, eram estritos demais para aceitar o tom antifeudal da atualidade. Estava pasmo, de fato, mas seu caráter e modo de ser certamente refutariam a acusação. Podia dar a *Sir* Walter referências de todos os que o conheciam; e com certeza todo o trabalho a que se dera nessa ocasião, a primeira oportunidade de reconciliação, para ser aceito como parente e herdeiro presuntivo, era uma forte prova de suas opiniões sobre o assunto.

Também se descobriu que as circunstâncias de seu casamento admitiam muitas atenuantes. Esse não foi um ponto tratado por ele mesmo; mas um seu amigo muito íntimo, um certo coronel Wallis, homem respeitabilíssimo, um perfeito cavalheiro (e não um homem de má aparência, acrescentou *Sir* Walter), que vivia em alto estilo em Marlborough Buildings e que, a pedido dele mesmo, fora apresentado a eles pelo sr. Elliot, mencionara uma ou duas coisas relativas ao casamento que provocaram uma substancial diferença no descrédito de que gozava aquela união.

O coronel Wallis conhecia o sr. Elliot havia muito tempo, conhecera bem a esposa dele e compreendera perfeitamente toda a história. Ela certamente não era uma mulher de boa família, mas era bem-educada, prendada, rica e apaixonadíssima por seu amigo. Esse fora o seu encanto. Ela o procurara. Sem tal atração, nem todo o seu dinheiro teria atraído Elliot, e além disso *Sir* Walter soubera que ela era uma mulher lindíssima.

Isso amenizava em muito a gravidade do caso. Uma mulher lindíssima, dona de uma grande fortuna, apaixonada por ele! *Sir* Walter pareceu aceitar aquilo como uma desculpa perfeita; e, embora Elizabeth não visse a situação por um ângulo tão favorável, admitiu que se tratava de uma grande atenuante.

O sr. Elliot fizera repetidas visitas a eles, jantara lá uma vez, evidentemente maravilhado com a honra de ser convidado, pois em geral eles não ofereciam jantares; maravilhado, em suma, com todas as provas de afeto de primo para primo que recebera e disposto a fazer que toda a sua felicidade consistisse em ter ótimas relações com os moradores de Camden Place.

Anne ouviu sem entender muito bem. Era preciso levar em conta, muito em conta, as ideias de quem falava. Tudo que ouvira fora embelezado. Tudo que soava extravagante ou irracional no andamento da reconciliação podia ter origem apenas na linguagem dos narradores. Mesmo assim, tinha a sensação de haver ali algo mais do que o imediatamente evidente no desejo do sr. Elliot de, após um intervalo de tantos anos, ser bem recebido por eles. De um ponto de vista mundano, ele nada tinha a ganhar por estar em bons termos com *Sir* Walter; e nada a arriscar se as relações fossem más. Muito provavelmente, ele já era o mais rico dos dois, e a propriedade de Kellynch certamente seria sua, tanto quanto o título. Se era um homem sensato, e ele parecera ser um homem *muito* sensato, por que teria tal objetivo? Ela só conseguia ver uma solução; era, talvez, por causa de Elizabeth. Podia ter realmente havido bastante tempo antes uma atração, embora a conveniência e os acasos o tivessem guiado por um caminho diferente; e, agora que estava livre para agir como bem quisesse, talvez planejasse cortejá-la. Elizabeth era decerto muito bonita, com maneiras finas e elegantes, e seu caráter talvez nunca tivesse sido compreendido pelo sr. Elliot, que só a conheceu em público e quando era ele próprio muito jovem. Como a personalidade e a inteligência dela passariam pela investigação da atual e mais arguta fase da vida do sr. Elliot era outro problema, um tanto espinhoso. Com toda a sinceridade, ela desejava que ele não fosse tão exigente, nem tão rigoroso, se seu objetivo fosse realmente Elizabeth; e que Elizabeth estava disposta a acreditar nisso e que sua amiga, a sra. Clay, estava encorajando a ideia parecia claro pelos olhares que trocavam, quando falavam das frequentes visitas do sr. Elliot.

Anne mencionou tê-lo visto de relance em Lyme, mas sem lhe darem muita atenção. "Ah! Sim, talvez tenha sido o sr. Elliot." Não sabiam. "Pode ter sido ele, quem sabe." Não ouviram a descrição que ela fez. Eles mesmos o estavam descrevendo; sobretudo *Sir* Walter. Ele fez justiça à mui bizarra aparência do sr. Elliot, ao ar elegante e refinado, ao rosto bem formado, aos olhos expressivos; mas, ao mesmo tempo, tinha de lamentar o queixo tão proeminente, defeito esse que parecia agravar-se com o tempo; nem podia mentir dizendo que dez anos não haviam alterado para pior quase todos os traços. O sr. Elliot parecia convicto de que ele (*Sir* Walter) tinha exatamente a mesma aparência de quando se haviam visto pela última vez; mas *Sir* Walter não pudera retribuir inteiramente o cumprimento, o que o constrangera. Não queria queixar-se, porém. O sr. Elliot tinha melhor aspecto do que a maioria dos homens, e *Sir* Walter não tinha nada contra ser visto ao lado dele em qualquer lugar.

Falaram do sr. Elliot e de seus amigos de Marlborough Buildings durante toda a noite. "O coronel Wallis insistiu tanto em ser recebido por eles! E o sr. Elliot estava tão ansioso para que isso acontecesse!", e havia uma sra. Wallis, atualmente conhecida deles só por descrição, pois estava na expectativa diária de dar à luz; mas o sr. Elliot falou dela como "uma mulher encantadora, muito digna de ser conhecida em Camden Place", e, assim que se recuperasse, ela seria apresentada. *Sir* Walter mostrou muito interesse pela sra. Wallis; diziam que ela era uma mulher extraordinariamente linda, belíssima.

Estava louco para vê-la. Esperava que ela o compensasse dos muitos rostos horríveis com que se deparava continuamente nas ruas. O pior de Bath era a quantidade de mulheres feias. Não queria dizer que não houvesse mulheres bonitas, mas o número de feias era completamente desproporcional. Havia com frequência observado, ao caminhar, que cada rosto bonito era seguido de trinta ou trinta e cinco horrores; e uma vez, numa loja da Bond Street, contara oitenta e sete mulheres que passaram, uma após a outra, sem que houvesse um único rosto suportável entre elas. Aquela fora uma manhã gelada, com certeza, de um frio cortante, que constituía uma prova pela qual dificilmente uma mulher em cada mil passaria. Mas mesmo assim havia uma horrenda multidão de mulheres feias em Bath; e os homens, então! Eram infinitamente piores. Uns espantalhos que lotavam as ruas! Era evidente quão pouco acostumadas estavam as mulheres com a vista de alguma coisa tolerável, pelo efeito produzido por um homem de aparência decente. Jamais caminhara lado a lado com o coronel Wallis (que era uma esplêndida figura de militar, apesar dos cabelos ruivos) sem observar que todos os olhares femininos eram atraídos por ele; com certeza os olhos de todas as mulheres estavam voltados para o coronel Wallis. Quanta modéstia de *Sir* Walter! Ele não conseguiu escapar, porém. Sua filha e a sra. Clay uniram-se para sugerir que o companheiro do coronel Wallis tinha uma figura tão bela quanto a do próprio coronel, e certamente não era ruivo.

— Como vai a Mary? — disse Walter, do alto do seu bom humor. — A última vez que a vi, estava com o nariz vermelho, mas espero que isso não aconteça todos os dias.

— Ah! Não, deve ter sido completamente acidental. Em geral ela tem tido muito boa saúde e um ótimo aspecto desde o dia de São Miguel.

— Se eu achasse que isso não a estimularia a sair em dias de muito vento, o que lhe estragaria a pele, eu enviaria a ela um chapéu novo e uma peliça.

Anne estava refletindo se devia arriscar-se a sugerir que um vestido ou uma touca não estariam sujeitos ao mesmo mau uso, quando uma batida à porta interrompeu tudo. "Alguém bate à porta! E tão tarde!" Eram dez horas. Seria o sr. Elliot? Sabiam que ele devia jantar em Lansdown Crescent. Era possível que parasse no caminho para casa para saber como estavam passando. Não conseguiam pensar em mais ninguém. A sra. Clay decididamente julgou que aquela era a batida do sr. Elliot. A sra. Clay estava certa. Com toda a dignidade que um mordomo e um valete podiam conferir, o sr. Elliot foi introduzido na sala.

Era o mesmo, o mesmíssimo homem, sem nenhuma diferença, a não ser no vestuário. Anne recuou um pouco, enquanto os outros recebiam os seus cumprimentos e sua irmã, as desculpas por visitá-las numa hora tão incomum, mas "não podia estar tão próximo sem querer saber se ela ou a amiga se haviam resfriado na véspera", etc.; o que foi dito e ouvido da maneira mais polida possível. Mas agora era a vez dela. *Sir* Walter falou de sua filha caçula: "O sr. Elliot há de me permitir apresentar-lhe a minha filha mais moça" (não havia motivo para mencionar Mary); e Anne, sorrindo e corando, muito apropriadamente mostrou ao sr. Elliot os lindos traços que ele de modo algum esquecera, e imediatamente reparou, divertida, pelo seu leve sobressalto de surpresa, que ele não havia imaginado quem ela fosse. Ele parecia completamente pasmo, mas não mais pasmo do que feliz; seus olhos brilhavam! E, com a mais completa alacridade, ele deu as boas-vindas à parenta, mencionou o passado e se esforçou por ser recebido como alguém já conhecido. Tinha tão bom aspecto quanto em Lyme, seu rosto melhorava ao falar, e suas maneiras eram tão exatamente o que deviam ser, tão polidas, tão espontâneas, tão particularmente amáveis, que ela só conseguia compará-las, quanto à excelência, às de uma única pessoa. Não eram as mesmas, mas talvez fossem igualmente boas.

Sentou-se com eles e elevou em muito o nível da conversa. Não podia haver dúvida de que era um homem sensato. Dez minutos foram suficientes para tornar isso evidente. O tom, as expressões, a escolha do assunto, a capacidade de saber quando parar; tudo isso levava a marca de uma inteligência sensata e aguda. Assim que pôde, começou a falar com ela sobre Lyme, querendo comparar opiniões acerca do lugar, mas sobretudo falar da circunstância de serem hóspedes no mesmo albergue ao mesmo tempo; dar a ela o seu itinerário e entender algo do dela, e lamentar ter perdido uma tal oportunidade de dar-lhe seus respeitos. Ela lhe fez um breve relato de seus companheiros e do que fizera em Lyme. À medida que ouvia, ia-se lamentando cada vez mais. Passara toda a sua solitária noite no quarto vizinho ao deles; ouvira vozes e risos sem fim; achou que devia ser um grupo animadíssimo e muito desejou juntar-se a ele, mas certamente sem a menor suspeita de contar com a sombra de um direito de se apresentar. Se pelo menos tivesse perguntado quem eram aquelas pessoas! O nome de Musgrove já teria sido o suficiente. Aquilo serviria para curá-lo do absurdo costume de nunca fazer perguntas num albergue, adotado por ele quando muito jovem, sob a alegação de que era muito grosseiro ser curioso.

— Acho que as ideias de um rapaz de vinte e um ou vinte e dois — disse ele — quanto às maneiras necessárias para ser o tal são mais absurdas do que as de qualquer outra categoria de pessoas no mundo. A insensatez dos métodos que usam só é igualada pela insensatez do que têm em vista.

Mas ele não devia dirigir as suas reflexões apenas a Anne: ele sabia disso; logo se misturou aos outros, e só de quando em quando pôde voltar a Lyme.

Suas perguntas, porém, produziram por fim uma explicação da cena em que ela esteve envolvida, logo depois de ele deixar o lugar. Tendo ela aludido a "um acidente", ele teve de ouvir a história toda. Quando fez perguntas, *Sir* Walter e Elizabeth começaram a perguntar também, mas a diferença na maneira de formulá-las não podia passar despercebida. Ela só podia comparar o sr. Elliot a *Lady* Russell, no desejo de compreender realmente o que se passara e no grau de preocupação com o que ela devia ter sofrido ao testemunhar a cena.

Ele passou uma hora com eles. O elegante reloginho do consolo da lareira dera as "onze com seus sons de prata", e já se ouvia o guarda noturno ao longe a contar a sua mesma história de todas as noites, antes que o sr. Elliot ou qualquer um deles parecesse perceber que ele estava ali havia tanto tempo.

Anne não imaginava possível que sua primeira noite em Camden Place se passasse tão agradavelmente!

Capítulo 16

Havia uma questão que interessava mais a Anne, ao retornar à família, do que saber se o sr. Elliot estava apaixonado por Elizabeth: se seu pai *não* estava apaixonado pela sra. Clay; e, depois de passar algumas poucas horas em casa, estava longe de se sentir tranquila quanto a isso. Ao descer para o café na manhã seguinte, descobriu que aquela senhora manifestara, com muito decoro e muita insinceridade, a intenção de deixá-los. Podia imaginar a sra. Clay dizendo que "agora que a srta. Anne chegou, não posso absolutamente considerar-me bem-vinda", pois Elizabeth estava respondendo numa espécie de sussurro que "isso não é razão nenhuma, na verdade. Eu lhe garanto que não sinto isso. Ela não é nada para mim, comparada a você"; e chegou bem a tempo de ouvir o pai dizer: "Minha querida senhora, isso não pode ser. Até agora, a senhora não viu nada de Bath. Esteve aqui só para ser útil. Não deve fugir de nós agora. Deve ficar para ser apresentada à sra. Wallis, a linda sra. Wallis. Para um espírito fino como o seu, sei muito bem que a visão da beleza é um real prazer".

Sua voz e sua expressão demonstravam tamanha sinceridade, que Anne não se surpreendeu em ver a sra. Clay lançar um rápido olhar a Elizabeth e a ela. O rosto dela talvez exprimisse certa circunspecção; mas o elogio do espírito fino não pareceu causar nenhuma impressão em sua irmã. E a sra. Clay teve de ceder àquela dupla insistência e prometeu ficar.

Na mesma manhã, calhou de Anne e seu pai ficarem a sós; ele começou a cumprimentá-la pelo bom aspecto; achou-a "menos magra de corpo e de rosto; com a pele, a tez muito melhor; mais clara, mais fresca. Está usando algum produto em especial?" "Não, nada." "Só Gowland", imaginou ele. "Não, nada mesmo." "Ah!" Ele ficou surpreso com aquilo; e acrescentou: "Certamente você não tem nada melhor a fazer do que continuar a ser como é; você está bem, e isso basta; ou então eu recomendaria Gowland, o uso constante de Gowland, durante a primavera. A sra. Clay tem usado Gowland a meu conselho, e você pode notar o que ele fez por ela. Pode ver que ele acabou com as sardas".

Se Elizabeth tivesse ouvido aquilo! Tal elogio pessoal talvez a tivesse impressionado, sobretudo por não parecer a Anne que as sardas tivessem diminuído. Mas tudo deveria ser entregue ao acaso. O mal de um casamento teria sido muito menor se Elizabeth também se casasse. Quanto a ela mesma, sempre poderia governar uma casa juntamente com *Lady* Russell.

A mente calma e as maneiras polidas de *Lady* Russell foram postas à prova quanto a isso, em suas visitas a Camden Place. Ver a sra. Clay gozar de tantos favores e Anne tão desdenhada era para ela uma perpétua provocação; e a vexava igualmente quando não estava lá, tanto quanto alguém em Bath, que bebe a água, compra todas as novas publicações e tem um número enorme de conhecidos, possa ter tempo para vexar-se.

À medida que conhecia mais o sr. Elliot, ela ia tornando-se mais caridosa ou mais indiferente com os outros. Suas maneiras eram uma recomendação imediata; e ao conversar com ele descobriu uma solidez que fundamentava tão fortemente o superficial, que a princípio esteve a ponto de exclamar, como contou a Anne: "É possível que este seja o sr. Elliot?", e não podia honestamente imaginar um homem mais amável ou estimável. Tudo se unia nele; boa inteligência, opiniões corretas, conhecimento do mundo e um coração afetuoso.

Tinha profundos sentimentos de apego e de honra familiares, sem orgulho ou fraqueza; vivia com a generosidade de um homem muito rico, sem ostentação; seguia o seu próprio juízo nas questões essenciais, sem desafiar a opinião pública em nenhum ponto de decoro público. Era equilibrado, respeitoso, moderado, sincero; nunca se deixava dominar pelo humor ou pelo egoísmo, que se imagina um sentimento forte; e tinha a sensibilidade para o que é amável e agradável, e o apreço por todas as felicidades da vida doméstica, o que as naturezas de entusiasmo fantasioso e agitação violenta raramente possuem de fato. Ela estava certa de que ele não fora feliz no casamento. O coronel Wallis disse isso, e *Lady* Russell o viu; mas não fora tão infeliz a ponto de amargurar seu espírito nem (ela logo começou a suspeitar) de impedir que pensasse num segundo casamento. Sua satisfação com o sr. Elliot superou toda a sua aversão pela sra. Clay.

Já fazia alguns anos que Anne começara a aprender que ela e sua excelente amiga por vezes pensavam diferente; e não a surpreendeu, portanto, que *Lady* Russell não visse nada de suspeito ou incoerente, nada que exigisse outros motivos além do alegado grande desejo de uma reconciliação por parte do sr. Elliot. Na opinião de *Lady* Russell, era perfeitamente natural que o sr. Elliot, em plena maturidade, visse naquilo um objetivo muito desejável e, de um modo geral, algo que lhe daria a aprovação de todas as pessoas sensatas: manter boas relações com o chefe da família; a coisa mais simples do mundo, a ação do tempo sobre uma mente naturalmente lúcida, que cometera um erro quando muito jovem. Anne, porém, ousou rir daquilo e por fim mencionou a palavra "Elizabeth". *Lady* Russell ouviu e olhou e deu somente esta prudente resposta: "Elizabeth! Muito bem! O tempo dirá".

Era uma referência ao futuro, a que Anne, depois de refletir um pouco, percebeu dever submeter-se. Não podia asseverar nada no momento. Naquela casa, Elizabeth tinha de ser a primeira; e estava tão acostumada a ser objeto do obséquio geral enquanto "srta. Elliot", que qualquer atenção particular a outra pessoa parecia quase impossível. Cumpre lembrar, também, que o sr. Elliot enviuvara havia menos de sete meses. Uma pequena procrastinação de sua parte era muito perdoável. Na verdade, Anne não podia ver a fita de crepe ao redor de seu chapéu sem temer que fosse ela a pessoa indesculpável, ao atribuir a ele tais imaginações; pois, embora o casamento dele não houvesse sido muito feliz, se prolongara por tanto anos, que ela não conseguia compreender um esquecimento muito rápido da terrível impressão deixada por sua dissolução.

Fosse qual fosse o fim da história, ele era, sem nenhuma dúvida, o mais agradável dos conhecidos da família em Bath: não via ela ninguém que pudesse rivalizar com ele; e era um grande prazer conversar vez por outra com o sr. Elliot acerca de Lyme, que ele parecia, tanto quanto ela, desejar vivamente tornar a ver, e ver com mais vagar. Falaram muitas vezes dos pormenores do primeiro encontro. Ele deu a entender que olhara para ela com certa intensidade. Ela bem sabia que era verdade; e se lembrava também do olhar de outra pessoa.

Eles nem sempre concordavam. Ela via que o apreço dele pela condição social e pelo parentesco era maior que o dela. Não foi por mera complacência, mas por amor à causa, que ele participou profundamente das preocupações do pai e da irmã com um assunto que ela acreditava indigno delas. Certa manhã, o jornal de Bath anunciou a chegada da viúva viscondessa Dalrymple e de sua filha, a Exma. Srta. Carteret; e toda a tranquilidade do nº *** de Camden Place desapareceu por muitos dias; pois os Dalrymple (o que, na opinião de Anne, era uma desgraça) eram primos dos Elliot; e a agonia era saber como se apresentarem adequadamente.

Anne jamais vira antes o pai e a irmã em contato com a nobreza, e tinha de admitir que estava decepcionada. Esperava mais da alta ideia que eles faziam de sua situação na vida e se viu obrigada a desejar algo que jamais previra: que eles demonstrassem mais orgulho; pois "nossas primas *Lady* Dalrymple e srta. Carteret", "nossas primas, as Dalrymple" eram expressões que soavam em seus ouvidos o dia inteiro.

Sir Walter estivera uma vez na presença do falecido visconde, mas nunca havia visto ninguém do resto da família; e as dificuldades do caso vinham de ter havido uma interrupção de toda troca de correspondência por meio de cartas de cerimônia desde a morte do dito visconde, quando, em consequência de uma grave doença contraída por *Sir* Walter na mesma época, Kellynch cometera uma infeliz omissão. Não enviaram nenhuma carta de condolências à Irlanda. E o pecador provou de sua própria negligência; pois, quando a pobre *Lady* Elliot faleceu, não foi recebida nenhuma carta de condolências em Kellynch e, por conseguinte, havia razões até demais para temer que os Dalrymple consideravam rompidas as relações. A questão era como resolver o espinhoso caso e serem de novo admitidos como primos: era uma questão que, de um modo mais racional, nem *Lady* Russell nem o sr. Elliot julgavam irrelevante. "Sempre vale a pena preservar os laços de família, sempre vale a pena buscar a boa companhia"; *Lady* Dalrymple alugara uma casa por três meses em Laura Place e ali passaria a viver em alto estilo. Estivera em Bath no ano anterior, e *Lady* Russell ouvira falar que se tratava de uma mulher encantadora. Era muito desejável que os laços fossem reatados, se isso fosse possível sem comprometimento da dignidade por parte dos Elliot.

Sir Walter, porém, preferiu agir a seu modo e por fim escreveu à excelentíssima prima uma belíssima carta, com amplas explicações, muitos remorsos e súplicas. Nem *Lady* Russell nem o sr. Elliot puderam admirar a carta; esta, porém, atingiu todos os seus objetivos, obtendo como resposta três linhas rabiscadas pela viscondessa viúva. Estava muito honrada e ficaria muito contente em conhecê-los. A parte espinhosa do caso estava encerrada, começavam as delícias. Foram visitar

Laura Place, receberam os cartões da viscondessa viúva e da Exma. Srta. Carteret, para serem ostentados no lugar de maior visibilidade: e falavam a todos de "nossas primas de Laura Place", "nossas primas, *Lady* Dalrymple e srta. Carteret".

Anne estava envergonhada. Se *Lady* Dalrymple e sua filha se tivessem mostrado muito amáveis, ainda assim ela se envergonharia da agitação provocada por elas, mas não foi o caso. Não havia nenhuma superioridade de maneiras, de educação ou de inteligência. *Lady* Dalrymple conseguira a fama de "mulher encantadora" porque tinha um sorriso e uma resposta educada para todos. A srta. Carteret, que tinha ainda menos a dizer, era tão feia e esquisita, que jamais seria tolerada em Camden Place, a não ser pelo berço.

Lady Russell confessou que esperava mais; mas, mesmo assim, "era uma relação que valia a pena ter"; e, quando Anne ousou dar a sua opinião sobre elas ao sr. Elliot, ele concordou que elas nada eram por si mesmas, mas insistiu em que, como relações de família, como boa companhia, como pessoas que podiam atrair mais boa companhia, tinham o seu valor. Anne sorriu e disse:

— Minha ideia de boa companhia, sr. Elliot, é a companhia de gente inteligente e bem informada, que sabe conversar; é isso que eu chamo de boa companhia.

— Você se engana — disse ele delicadamente —; essa não é a boa companhia, essa é a melhor companhia. A boa companhia exige apenas berço, educação e boas maneiras, e, com relação à educação, não é muito exigente. Berço e boas maneiras são o essencial; mas um pouco de cultura não é de modo algum perigoso para a boa companhia; ao contrário, cairá muito bem. Minha prima Anne balançou a cabeça. Ela não está satisfeita. É difícil de contentar. Minha querida prima — sentando-se ao lado dela —, você tem mais direito a ser difícil do que quase todas as outras mulheres que conheço; mas será que isso é aconselhável? Vai fazer você feliz? Não seria mais sábio aceitar a companhia das boas senhoras de Laura Place e apreciar ao máximo todas as vantagens do relacionamento? Pode ter certeza de que elas terão trânsito na mais alta sociedade de Bath neste inverno, e, como nobreza é nobreza, ser parente delas será bastante útil para estabelecer a sua família (nossa família, permita-me dizer) naquele nível de consideração que todos almejamos.

— É verdade — suspirou Anne —; todos saberão que elas são nossas parentas! — e então, recompondo-se e não querendo receber uma resposta, acrescentou: — Eu acho que com certeza se empenharam demais para conseguir esse relacionamento. Imagino — sorrindo — que eu tenha mais orgulho do que todos vocês; mas confesso que me sinto humilhada ao ver que nos esforçamos tanto para obter o reconhecimento do parentesco, que é, sem dúvida, completamente indiferente para elas.

— Perdão, querida prima, você está sendo injusta com seus próprios direitos. Em Londres, em seu atual modo de vida tranquilo, talvez seja como você diz: mas em Bath *Sir* Walter Elliot e sua família serão sempre dignos de ser apresentados: sempre aceitáveis como conhecidos.

— Muito bem — disse Anne —, sou com certeza orgulhosa, orgulhosa demais para apreciar uma boa acolhida que depende tão completamente do lugar.

— Adoro a sua indignação — disse o sr. Elliot —; é muito natural. Mas você está em Bath, e o objetivo é estabelecer-se aqui com todo o crédito e toda a dignidade que *Sir* Walter Elliot merece. Você diz que é orgulhosa; dizem que eu sou orgulhoso, eu sei, e não gostaria de achar que não o sou; pois o nosso orgulho, se investigado, teria o mesmo objeto, sem dúvida, embora o tipo possa parecer um pouco diferente. De uma coisa, minha querida prima, tenho certeza — prosseguiu ele, em voz mais baixa, embora não houvesse mais ninguém na sala —, de uma coisa tenho certeza: devemos ter os mesmos sentimentos. Devemos sentir que todo aquele que, sendo igual ou superior a seu pai, se somar à companhia dele pode ser útil para afastar de seus pensamentos os que lhe são inferiores.

Enquanto falava, ele olhava para a cadeira que a sra. Clay tinha ocupado pouco antes: explicação suficiente do que queria dizer; e, embora Anne não acreditasse que tivessem o mesmo tipo de orgulho, estava satisfeita com o fato de ele não gostar da sra. Clay; e sua consciência admitia que, com vistas a derrotá-la, o desejo dele de ajudar o pai a ampliar seu círculo de amizades era mais do que desculpável.

Capítulo 17

Enquanto *Sir* Walter e Elizabeth tentavam explorar ao máximo a sua boa sorte em Laura Place, Anne estava reatando uma relação de qualidade muito diferente.

Fora visitar sua ex-preceptora e por meio dela soubera que estava em Bath uma velha colega de escola, que tinha dois motivos para merecer a sua atenção, a passada bondade e o presente sofrimento. A srta. Hamilton, agora sra. Smith, demonstrara bondade por ela numa daquelas fases da vida em que esta lhe fora mais preciosa. Anne chegara infeliz à escola, chorando a perda da mãe que ela tanto amara, ressentindo-se da separação de casa e sofrendo como uma mocinha de catorze anos, de muita sensibilidade e ânimo triste deve sofrer nessa idade; e a srta. Hamilton, três anos mais velha do que ela, mas, pela falta de parentes próximos e de casa própria, tendo de permanecer ainda mais um ano na escola, fora útil e boa com ela, abrandando consideravelmente a sua infelicidade, o que nunca poderia ser lembrado com indiferença.

A srta. Hamilton deixara a escola, casara-se não muito depois com um homem riquíssimo, segundo diziam, e isso era tudo o que Anne soubera dela, até agora, quando o relato da preceptora apresentou a situação dela com mais minúcia, mas também de um ângulo muito diferente.

Estava viúva e pobre. Seu marido fora extravagante; e ao morrer, cerca de dois anos antes, deixara os negócios terrivelmente comprometidos. Ela tivera de enfrentar dificuldades de todo tipo e, além desses desgostos, contraíra uma grave febre reumática, que, atacando finalmente as pernas, a deixara paralítica. Viera a Bath por isso, e agora estava num quarto alugado perto dos banhos quentes, vivendo muito humildemente, incapaz até de se dar o conforto de uma criada e, é claro, quase à margem da sociedade.

A amiga em comum garantiu que a sra. Smith ficaria muito satisfeita com a visita da srta. Elliot, e Anne, então, não perdeu mais tempo. Nada mencionou em casa do que soubera ou do que planejava. Aquilo despertaria pouco interesse. Consultou apenas *Lady* Russell, que compartilhou plenamente seus sentimentos e ficou felicíssima em poder levá-la em sua carruagem até um ponto escolhido por ela nas proximidades do apartamento da sra. Smith, em Westgate Buildings.

A visita foi feita, a amizade foi restabelecida, o interesse recíproco foi mais do que reavivado. Houve certo constrangimento e certa comoção nos primeiros dez minutos. Haviam-se passado doze anos desde que se separaram, e cada qual tinha um aspecto bem diferente do que a outra imaginara. Doze anos haviam transformado Anne, da adolescente em flor, silenciosa e imatura, de quinze anos, na elegante jovem mulher de vinte e sete, com todas as belezas, salvo o frescor da juventude, e com maneiras tão conscientemente corretas quanto invariavelmente gentis; e doze anos haviam transformado a linda e bem-educada srta. Hamilton, em todo o esplendor da saúde e da confiança na própria superioridade, numa pobre, enferma e desamparada viúva, que recebia a visita de sua ex-protegida como um favor; mas logo passou tudo que era desagradável no encontro e só ficou o interessante encanto das lembranças das antigas amizades e das conversas sobre os velhos tempos.

Anne encontrou na sra. Smith o bom-senso e as maneiras amáveis que esperara encontrar, e uma disposição para a conversa e para a alegria que superaram suas expectativas. Nem os esbanjamentos do passado — e ela vivera muito tempo na alta sociedade — nem a modéstia do presente, nem a doença nem o sofrimento pareciam ter fechado seu coração ou arruinado seu humor.

Durante uma segunda visita, falou com grande franqueza, e o espanto de Anne aumentou. Mal podia imaginar uma situação mais deprimente em si mesma do que a da sra. Smith. Ela adorara o marido: ela o sepultara. Acostumara-se à riqueza, que se fora. Não tinha filhos que a ligassem novamente à vida e à felicidade, não tinha parentes que a ajudassem a resolver as dificuldades de seus negócios, não tinha saúde para tornar suportável todo o resto. Seu alojamento limitava-se a uma sala barulhenta e um quarto escuro nos fundos, sem possibilidade de passar de um para o outro sem auxílio, que só podia ser prestado por uma única criada, e nunca deixava a casa a não ser para ser levada aos banhos quentes. Mesmo assim, apesar de tudo isso, Anne tinha razões para acreditar que ela só tinha alguns momentos de languidez e depressão, contra horas de ocupação e alegria. Como era possível? Ela olhou, observou, refletiu e finalmente concluiu que não se tratava apenas de firmeza ou resignação. Um espírito submisso poderia ser paciente, uma inteligência forte proporcionaria firmeza, mas havia aqui algo mais; havia essa elasticidade do espírito, essa disposição a ser reconfortada, essa capacidade de passar com facilidade do mal para o bem e de descobrir ocupações que a impedissem de fechar-se em si mesma, coisas que só a natureza pode dar. Era o maior dos dons do Céu; e Anne via sua amiga como um daqueles casos em que, por um misericordioso decreto, tal dom parece feito para contrabalançar quase todas as outras carências.

Houve um tempo, disse-lhe a sra. Smith, em que quase se entregara ao desespero. Não podia considerar-se uma inválida agora, em comparação com seu estado quando chegara a Bath. Estava, então, numa condição lastimável; pois se resfriara durante a viagem e mal se instalara em seu apartamento e já se via novamente presa à cama, sofrendo dores agudas e constantes; e tudo isso entre estranhos, com a absoluta necessidade de uma enfermeira fixa e com as finanças naquele momento especialmente incapazes de arcar com despesas extraordinárias. Havia suportado aquilo, porém, e podia sinceramente dizer que tudo havia sido para o seu bem. Reconfortara-se ao sentir-se em boas mãos. Conhecia bem demais o mundo para esperar despertar uma simpatia súbita e desinteressada em algum lugar, mas sua enfermidade provara-lhe que a proprietária do apartamento era uma mulher de bom caráter, que não a trataria mal; e tivera muito boa sorte quanto à enfermeira: uma irmã da proprietária, enfermeira profissional e que sempre se hospedava naquela casa quando estava desempregada, calhou de estar disponível exatamente quando a sra. Smith precisou dela.

— E ela — disse a sra. Smith —, além de me tratar admiravelmente bem, revelou-se uma amiga preciosa. Assim que pude usar as mãos, ela me ensinou a tricotar, o que tem sido uma grande diversão; e comecei a fazer esses porta-agulhas, alfineteiras e porta-cartões com que você me vê sempre tão ocupada, e que me dão com que fazer algum bem a uma ou duas famílias muito pobres da vizinhança. Graças à profissão, é claro, ela conhecia muita gente que podia comprar o que eu fazia, e passou a vender a minha mercadoria. Sempre sabe qual o melhor momento para oferecê-la. Todos têm o coração aberto depois de se restabelecerem de uma dor muito forte ou ao recuperarem a bênção da boa saúde, e a enfermeira Rooke sabia perfeitamente quando falar. É uma mulher arguta, inteligente e sensata. Sua profissão permite-lhe conhecer a natureza humana; e tem um fundo de bom-senso e de observação que faz dela uma companheira infinitamente superior a milhares de mulheres que só receberam "a melhor educação do mundo" e nada sabem que valha a pena mencionar. Pode chamar de fofoca, se quiser, mas, quando a enfermeira Rooke tem meia horinha para conversar, sempre tem coisas divertidas e úteis para contar: coisas que nos fazem conhecer melhor a nossa espécie. Todos gostam de saber o que está acontecendo, estar a par das novas maneiras de ser frívolo e idiota. Para mim, que vivo tão sozinha, poder conversar com ela é uma festa.

Anne, longe de querer opor-se ao prazer da amiga, respondeu:

— Acredito. Mulheres desse tipo têm grandes oportunidades e, se forem inteligentes, podem muito bem ser dignas de ser ouvidas. Que variedades da natureza humana não costumam elas observar! E não são só as suas loucuras que elas conhecem bem; pois de quando em quando a veem de ângulos dignos de interesse e afeto. Quantos casos devem presenciar de apego ardente, desinteressado e abnegado, de heroísmo, constância, paciência, resignação: de todas as lutas e sacrifícios que mais nos enobrecem. Um quarto de enfermo pode dar assunto para muitos livros.

— Claro — disse a sra. Smith, mais hesitante —; às vezes isso é possível, mas temo que as lições raramente tenham o estilo elevado a que você se refere. Aqui e ali, a natureza humana pode ser grandiosa em tempos de provação; mas em geral é a sua fraqueza, e não a sua força, que se revela nos quartos dos doentes: é de egoísmo e impaciência, mais do que de generosidade e constância, que mais se ouve falar. Há tão pouca amizade verdadeira no mundo! E infelizmente — em voz baixa e trêmula — há muita gente que se esquece de pensar sério até que seja quase tarde demais.

Anne viu todo o sofrimento daqueles sentimentos. O marido não fora o que devia, e a esposa fora forçada a conviver com a parte da humanidade que a fez ter uma ideia do mundo pior do que antes esperava que ele merecesse. Para a sra. Smith, porém, aquilo era só uma comoção passageira; ela se recompôs e logo acrescentou, num tom diferente:

— Imagino que a atual situação da minha amiga, a sra. Rooke, não vá proporcionar-me algo que me interesse ou edifique. Está só cuidando da sra. Wallis de Marlborough

Buildings; uma mulher simplesmente bonita, tola, perdulária e sempre na moda, acho eu; e é claro que não vai ter nada para me contar, a não ser sobre rendas e roupas caras. Espero conseguir algum lucro com a sra. Wallis, porém. Ela é riquíssima e planejo vender a ela todas as coisas caras que estou fazendo agora.

Anne já visitara a amiga várias vezes, quando a existência dela foi conhecida em Camden Place. Por fim, tornou-se necessário falar dela. Certa manhã, *Sir* Walter, Elizabeth e a sra. Clay voltaram de Laura Place com um inesperado convite de *Lady* Dalrymple para aquela mesma noite, e Anne já tinha um compromisso: ia jantar em Westgate Buildings. Não lamentou não poder ir. Tinha certeza de que só haviam sido convidados porque *Lady* Dalrymple, muito gripada, não podia sair de casa e estava feliz em poder servir-se do parentesco que lhe fora imposto com tanta insistência; e declinou a parte que lhe cabia do convite com grande alegria: "Já tinha prometido jantar com uma velha colega de escola". Eles não estavam muito interessados em nada que se relacionasse a Anne; mas mesmo assim fizeram muitas perguntas para saber quem era a tal velha colega; e Elizabeth mostrou desdém, e *Sir* Walter, severidade.

— Westgate Buildings! — disse ele. — E quem a srta. Anne Elliot vai visitar em Westgate Buildings? Uma tal de sra. Smith. A sra. Smith, viúva; e quem era o marido dela? Um dos cinco mil srs. Smith, um nome que pode ser encontrado em qualquer lugar. E quais são os atrativos dela? Ser velha e doente. Palavra de honra, srta. Anne Elliot, você tem um gosto muito esquisito! Para você, é convidativo tudo que repele as outras pessoas: gente baixa, quartos miseráveis, ar fétido, sensações repugnantes. Mas certamente você pode adiar para amanhã essa visita à velha senhora: suponho que ela não esteja tão próxima do fim, mas tenha esperança de viver mais um dia. Qual é a idade dela? Quarenta anos?

— Não, senhor, não tem nem trinta e um anos; mas acho que não posso adiar o meu compromisso, pois esta é a única noite em que nós duas vamos estar livres ao mesmo tempo durante um bom período. Ela vai aos banhos quentes amanhã, e nós temos compromissos para o resto da semana, como o senhor sabe.

— Mas o que acha *Lady* Russell dessa amizade? — perguntou Elizabeth.

— Não vê nada de errado nela — tornou Anne —; ao contrário, ela a aprova e em geral é ela que me traz quando acaba a visita à sra. Smith.

— O pessoal de Westgate Buildings deve ter ficado muito surpreso quando apareceu uma carruagem e estacionou perto da calçada — observou *Sir* Walter. — A viúva de *Sir* Henry Russell, na verdade, não tem títulos que distingam o seu brasão, mas mesmo assim é uma bela equipagem, e sem dúvida é notório que transporta uma srta. Elliot. Uma sra. Smith, viúva, que mora em Westgate Buildings! Uma coitada de uma viúva que mal tem com que viver, entre os trinta e os quarenta anos; uma reles sra. Smith, uma sra. Smith qualquer, uma pessoa qualquer com um nome qualquer, ser a amiga predileta da srta. Anne Elliot, ser por ela preferida aos membros de sua própria família, pertencentes à nobreza da Inglaterra e da Irlanda! Sra. Smith! Que nome!

A sra. Clay, que estivera presente quando tudo isso se passara, agora achou melhor sair da sala, e Anne podia ter dito muitas coisas, e adoraria ter dito algumas delas, em defesa dos direitos da *sua* amiga, que não eram muito diferentes dos da amiga *deles*, mas seu senso de respeito pessoal pelo pai a reteve. Não deu nenhuma resposta. Deixou a ele perceber que a sra. Smith não era a única viúva em Bath entre os trinta e os quarenta anos, com poucos recursos e sem sobrenome famoso.

Anne confirmou o seu compromisso; os outros, o deles, e, é claro, no dia seguinte ela soube que eles haviam tido uma noite maravilhosa. Ela fora a única ausente do grupo, pois *Sir* Walter e Elizabeth não só se haviam colocado à disposição de Sua Senhoria, como também ficaram contentes em ser usados por ela para reunir mais gente, e se haviam dado o trabalho de convidar tanto *Lady* Russell como o sr. Elliot; e o sr. Elliot fizera questão de deixar o coronel Wallis mais cedo, e *Lady* Russell cancelara todos os seus compromissos daquela noite para poder visitá-la. Anne ouviu de *Lady* Russell um relatório de tudo que aconteceu aquela noite. Para ela, o mais interessante foi que sua amiga e o sr. Elliot conversaram muito sobre ela: o fato de terem sentido falta dela e ao mesmo tempo de ter sido elogiada por estar ausente por uma boa causa. Suas visitas bondosas e piedosas à velha colega doente e inválida pareciam ter sido muito apreciadas pelo sr. Elliot. Ele a julgou uma jovem excepcional; pelo caráter, pelas maneiras, pela inteligência, um modelo de excelência feminina. Podia até enfrentar *Lady* Russell numa discussão sobre os méritos dela; e Anne não podia ouvir tantas coisas de sua amiga, não podia saber que era tão altamente prezada por um homem tão sensato, sem muitas daquelas sensações agradáveis que sua amiga queria nela provocar.

Lady Russell tinha agora uma opinião definitiva sobre o sr. Elliot. Estava tão convencida de sua intenção de, com o tempo, conquistar Anne quanto de que ele a merecia, e já começava a calcular o número de semanas que o livrariam de todas as limitações ainda impostas pela viuvez e lhe dariam a liberdade de exercer todo o seu poder de sedução. Não confessaria a Anne metade da certeza que sentia quanto a isso, só arriscaria algumas insinuações sobre o que poderia acontecer no futuro, sobre um possível amor da parte dele, sobre quão desejável seria tal aliança, supondo-se que tal amor fosse real e correspondido. Anne a ouviu e não fez nenhuma reclamação mais enfática; limitou-se a sorrir, a corar e a balançar gentilmente a cabeça.

— Não sou casamenteira, como você bem sabe — disse *Lady* Russell —, pois tenho plena consciência da incerteza de todos os acontecimentos e cálculos humanos. Só quis dizer que se o sr. Elliot algum dia pedir a sua mão em casamento e se você estiver disposta a aceitá-lo, acho que haveria uma ótima possibilidade de vocês serem felizes. Todos haveriam de convir que seria uma união muito conveniente, mas eu acho que seria um casamento muito feliz.

— O sr. Elliot é um homem extremamente amável e em muitos aspectos eu o admiro muito — disse Anne —; mas não nos daríamos bem.

Lady Russell não fez comentários e se limitou a acrescentar:

— Confesso que a possibilidade de ter você como a futura dona de Kellynch, a futura *Lady* Elliot, a perspectiva de ver você ocupando o lugar de sua querida mãe, herdando todos os seus direitos e toda a sua popularidade e todas as suas virtudes seria para mim a maior das gratificações. Você é o retrato de sua mãe, de rosto e de temperamento; e, se me fosse permitido imaginar você como ela era, quanto à situação e ao nome e ao lar, presidindo e abençoando as reuniões no mesmo lugar, e só superior a ela por ser mais estimada, minha caríssima Anne, eu ficaria mais feliz do que é de hábito na minha idade!

Anne foi obrigada a voltar o rosto, erguer-se e caminhar até uma mesa distante, e, inclinando-se ali como se trabalhasse, tentou controlar os sentimentos que aquela pintura provocara. Por alguns momentos, sua imaginação e seu coração sofreram o encanto daquela visão. A ideia de se tornar o que sua mãe tinha sido; de fazer o precioso nome de "*Lady* Elliot" reviver pela primeira vez em sua própria pessoa; de voltar a ocupar Kellynch, de tornar a chamá-la seu lar, seu lar para sempre, era um encanto a que não podia resistir de imediato. *Lady* Russell não disse mais nada, querendo deixar que as coisas caminhassem por si mesmas; e crendo que, se o sr. Elliot, naquele momento, defendesse com propriedade a sua própria causa!...

Acreditava, em suma, naquilo em que Anne não acreditava. A mesma imagem do sr. Elliot a defender a sua própria causa fez que Anne recuperasse a calma. Esvaiu-se todo o encanto de Kellynch e de "*Lady* Elliot". Ela jamais poderia aceitá-lo. Não era só que seus sentimentos continuassem avessos a qualquer homem, salvo um; seu juízo, após séria consideração das possibilidades do caso, era contrário ao sr. Elliot.

Embora já se frequentassem havia um mês, Anne não podia dizer que conhecia bem o caráter dele. Que era um homem sensato, amável, que falava bem, tinha boas opiniões, parecia julgar corretamente e como homem de princípios, tudo isso estava muito claro. Ele certamente sabia o que era certo, nem podia ela apontar alguma norma moral que ele tivesse transgredido; mas, mesmo assim, ela temia pôr a mão no fogo pela conduta dele. Desconfiava do passado, senão do presente. Os nomes de antigos amigos que vez por outra ele revelava, as alusões a antigas práticas e objetivos sugeriam suspeitas negativas sobre o que ele fora. Ela via que tinha havido maus hábitos; que viajar aos domingos tinha sido coisa comum; que houve uma fase da vida dele (e provavelmente não uma fase breve) em que ele havia sido no mínimo desdenhoso com todas as questões sérias; e, embora agora ele pensasse de um jeito muito diferente, quem poderia confiar nos verdadeiros sentimentos de um homem esperto, prudente e maduro o bastante para apreciar a retidão de caráter? Como se poderia ter certeza de que sua alma estava realmente limpa?

O sr. Elliot era razoável, discreto, polido, mas não era uma pessoa franca. Nunca demonstrava nenhuma forte reação emotiva, nenhum ímpeto de indignação ou de júbilo, ante o que acontecia de bom ou de mau para os outros. Para Anne, essa era uma grave imperfeição. Suas primeiras impressões a esse respeito ficaram indeléveis. Um caráter franco, espontâneo e impetuoso era algo que ela prezava mais do que qualquer outra coisa. O que ainda agora a cativava eram os sentimentos calorosos e o entusiasmo. Sentia que podia confiar muito mais na sinceridade daqueles que às vezes faziam ou diziam algo de maneira impensada e abrupta do que daqueles cuja mente fosse impassível, que jamais pronunciavam uma palavra fora do lugar.

O sr. Elliot era excessivamente amável. Por mais diferentes que fossem os temperamentos na casa de *Sir* Walter, ele agradava a todos. Suportava tudo muito bem, dava-se bem com todos. Falara com ela com certo grau de franqueza a respeito da sra. Clay; mostrara compreender perfeitamente as intenções da sra. Clay e desprezá-la por isso; e no entanto a sra. Clay o considerava amabilíssimo, como todos os demais.

Lady Russell percebeu algo a mais ou algo a menos do que sua jovem amiga, pois nada viu que provocasse a sua desconfiança. Não conseguia imaginar um homem mais perfeito que o sr. Elliot; e nunca sentira nada mais doce do que a esperança de vê-lo receber a mão de sua querida Anne na igreja de Kellynch, no próximo outono.

Capítulo 18

Era começo de fevereiro; e Anne, depois de passar um mês em Bath, estava cada vez mais impaciente por notícias de Uppercross e Lyme. Queria saber muito mais do que Mary comunicara. Havia três semanas não recebia nenhuma notícia. Só sabia que Henrietta voltara para casa; e que Louisa, embora considerassem que ela estava recuperando-se rápido, continuava em Lyme; e, certa noite, Anne estava pensando muito neles, quando lhe foi entregue uma carta de Mary, com o envelope mais recheado que de costume; e, para seu maior prazer e surpresa, com os cumprimentos do almirante e da sra. Croft.

Os Croft deviam estar em Bath! Isso não podia deixar de despertar o seu interesse. Eram pessoas muito queridas ao seu coração.

— Que é isso? — exclamou *Sir* Walter. — Os Croft chegaram em Bath? Os Croft que alugaram Kellynch? O que eles lhe trouxeram?

— Uma carta de Uppercross Cottage.

— Ah! Essas cartas são passaportes muito úteis. Garantem uma apresentação. De qualquer forma, eu deveria ter visitado o almirante Croft. Conheço meus deveres para com os meus inquilinos.

Anne não conseguiu ouvir mais nada; nem sequer conseguiu dizer alguma coisa sobre o pobre almirante; a carta absorveu-a completamente. Começara a ser escrita vários dias antes.

1º de fevereiro

Minha querida Anne, não peço desculpas pelo meu silêncio, pois sei como as pessoas se preocupam pouco com cartas num lugar como Bath. Você deve estar feliz demais para se preocupar com Uppercross, um lugar de que, como você bem sabe, pouco há de que falar. Tivemos um Natal muito aborrecido; o sr. e a sra. Musgrove não ofereceram nenhum jantar durante todos os feriados. Para mim, os Hayter não contam. Mas os feriados finalmente acabaram: acho que nunca nenhuma criança teve outros tão longos quanto estes. Eu, pelo menos, nunca tive. A casa foi desocupada ontem, com exceção dos pequenos Harville; mas você ficará surpresa em saber que eles nunca voltaram para casa. A sra. Harville deve ser uma mãe muito esquisita para se separar deles por tanto tempo. Não consigo entender isso. Na minha opinião, são crianças nem um pouco boazinhas; a sra. Musgrove, porém, parece gostar tanto delas quanto de seus próprios netos, senão mais. Que tempo horrível fez aqui! Talvez isso não se perceba em Bath, com a boa pavimentação das ruas; mas, aqui no interior, isso é importante. Ninguém veio visitar-me até a segunda semana de janeiro, a não ser Charles Hayter, que apareceu por aqui muito mais vezes do que deveria. Cá entre nós, acho uma pena que a Henrietta não tenha ficado em Lyme tanto quanto a Louisa; isso a teria afastado um pouco dele. Hoje, a carruagem partiu, para trazer Louisa e os Harville amanhã. Não fomos, porém, convidados para jantar lá até depois de amanhã, pois a sra. Musgrove tem muito medo de que Louisa se canse demais com a viagem, o que não é muito provável, levando-se em conta os cuidados que lhe serão dispensados; e para mim seria muito melhor jantar lá amanhã. Fico feliz em saber que você achou o sr. Elliot tão simpático, e gostaria de conhecê-lo também; mas esta é a minha má sorte de sempre: estou sempre longe quando acontece alguma coisa de bom; sou sempre a última da família a ser levada em consideração. Que tempo enorme a sra. Clay tem permanecido com a Elizabeth! Será que ela nunca vai embora? Mas, mesmo que ela deixasse vazio o quarto, talvez não fôssemos convidados. Gostaria de saber a sua opinião a esse respeito. Não espero que os meus filhos sejam convidados, você sabe. Posso deixá-los muito bem na Casa Grande, por um mês ou um mês e meio. Acabo de saber que os Croft estão de partida para Bath agorinha mesmo; eles acham que o almirante sofre de gota. Charles ouviu isso por acaso; eles não tiveram a delicadeza de me comunicar nada, nem de se oferecer para levar alguma coisa. Não me parece que, como vizinhos, eles valham muita coisa. Nunca os vemos, e este foi realmente um caso de grosseira descortesia. Charles e eu lhe desejamos carinhosamente tudo de bom. Cordialmente,

Mary M***.

Lamento dizer que estou muito longe de me sentir bem; e Jemima acaba de me contar que o açougueiro disse que está havendo uma epidemia de dor de garganta por aqui. Tenho certeza de que vou pegar a doença; e as minhas dores de garganta são as piores que existem.

Assim terminava a primeira parte, que mais tarde fora posta dentro de um envelope com outra mais ou menos do mesmo tamanho.

Deixei a minha carta aberta, para lhe contar como a Louisa passou durante a viagem, e agora estou contentíssima por ter feito isso, já que tenho muitas coisas a acrescentar. Primeiro, recebi um bilhete da sra. Croft ontem, oferecendo-se para levar qualquer coisa para você; um bilhete muito gentil e amável, endereçado a mim, como devido; vou poder, então, alongar à vontade esta carta. O almirante não parece muito doente e sinceramente espero que Bath lhe faça todo o bem de que ele precisa. Vou ficar muito contente em vê-los de volta. Nosso vilarejo não pode passar sem uma família tão agradável. Vamos, agora, falar da Louisa. Tenho algo a lhe comunicar que vai causar-lhe uma surpresa não pequena. Ela e os Harville chegaram sãos e salvos na terça-feira, e à noite fomos saber como ela estava passando, quando ficamos muito surpresos por não encontrarmos o capitão Benwick entre eles, pois ele fora convidado com os Harville; e qual você acha que foi a razão? Nem mais nem menos porque está apaixonado por Louisa e preferiu não se arriscar a ir a Uppercross até receber uma resposta do sr. Musgrove; pois estava tudo acertado entre ele e ela antes de ela vir, e ele havia escrito ao pai dela por intermédio do capitão Harville. Garanto a você que é verdade! Você não está pasma? Eu ficaria no mínimo surpresa se você tivesse desconfiado, pois eu nunca. A sra. Musgrove garante solenemente que não sabia de nada a esse respeito. Estamos todos muito contentes, porém, pois, embora não seja a mesma coisa que se casar com o capitão Wentworth, é infinitamente melhor do que o Charles Hayter; e o sr. Musgrove pôs por escrito o seu consentimento, e o capitão é esperado ainda hoje. A sra. Harville diz que o marido sofre muito por causa de sua pobre irmã; no entanto, Louisa é muito amada pelos dois. Na verdade, a sra. Harville e eu concordamos que a amamos ainda mais por ter tratado dela. O Charles fica pensando o que dirá o capitão Wentworth; mas você há de se lembrar que nunca achei que ele gostasse da Louisa; nunca vi nada disso. E isso acaba com aquela história de imaginar que o capitão Benwick estivesse apaixonado por você. Nunca vou poder entender como o Charles pôs uma coisa dessas na cabeça. Espero que agora ele se torne mais simpático. Certamente não é um grande partido para Louisa Musgrove, mas é um milhão de vezes melhor do que se casar com um dos Hayter.

Mary não precisava ter tido receio de encontrar a irmã de algum modo preparada para a notícia. Nada na vida a deixara tão espantada. O capitão Benwick com Louisa Musgrove! Era maravilhoso demais para acreditar, e foi só com grande esforço que conseguiu permanecer na sala, conservar um ar calmo e responder às perguntas comuns do momento. Felizmente para ela, não foram muitas. *Sir* Walter queria saber se os Croft haviam viajado numa carruagem de quatro cavalos e se eles se estabeleceriam numa parte de Bath que permitisse que a srta. Elliot e ele próprio os fossem visitar; mas mostrou pouca curiosidade além disso.

— Como vai a Mary? — disse Elizabeth; e, sem aguardar a resposta: — E, por favor, o que traz os Croft a Bath?

— Vieram por causa do almirante. Acham que ele sofre de gota.

— Gota e decrepitude! — disse *Sir* Walter. — Pobre velho!

— Têm amigos aqui? — perguntou Elizabeth.

— Não sei; mas é difícil imaginar que, na idade do almirante Croft e na sua profissão, ele não tenha muitos conhecidos num lugar como este.

— Imagino — disse *Sir* Walter, friamente — que o almirante Croft será mais conhecido em Bath como o inquilino de Kellynch Hall. Elizabeth, podemos arriscar apresentá-lo e a esposa em Laura Place?

— Ah, não! Acho que não. Em nossa situação junto a *Lady* Dalrymple, como seus primos, devemos usar de muita cautela para não constrangê-la com relacionamentos que ela pode não aprovar. Se não fôssemos parentes, isso não teria importância; mas, como primos, ela passaria escrupulosamente ao crivo todas as nossas propostas. Seria melhor deixarmos os Croft frequentarem um ambiente de seu nível. Há muitos homens de aparência esquisita a andar por aí, que, segundo me disseram, são marinheiros. Os Croft hão de se juntar a eles.

Esse foi o quinhão de interesse que a carta despertou em *Sir* Walter e Elizabeth; quando a sra. Clay pagou seu tributo mais correto de atenção, ao lhe perguntar sobre a sra. Charles Musgrove e seus lindos filhinhos, Anne se viu finalmente em liberdade.

Em seu quarto, tentou compreender aquilo. Não era de espantar que Charles se perguntasse como o capitão Wentworth se sentiria! Talvez ele tivesse abandonado a batalha, tivesse desistido de Louisa, tivesse deixado de amá-la, tivesse descoberto que não a amava. Não podia suportar a ideia de trapaça ou de leviandade ou de qualquer coisa parecida entre os dois amigos. Não podia suportar a ideia de que uma tal amizade fosse rompida por motivos censuráveis.

Capitão Benwick e Louisa Musgrove! A animadíssima e falante Louisa Musgrove, e o melancólico, pensativo, sensível amigo dos livros, o capitão Benwick, pareciam ser cada qual uma síntese de tudo o que não convinha ao outro. Haveria mentes mais diferentes? Onde estaria a atração? A resposta logo veio à tona. Havia sido a situação. Haviam compartilhado a mesma situação por muitas semanas; haviam convivido dentro do mesmo reduzido círculo familiar: desde que Henrietta voltara para casa, fizeram companhia um ao outro, Louisa, a recém-recuperada da doença, o que a tornava mais interessante, e o capitão Benwick, que não era inconsolável. Este era um ponto que Anne não pudera deixar de notar antes; e, em vez de chegar à mesma conclusão que Mary a partir do presente curso dos acontecimentos, estes só lhe serviram para confirmar a ideia de ter ele sentido um começo de ternura por ela. Não queria tirar daí, porém, mais motivos de gratificação para a sua própria vaidade do que Mary teria permitido. Estava persuadida de que qualquer jovem razoavelmente atraente que o tivesse ouvido e parecido compartilhar seu sofrimento teria recebido a mesma homenagem. Ele tinha um coração afetuoso. Precisava amar alguém.

Não via nenhuma razão para que fossem infelizes. Para começar, Louisa tinha uma grande admiração pela Marinha, e logo as afinidades entre eles se tornariam maiores. Ele se tornaria mais alegre e ela aprenderia a se entusiasmar com Walter Scott e Lord Byron; isso, aliás, já devia ter acontecido; obviamente, eles se haviam apaixonado enquanto liam poesia. Era divertida a ideia de que Louisa Musgrove se houvesse transformado numa pessoa de gostos literários refinados e propensa às reflexões sentimentais, mas Anne não tinha dúvida disso. O dia em Lyme, a queda do Cobb podiam ter influenciado a sua saúde, os seus nervos, a sua coragem, o seu modo de ser para toda a vida, tão completamente como pareciam ter mudado o seu destino.

A conclusão de tudo isso era que, se a mulher que fora sensível aos méritos do capitão Wentworth podia preferir outro homem, nada havia em tal noivado que justificasse mais que um estranhamento inicial, e, se o capitão Wentworth não perdeu nenhum amigo com isso, certamente nada havia que lamentar. Não, não foi nenhuma lamúria que fez o coração de Anne bater mais forte contra a sua vontade e a fez corar ante a ideia de que o capitão Wentworth estava livre e desimpedido. Sentira algo que tinha vergonha de investigar. Era algo muito parecido com a alegria, uma alegria absurda!

Estava louca para ver os Croft; mas quando os encontrou era evidente que a notícia ainda não tinha chegado até eles. A visita de cerimônia foi feita e retribuída; e Louisa Musgrove foi mencionada, e o capitão Benwick também, sem sequer um esboço de sorriso.

Os Croft haviam-se instalado num apartamento da Gay Street, perfeitamente satisfatório para *Sir* Walter. Não se envergonhava de modo algum de seus conhecidos e, na verdade, pensava e falava muito mais sobre o almirante, do que o almirante jamais pensou ou falou sobre ele.

Os Croft tinham amigos à vontade em Bath e consideravam seu relacionamento com os Elliot uma mera formalidade, com pouquíssimas possibilidades de lhes proporcionar algum prazer. Trouxeram consigo do campo o hábito de estar quase sempre juntos. Ele tinha a recomendação de caminhar para manter afastada a gota, e a sra. Croft, que parecia decidida a compartilhar tudo com ele, caminhava valentemente ao seu lado, pelo bem dele. Anne os via em toda parte aonde ia. *Lady* Russell levava-a para passear de carruagem quase todas as manhãs, e ela quase nunca deixava de pensar neles e nunca deixava de encontrá-los. Conhecendo os sentimentos recíprocos que os uniam, aquele era para ela um delicioso retrato da felicidade. Sempre os observava durante longo tempo, feliz em imaginar que sabia do que eles estavam falando enquanto caminhavam sozinhos e felizes, ou igualmente feliz em ver o cordial aperto de mão do almirante ao encontrar um velho amigo e em observar as animadas conversas que, vez por outra, se formavam em pequenos grupos de marinheiros, parecendo a sra. Croft tão inteligente e arguta quanto qualquer um dos oficiais ao seu redor.

Anne estava sempre com *Lady* Russell e por isso raramente passeava sozinha; mas aconteceu de, certa manhã, cerca de uma semana ou dez dias depois da chegada dos Croft, achar melhor separar-se da amiga, ou melhor, da carruagem da amiga, na parte baixa da cidade, e voltar sozinha a Camden Place, e ao caminhar pela Milsom Street teve a boa sorte de topar com o almirante. Estava sozinho junto à vitrina de uma loja de gravuras, com as mãos para trás, em atenta contemplação de alguma gravura, e ela não só poderia ter passado despercebida dele, como foi obrigada a tocar nele e falar com ele até que ele a percebesse. Quando, porém, a percebeu e reconheceu, fez isso com toda a espontaneidade e todo o bom humor de sempre.

— Ah! É a senhorita? Obrigado, obrigado. Esse é um tratamento de amiga. Cá estou eu contemplando um quadro. Não consigo passar por esta loja sem parar um pouco. Mas veja só que barco é este! Olhe só. Já viu uma coisa dessas? Que sujeitos estranhos devem ser esses seus pintores, para pensar que alguém arriscaria a vida numa velha concha disforme como essa! E no entanto aí estão dois cavalheiros de pé dentro dela, muito à vontade, a contemplar os penedos e montanhas ao seu redor, como se o barco não pudesse virar de um momento para o outro, o que certamente era o caso. Gostaria de saber onde esse barco foi construído! — morrendo de rir. — Não me arriscaria nele nem que fosse para atravessar só um bebedouro. Muito bem — afastando-se da vitrina —, aonde a senhorita vai? Posso ir a algum lugar para a senhorita ou com a senhorita? Posso ser útil em alguma coisa?

— Nada, muito obrigada, a não ser que me dê o prazer da sua companhia no trecho em que nossos caminhos se unem. Estou indo para casa.

— Com todo o prazer, e até mais adiante também. É, sim, faremos um belo passeio juntos, e eu tenho algo a lhe dizer enquanto caminhamos. Vamos, dê-me o seu braço; assim mesmo; não me sinto à vontade se não tiver uma mulher apoiada em meu braço. Meu Deus! Que barco é esse! — lançando um último olhar ao quadro, quando começavam a caminhar.

— O senhor disse que tinha algo a me dizer?

— Tenho, sim. Mas aí vem um amigo, o capitão Brigden; mas vou só dizer "Como vai?" e seguimos em frente. Não vou parar. Como vai? Brigden arregala os olhos por ver alguém comigo que não é a minha esposa. Ela, coitada, não pode sair de casa por causa da perna. Tem uma bolha num dos calcanhares do tamanho de uma moeda de três xelins. Se você olhar para o outro lado da rua, vai ver o almirante Brand que desce com o irmão. Sujeitos mesquinhos, os dois! Estou contente por não estarem deste lado da rua. Sophy não os suporta. Eles me aplicaram um golpe miserável certa vez: tiraram-me alguns de meus melhores homens. Algum dia eu lhe conto a história. Lá vai o velho *Sir* Archibald Drew com o neto. Olhe, ele nos viu; manda-lhe um beijo com a mão; confundiu você com a minha mulher. Ah! A paz chegou cedo demais para aquele menino. O velho *Sir* Archibald, coitado! Tem gostado de Bath, srta. Elliot? Tem sido muito bom para nós estarmos aqui. Estamos sempre encontrando um ou outro velho amigo; as ruas estão cheias deles toda manhã; oportunidade de conversar é o que não falta; e então nos despedimos deles todos e nos fechamos em nosso apartamento e arrumamos as cadeiras e nos sentimos tão bem como se estivéssemos em Kellynch ou como costumávamos estar até mesmo em North Yarmouth e Deal. Eu lhe digo que gostamos mais de nosso apartamento aqui por nos fazer lembrar do primeiro que tivemos em North Yarmouth. O vento sopra do mesmo jeito através de um dos armários.

Depois de mais um trecho do caminho, Anne arriscou-se a insistir mais uma vez em lhe perguntar o que ele tinha para lhe comunicar. Esperava que quando saíssem da Milsom Street sua curiosidade já estivesse satisfeita; mas foi obrigada a esperar mais um pouco, pois o almirante decidira não começar até ter chegado aos amplos espaços e à calma de Belmont; e, como na verdade ela *não* era a sra. Croft, ela teve de deixá-lo agir como queria. Assim que chegaram ao ligeiro aclive de Belmont, disse ele:

— Muito bem, agora a senhorita vai ouvir algo que muito a surpreenderá. Mas primeiro você vai dizer-me o nome da jovem a que vou referir-me. A senhorita sabe, aquela jovem com quem tanto nos preocupamos. A srta. Musgrove, com quem aconteceu tudo aquilo. Qual é o primeiro nome dela? Sempre me esqueço.

Anne envergonhara-se em mostrar que imediatamente compreendera de quem se tratava; mas agora já podia sugerir em segurança o nome de "Louisa".

— Isso mesmo, srta. Louisa Musgrove, é esse o nome. Seria bom que as mocinhas não tivessem tantos belos nomes de batismo. Eu nunca me enganaria se todas elas fossem Sophys ou algo parecido. Muito bem, todos achávamos que essa srta. Louisa ia casar-se com Frederick, como a senhorita sabe. Ele a estava cortejando, semana após semana. A única dúvida era o que eles estariam esperando, até que aconteceu o acidente em Lyme; então, ficou bastante claro que eles deviam aguardar até que o cérebro dela se recuperasse. Mas mesmo então havia algo de estranho na maneira como eles se comportavam. Em vez de ficar em Lyme, ele partiu para Plymouth, e então nós fomos visitar Edward. Quando voltamos de Minehead, ele partira para visitar Edward, e por lá está até agora. Não o vemos desde novembro. Nem a Sophy conseguia entender aquilo. Agora, porém, o caso se tornou realmente estranho; pois essa moça, essa *mesma* srta. Musgrove, em vez de se casar com Frederick, vai casar-se com James Benwick. A senhorita conhece James Benwick.

— Um pouco. Conheço um pouco o capitão Benwick.

— Então, ela vai casar-se com ele. É até muito provável que já estejam casados, pois não sei o que estariam esperando.

— Eu achei o capitão Benwick um rapaz muito simpático — disse Anne —, e sei que ele tem um ótimo caráter.

— Ah! Sim, claro, não há nada a criticar em James Benwick. É bem verdade que ele é apenas um comandante promovido no verão passado, e estes não são bons tempos para fazer carreira, mas ele não tem mais nenhum defeito, que eu saiba. É um excelente sujeito, de bom coração, eu lhe garanto; um oficial muito ativo e muito zeloso também, o que é mais do que se poderia imaginar, talvez, pois aquelas maneiras delicadas não lhe fazem justiça.

— O senhor está enganado quanto a isso, *Sir*; eu jamais deduziria das maneiras do capitão Benwick alguma falta de coragem. Eu as julgo especialmente agradáveis e lhe garanto que agradariam a todos.

— Muito bem, as mulheres são as melhores juízas; mas James Benwick é um pouco lento demais para mim; e, embora muito provavelmente isso se deva à nossa parcialidade, Sophy e eu achamos que as maneiras de Frederick são melhores do que as dele. Há algo em Frederick que nos agrada mais.

Anne sentiu-se encurralada. Sua intenção fora apenas se opor à ideia, comum até demais, de que coragem e gentileza são coisas incompatíveis, mas de modo algum quisera descrever as maneiras do capitão Benwick como as melhores possíveis; e, depois de hesitar um pouco, estava começando a dizer: "Não estava fazendo nenhuma comparação entre os dois amigos", quando o almirante a interrompeu dizendo:

— E isto é certamente verdade. Não é mera fofoca. O próprio Frederick nos contou. Sophy recebeu uma carta dele ontem, na qual ele nos conta o caso; ele havia acabado de receber uma carta de Harville, escrita *in loco*, em Uppercross. Imagino que estejam todos em Uppercross.

Essa era uma oportunidade à qual Anne não podia resistir; disse ela, então:

— Espero, almirante, que não haja nada no estilo da carta do capitão Wentworth que preocupe muito o senhor e a sra. Croft. No outono passado, parecia haver uma atração entre ele e Louisa Musgrove; mas espero que se possa deduzir que essa atração tenha cessado de ambas as partes igualmente, e sem violência. Espero que a carta não leve a marca de um homem magoado.

— De modo algum, de modo algum; não há em toda ela nenhuma imprecação ou crítica.

Anne abaixou os olhos para esconder o sorriso.

— Não, não; Frederick não é homem de choramingar e lamentar-se; tem brios demais para isso. Se a jovem prefere outro homem, é mais do que justo que o tenha.

— Sem dúvida. Mas o que quero dizer é que espero que não haja nada na maneira de escrever do capitão Wentworth que levante a suspeita de que ele se sinta traído pelo amigo, o que pode transparecer, como o senhor sabe, sem que nada seja dito. Eu lamentaria muito que uma amizade como a que existia entre ele e o capitão Benwick fosse destruída, ou mesmo arranhada, por uma situação desse tipo.

— Claro, claro, eu entendo. Mas não há nada disso na carta. Ele não diz uma palavra negativa acerca de Benwick; não diz sequer: "Eu me pergunto por que, tenho as minhas razões para me perguntar por quê". Não, não seria possível adivinhar, pelo estilo dele, que ele um dia tivesse pensado em tomar essa senhorita (qual o nome dela?) para si. Muito elegantemente, ele faz votos de que eles sejam felizes juntos; e acho que nisso não há nada de vingativo.

Anne não compartilhava a absoluta convicção que o almirante desejava transmitir, mas seria inútil levar adiante as perguntas. Assim, ela se contentou em proferir algumas observações de senso comum ou em escutar em silêncio, e o almirante prosseguiu à sua maneira.

— Pobre Frederick! — disse ele, enfim. — Agora vai ter de começar tudo de novo com outra pessoa. Acho que devíamos trazê-lo a Bath. Sophy tem de escrever a ele e insistir para que venha a Bath. Aqui há muitas moças bonitas, tenho certeza. De nada serviria ir a Uppercross de novo, pois sei que a outra srta. Musgrove já está noiva do primo, o jovem pároco. Não acha, srta. Elliot, que deveríamos tentar trazê-lo a Bath?

Capítulo 19

Enquanto o almirante Croft passeava com Anne e exprimia o desejo de trazer o capitão Wentworth a Bath, o capitão já estava a caminho de lá. Chegara antes que a sra. Croft lhe escrevesse, e, na vez seguinte em que Anne saiu, ela o viu.

O sr. Elliot estava acompanhando as duas primas e a sra. Clay. Estavam na Milsom Street. Começou a chover, não muito, mas o bastante para as mulheres buscarem abrigo, e mais do que o bastante para que a srta. Elliot buscasse ser levada para casa na carruagem de *Lady* Dalrymple, que fora vista esperando a pouca distância dali; ela, Anne e a sra. Clay, portanto, entraram na confeitaria Molland, enquanto o sr. Elliot foi até *Lady* Dalrymple, para pedir ajuda. Ele logo estava de volta, bem--sucedido, é claro; *Lady* Dalrymple ficaria felicíssima em levá-los para casa e viria buscá-los em alguns minutos.

A carruagem de Sua Senhoria era uma *barouche*, e não levava mais do que quatro pessoas com algum conforto. A srta. Carteret estava com a mãe; por conseguinte, não era razoável esperar lugar para todas as três damas de Camden Place. Não havia dúvida quanto à srta. Elliot. Se alguém devia arcar com os incômodos, esse alguém certamente não era ela, mas levou algum tempo para se chegar a uma solução para o probleminha de etiqueta entre as duas outras. A chuva era uma coisa de nada, e Anne estava sendo muito sincera ao preferir caminhar com o sr. Elliot. Mas a chuva era uma coisa de nada também para a sra. Clay; algumas gotinhas aqui e ali, e suas botinas eram tão grossas! Muito mais grossas do que as da srta. Anne; em suma, sua gentileza tornava-a tão ansiosa por poder caminhar com o sr. Elliot quanto Anne, e o caso foi discutido entre as duas com tão polida generosidade e determinação, que os outros foram obrigados a resolver o caso para elas; a srta. Elliot afirmou que a sra. Clay já estava um pouco resfriada, e o sr. Elliot, decidindo como árbitro, que as botinas de sua prima Anne eram, de fato, as mais grossas.

Ficou, portanto, decidido que a sra. Clay devia unir-se às outras na carruagem; e mal haviam acertado esse ponto quando Anne, ao sentar-se junto à janela da confeitaria, vislumbrou, com toda a clareza e distinção, o capitão Wentworth, que descia a rua.

Só ela mesma se deu conta do seu susto; mas logo percebeu que era a pessoa mais simplória do mundo, a mais irresponsável e absurda! Por alguns minutos não viu mais nada à sua frente; tudo se fez confuso. Estava perdida, e quando voltou a si viu as outras ainda aguardando a carruagem e o sr. Elliot (sempre delicado) partindo para a Union Street, para fazer um favor à sra. Clay.

Sentiu então um intenso desejo de ir até a porta de entrada; queria saber se ainda estava chovendo. Por que imaginar que teria algum outro motivo? O capitão Wentworth não devia estar à vista. Ela deixou o seu lugar, queria partir; metade dela queria não ser tão prudente quanto a outra metade ou não estar sempre a suspeitar que a outra fosse pior do que era. Queria ver se estava chovendo. Logo teve de recuar, porém, com a entrada do próprio capitão Wentworth, em meio a um grupo de cavalheiros e damas, obviamente seus conhecidos, e aos quais devia ter-se juntado bem no fim da Milsom Street. Ele estava obviamente mais constrangido e confuso ao vê-la do que ela jamais observara; ficou todo vermelho. Pela primeira vez desde que reataram a amizade, ela sentiu que, dos dois, era ela que estava demonstrando menos emoção. Tinha sobre ele a vantagem de ter-se preparado para aquilo nos últimos minutos. Todos os esmagadores, ofuscantes, atordoantes primeiros efeitos da forte surpresa haviam passado, para ela. Mesmo assim, ainda tinha muito o que sentir! Era agitação, dor, prazer, algo entre a delícia e a miséria.

Ele falou com ela e em seguida se afastou. Suas maneiras demonstravam constrangimento. Não podia chamá-las de frias nem de amáveis nem de mais nada com tanta certeza quanto de constrangidas.

Após um breve intervalo, porém, ele se aproximou e conversou com ela de novo. Foram perguntas recíprocas sobre assuntos comuns: e provavelmente, depois de escutadas as respostas, nenhum deles sabia algo a mais do que antes, e Anne continuava plenamente ciente de que ele estava menos à vontade do que antes. De tanto estar sempre juntos, eles passaram a se falar com uma considerável dose de aparente indiferença e calma; mas agora não era assim. O tempo havia-o mudado ou Louisa o havia mudado. Havia consciência, de um modo ou de outro. Ele parecia muito bem, e não como se tivesse tido problemas de saúde ou de desânimo, e falou de Uppercross, dos Musgrove e até de Louisa, e chegou mesmo a lançar um daqueles seus rápidos olhares de maliciosos subentendidos ao pronunciar o nome dela; mas, mesmo assim, o capitão Wentworth não estava à vontade, nem tranquilo nem capaz de fingir que estivesse.

Não a surpreendeu, mas feriu Anne observar que Elizabeth não quis reconhecê-lo. Viu que ele viu Elizabeth, que Elizabeth o viu, que houve completo reconhecimento íntimo de ambas as partes; tinha certeza de que ele estava convencido de que seria saudado como um amigo e que esperava isso, mas teve ela o desgosto de ver a irmã se afastar com imperturbável frieza.

A carruagem de *Lady* Dalrymple, pela qual a srta. Elliot estava cada vez mais impaciente, estacionou naquele momento; o criado entrou para anunciá-la. Estava começando a chover de novo, e ao mesmo tempo houve um atraso e um alvoroço e muitas palavras, o que levaria toda a pequena multidão reunida na confeitaria a compreender que *Lady* Dalrymple estava chamando a srta. Elliot para levá-la em sua carruagem. Por fim, a srta. Elliot e sua amiga, acompanhadas apenas pelo criado (pois o primo ainda não havia voltado), saíram; e o capitão Wentworth, observando-as, voltou-se de novo para Anne, e mais com gestos do que com palavras lhe ofereceu os seus serviços.

— Eu lhe agradeço muito — foi a resposta dela —, mas não vou com elas. Não cabe tanta gente na carruagem. Vou a pé: até prefiro.

— Mas está chovendo.

— Ah! Muito pouco. Nada que me assuste.

Depois de uma breve pausa, ele disse:

— Embora tenha chegado só ontem, eu já me equipei adequadamente para Bath, como pode ver — mostrando um guarda-chuva novo —; eu gostaria que você fizesse uso dele, se estiver decidida a caminhar; ainda que me pareça mais prudente que eu vá buscar uma charrete para você.

Ela lhe agradeceu muito, mas recusou tudo, repetindo a sua convicção de que a chuva logo ia parar e acrescentando:

— Só estou à espera do sr. Elliot. Ele vai chegar num minuto, tenho certeza.

Mal acabara de falar e o sr. Elliot entrou. O capitão Wentworth lembrava-se perfeitamente dele. Não havia nenhuma diferença entre ele e o homem que parou na escadaria em Lyme, admirando Anne enquanto ela passava, salvo o jeito, o aspecto e as maneiras de parente próximo e de amigo. Ele entrou com decisão, pareceu só ver a ela e só pensar nela, pediu desculpas pelo atraso, sentia muito tê-la deixado esperando e estava ansioso por levá-la dali sem mais delongas e antes que a chuva aumentasse; e imediatamente eles saíram juntos, de braços dados, e ao passar ela só teve tempo de lhe lançar um olhar gentil e constrangido e um “Bom dia para você!”.

Assim que os perderam de vista, as damas do grupo do capitão Wentworth começaram a falar deles.

— Imagino que o sr. Elliot tenha uma quedinha pela prima, não tem?

— Ah! Não, isso é mais do que evidente. Não é difícil adivinhar o que vai acontecer por lá. Ele está sempre lá; acho que passa metade do tempo com a família. Que homem mais atraente!

— É mesmo, e a srta. Atkinson, que uma vez jantou com ele na casa dos Wallis, diz que ele é o homem mais amável com quem jamais esteve.

— Acho que ela é bonita; Anne Elliot; muito bonita, quando olhamos para ela. Não está na moda dizer isto, mas confesso que a admiro mais do que à irmã.

— Ah! Eu também.

— E eu também. Não há comparação. Mas os homens estão loucos atrás da srta. Elliot. Anne é delicada demais para eles.

Anne ficaria especialmente grata ao primo se ele tivesse caminhado ao seu lado durante todo o percurso até Camden Place sem dizer nenhuma palavra. Jamais achara tão difícil escutá-lo, embora nada pudesse superar as atenções e a solicitude dele e embora os assuntos fossem exatamente aqueles que nunca deixavam de interessar-lhe: o elogio caloroso, justo e sensato de *Lady* Russell, e insinuações muito razoáveis contra a sra. Clay. Mas naquele momento ela só conseguia pensar no capitão Wentworth. Não conseguia entender seus atuais sentimentos, se estava ou não sofrendo muito com uma desilusão; e até resolver essa questão não conseguiria acalmar-se.

Ela esperava, com o tempo, vir a ser sábia e razoável; mas infelizmente tinha de confessar a si mesma que ainda não era sábia.

Outra coisa essencial para ela era saber por quanto tempo ele pretendia permanecer em Bath; ele não havia mencionado isso, ou ela não conseguia lembrar-se. Podia ser que estivesse só de passagem. Era, porém, mais provável que tivesse vindo para ficar. Nesse caso, como todos se encontram com todos em Bath, *Lady* Russell muito provavelmente o encontraria em algum lugar. Lembrar-se-ia dele? Que aconteceria?

Ela já fora obrigada a contar a *Lady* Russell que Louisa Musgrove ia casar-se com o capitão Benwick. Já lhe custara certo esforço enfrentar a surpresa de *Lady* Russell; e agora, se fosse vista com o capitão Wentworth, o desconhecimento do caso poderia agravar o preconceito dela contra ele.

Na manhã seguinte, Anne havia saído de carruagem com a amiga e, durante toda a primeira hora, estivera numa incessante e temerosa espreita do capitão Wentworth, em vão; mas por fim, ao tornarem a percorrer a Pulteney Street, ela o avistou na calçada da direita, a uma distância tal que podia observá-lo pela maior parte da rua. Havia muitos outros homens com ele, muitos grupos caminhando no mesmo sentido, mas não havia como confundi-lo. Instintivamente, ela olhou para *Lady* Russell; mas não por alguma ideia louca de que esta pudesse tê-lo reconhecido tão prontamente quanto ela. Não, não era de supor que *Lady* Russell o percebesse até que estivessem quase frente a frente. Olhava para ela, porém, de quando em quando, nervosamente; e quando se aproximou o momento em que ela devia reconhecê-lo, ainda que não ousasse olhar de novo (pois sabia que era melhor não mostrar o rosto), estava perfeitamente consciente de que os olhos de *Lady* Russell estavam voltados exatamente na direção dele; de que, em suma, ela o estava observando atentamente. Ela compreendia muito bem a espécie de fascínio que ele devia exercer sobre a mente de *Lady* Russell, como devia ser difícil para ela desviar os olhos, o espanto que devia estar sentindo pelo fato de a passagem de oito ou nove anos desde que o vira, tanto em climas distantes quanto no serviço ativo também, não lhe terem roubado a graça pessoal!

Lady Russell, por fim, reaprumou a cabeça. "O que será que ela vai dizer dele agora?"

— Você deve estar curiosa para saber — disse ela — onde fitei meus olhos por tanto tempo; mas eu estava procurando certas cortinas de janela, de que *Lady* Alicia e a sra. Frankland me falaram ontem à noite. Elas descreveram as cortinas da sala de uma das casas deste lado da rua, e nesta parte dela, como as mais belas e mais decorativas de toda Bath, mas não conseguiram lembrar-se do número exato, e eu estava tentando descobrir qual poderia ser; mas confesso que não consegui achar nenhuma cortina por aqui que correspondesse à descrição.

Anne suspirou, corou e sorriu, de pena e desprezo ou pela amiga ou por ela. A parte que mais a irritou foi que, com todo aquele excesso de precaução e cautela, ela tivesse perdido o momento certo de ver se ele as vira.

Passaram-se um ou dois dias sem que nada acontecesse. O teatro ou os salões em que era mais provável que ele estivesse não eram finos o bastante para os Elliot, cujas diversões noturnas se limitavam à elegante estupidez das reuniões privadas, em que eles se faziam cada vez mais assíduos; e Anne, exasperada com toda aquela estagnação, cansada de não saber nada e imaginando-se mais forte, porque sua força não fora posta à prova, estava mais do que impaciente pela noite do concerto. Era um concerto em prol de uma protegida de *Lady* Dalrymple. Naturalmente eles estariam presentes. Esperava-se realmente que fosse muito bom, e o capitão Wentworth adorava música. Se ela pudesse ter pelo menos alguns minutos de conversa com ele de novo, imaginava que ficaria satisfeita; e, quanto à capacidade de se dirigir a ele, sentia-se cheia de coragem se a ocasião se apresentasse. Elizabeth afastara-se dele, *Lady* Russell fingira não vê-lo; seus nervos ganhavam força com essa situação; sentia que devia dar-lhe atenção.

Havia mais ou menos prometido à sra. Smith jantar com ela; mas numa rápida visita pediu desculpas e adiou o jantar, com a mais resoluta promessa de uma visita mais longa no dia seguinte. A sra. Smith, muito bem-humorada, concordou com tudo.

— Mas é claro — disse ela —; só quero que me conte tudo quando vier. Com quem você vai?

Anne nomeou todos eles. A sra. Smith não respondeu; mas durante a despedida disse, com uma expressão meio séria, meio marota:

— Muito bem, desejo de coração que o concerto corresponda às expectativas; e não vá faltar amanhã, se puder vir; pois começo a ter o pressentimento de que não vou receber mais muitas visitas suas.

Anne ficou espantada e confusa; mas, depois de um momento de indecisão, viu-se obrigada a sair correndo, o que não lamentou.

Capítulo 20

Sir Walter, as duas filhas e a sra. Clay foram os primeiros da comitiva a chegar aos salões, à noite; e, como deviam esperar por *Lady* Dalrymple, instalaram-se junto a uma das lareiras da sala octogonal. Mas mal se haviam assentado e já a porta se abria novamente, e o capitão Wentworth entrava, sozinho. Anne era a que estava mais perto dele, e aproximando-se um pouco imediatamente lhe falou. Ele se preparava para fazer apenas uma reverência e seguir em frente, mas o gentil "Como vai?" dito por ela o fez afastar-se da linha reta e aproximar-se, fazendo em troca algumas perguntas, apesar das ameaçadoras figuras do pai e da mãe no segundo plano. O fato de estarem no segundo plano serviu de apoio a Anne; ela nada sabia do aspecto deles e se sentiu à altura de tudo que acreditava dever fazer.

Enquanto conversavam, chegou aos seus ouvidos um sussurro entre seu pai e Elizabeth. Não conseguiu discernir bem, mas adivinhou o assunto; e, quando o capitão Wentworth fez uma reverência distante, ela compreendeu que seu pai decidira muito justamente fazer a ele um simples sinal de reconhecimento, e pôde ainda com um olhar de relance ver a própria Elizabeth fazer a ele uma breve reverência. Tal gesto, embora atrasado e relutante e desajeitado, era melhor do que nada, e isso ajudou a elevar o ânimo de Anne.

Depois de falarem, porém, do tempo e de Bath e do concerto, a conversa começou a esmorecer, até que passaram a falar tão pouco, que a cada momento ela esperava que ele se afastasse, o que ele não fez, porém; não parecia ter pressa de separar-se dela; e então, mais animado, com um leve sorriso e um leve rubor, ele disse:

— Mal vi você desde o nosso dia, em Lyme. Receio que você tenha sofrido com o choque, e ainda mais porque, na hora, você não se deixou vencer por ele.

Ela lhe garantiu que não.

— Foi uma hora terrível — disse ele —; um dia terrível!

E ele passou a mão sobre os olhos, como se a lembrança ainda fosse dolorosa demais, mas logo em seguida, de novo com um meio sorriso, acrescentou:

— Mas aquele dia produziu os seus frutos; teve algumas consequências, que devem ser consideradas o exato oposto do terrível. Quando você teve a presença de espírito de sugerir que Benwick seria a pessoa mais certa para ir buscar um cirurgião, mal podia ter a ideia de que mais tarde ele seria uma das pessoas mais importantes na recuperação dela.

— Não podia ter nenhuma ideia, é claro. Mas parece... eu espero que seja uma união muito feliz. De ambas as partes, há bons princípios e bom caráter.

— Sim — disse ele, olhando não exatamente para a frente —; mas acho que a semelhança acaba por aqui. Desejo de coração que sejam felizes e me alegro com cada circunstância que lhes seja propícia. Não terão dificuldades com que lutar em casa, nenhuma oposição, nenhum capricho, nenhum adiamento. Os Musgrove estão tendo um comportamento digno, muito respeitável e gentil, só que estão nervosos, como pais realmente preocupados com o conforto da filha. Tudo isso conta muito, muito mesmo, em favor da felicidade deles; talvez mais do que...

Ele estacou. Pareceu ocorrer-lhe de repente uma recordação, que lhe deu um vislumbre daquela emoção que estava enrubescendo as faces de Anne e cravando os olhos dela no chão. Depois de pigarrear um pouco, porém, ele prosseguiu assim:

— Confesso que julgo existir uma disparidade, uma disparidade grande demais, e num ponto muito essencial, que é a alma. Considero Louisa Musgrove uma mocinha muito amável e doce, que não deixa de ser inteligente, mas Benwick é algo mais do que isso. É um homem brilhante, de vastas leituras; e confesso que vejo o amor dele por ela com certa surpresa. Se fosse o efeito da gratidão, se ele tivesse aprendido a amá-la porque acreditasse que ela o preferisse, seria outra coisa. Mas não tenho razões para acreditar nisso. Parece, ao contrário, ter sido um sentimento completamente espontâneo e natural da parte dele, e isso me surpreende. Um homem como ele, na sua situação! Com um coração machucado, ferido, quase partido! Fanny Harville era uma criatura superior, e o amor dele por ela era amor de verdade. Um homem não se recupera de uma tal devoção a uma tal mulher. Não deveria; não pode.

Porém, quer por saber que seu amigo se recuperara, quer por saber alguma outra coisa, não foi adiante; e Anne, que, não obstante a voz nervosa com que a última parte fora dita e não obstante todo o barulho da sala, o bater quase contínuo da porta e o bulício incessante das pessoas que chegavam, distinguira cada palavra, ficou impressionada, lisonjeada, confusa e começou a acelerar a respiração e a sentir cem coisas ao mesmo tempo. Era impossível para ela entrar naquele assunto; e no entanto, depois de uma pausa, sentindo a necessidade de falar e desejando não menos uma mudança total, desviou-se apenas o bastante para dizer:

— Você ficou bastante tempo em Lyme, não é?

— Mais ou menos duas semanas. Não pude partir até que a melhora no estado de Louisa fosse clara. Eu estivera envolvido demais no acidente para poder encontrar a paz muito depressa. Fora culpa minha, só minha. Ela não teria sido teimosa se eu não tivesse sido fraco. A região ao redor de Lyme é magnífica. Vaguei muito por ali, a pé e a cavalo; e quanto mais eu via mais motivos de admiração encontrava.

— Eu adoraria tornar a ver Lyme — disse Anne.

— É mesmo? Não imaginava que você tivesse encontrado algo em Lyme que inspirasse um tal sentimento. O horror e a angústia em que você se envolveu, a tensão e o desgaste emocionais! Eu achava que as suas últimas impressões de Lyme haviam sido de extrema repugnância.

— As últimas horas foram sem dúvida muito dolorosas — tornou Anne —; mas, passada a dor, as recordações são muitas vezes um prazer. Não amamos menos um lugar porque nele sofremos, a menos que tenha sido só sofrimento, nada além de sofrimento, o que não foi de modo algum o caso de Lyme. Houve muita ansiedade e angústia nas duas últimas horas, mas antes houvera muita alegria. Tantas novidades e belezas! Eu viajei tão pouco, que qualquer lugar novo seria interessante para mim; mas há uma beleza real em Lyme; em suma — com um leve rubor ante algumas lembranças —, em geral as minhas impressões do lugar são muito agradáveis.

Quando acabou de falar, a porta abriu-se mais uma vez para dar entrada às pessoas que estavam aguardando. "*Lady* Dalrymple, *Lady* Dalrymple", foram as entusiasmadas exclamações; e, com toda a impaciência compatível com sua ansiosa elegância, *Sir* Walter e suas duas companheiras avançaram para saudá-la. *Lady* Dalrymple e a srta. Carteret, escoltadas pelo sr. Elliot e pelo coronel Wallis, que também acabara de chegar quase naquele mesmo instante, adentraram a sala. Os outros se juntaram a elas, e se formou um grupo em que Anne se viu forçosamente incluída. Foi separada do capitão Wentworth. Sua interessante conversação, talvez interessante até demais, teve de ser interrompida por algum tempo, mas era leve a penitência se comparada à felicidade que proporcionara! Ela aprendera nos últimos dez minutos mais sobre os sentimentos dele para com Louisa, mais sobre todos os sentimentos dele do que ousava imaginar; e se dedicou às exigências do grupo, às obrigatórias cortesias do momento, com sensações intensas, mas agitadas. Estava de bom humor com todos. Recebera ideias que a predispuseram a ser delicada e gentil com todos e a ter pena de todos por serem menos felizes do que ela.

Tais deliciosas emoções foram um pouco atenuadas, quando, ao se afastar do grupo para juntar-se de novo ao capitão Wentworth, ela percebeu que ele se fora. Teve tempo só para vê-lo entrando na sala de concertos. Ele se fora; havia desaparecido, ela por um momento se sentiu triste. Mas voltariam a se encontrar. Ele a procuraria, ele a encontraria antes do fim da noite, e agora, talvez, fosse melhor que estivessem separados. Ela precisava de uma pausa para se recompor.

Com a chegada de *Lady* Russell logo em seguida, todo o grupo estava reunido e tudo que faltava era que se enfileirassem e adentrassem a sala de concertos; e que fossem o mais imponentes possível, chamassem o máximo de atenção, provocassem o máximo de suspiros e perturbassem o maior número de pessoas que pudessem.

Muito, muito felizes estavam tanto Elizabeth quanto Anne Elliot ao entrarem. Elizabeth, de braços dados com a srta. Carteret e a olhar as largas costas da viscondessa viúva Dalrymple à sua frente, nada desejava que não parecesse estar ao seu alcance; e Anne... mas seria um insulto à natureza da felicidade de Anne qualquer comparação entre a dela e a da irmã; a origem de uma era a pura vaidade egoísta; a da outra, o puro afeto generoso.

Anne nada viu, nada pensou do esplendor da sala. Sua felicidade era interior. Os olhos brilhavam e o rosto resplandecia; ela, porém, nada sabia sobre isso. Só pensava na última meia hora e, enquanto se dirigiam aos seus lugares, sua mente passou-a rapidamente em revista. A escolha dos assuntos, as expressões e, mais ainda, as maneiras e o aspecto do capitão Wentworth haviam sido tais, que só podia vê-las sob uma única luz. Sua opinião sobre a inferioridade de Louisa

Musgrove, uma opinião que ele parecera ansioso por exprimir, seu espanto com o capitão Benwick, seus sentimentos quanto a um primeiro e profundo amor; sentenças iniciadas que não conseguira concluir, os olhares que ora pareciam fugir, ora pareciam cravar-se nela com tanta expressão, tudo, tudo declarava no mínimo que o coração dele estava voltando a ser dela; que a raiva, a mágoa, a repulsa não mais existiam; e que haviam sido substituídas não simplesmente pela amizade e pela consideração, mas pela mesma ternura do passado. Sim, um pouco da ternura do passado. Não conseguia interpretar a mudança de outro modo. Ele a amava, com certeza.

Esses eram pensamentos, com suas imaginações concomitantes, que a ocupavam e agitavam tanto, que não lhe deixavam nenhum poder de observação; e ela atravessou a sala sem sequer vislumbrá-lo, sem sequer tentar avistá-lo. Quando se determinou o lugar de cada um e todos se instalaram corretamente, ela olhou ao redor para ver se por acaso ele não estaria na mesma parte da sala, mas não estava; seus olhos não conseguiram alcançá-lo; e, como o concerto já começava, teve de consentir por algum tempo em ser feliz de um modo mais modesto.

A comitiva dividiu-se e se dispôs em duas filas contíguas: Anne estava na da frente, e o sr. Elliot manobrara tão bem, com a ajuda do amigo, o coronel Wallis, que conseguiu um lugar ao lado dela. A srta. Elliot, rodeada pelas primas e o principal alvo dos galanteios do coronel Wallis, estava contentíssima.

Anne estava num estado de espírito mais do que favorável para o entretenimento da noite; tinha ali ocupação suficiente: tinha sentimentos para a ternura, disposição para a alegria, atenção para a ciência e paciência com o tédio; e jamais gostara tanto de um concerto, pelo menos durante o primeiro ato. Ao fim deste, no intervalo que se seguiu a uma canção italiana, ela explicou a letra da música para o sr. Elliot. Os dois tinham um só programa do concerto, que compartilhavam.

— Esse — disse ela — é mais ou menos o sentido, ou melhor, o significado das palavras, pois certamente não se deve contar o sentido de uma canção de amor italiana, mas esse é o significado mais próximo que lhe posso dar, pois não tenho pretensões de entender a língua. O meu italiano é muito ruim.

— Ah, claro. Estou vendo que é. Estou vendo que não conhece nada da matéria. Só tem conhecimento suficiente da língua para traduzir de imediato esses invertidos, transpostos e abreviados versos italianos num inglês claro, compreensível e elegante. Não precisa dizer mais nada da sua ignorância. Esta é uma prova definitiva.

— Não vou opor-me a uma polidez tão delicada; mas não gostaria de ser examinada por algum especialista na matéria.

— Não tive o prazer de visitar tantas vezes Camden Place — tornou ele — sem conhecer algo da srta. Anne Elliot; e a considero modesta demais para que as pessoas em geral se deem conta de metade de seus talentos e talentosa demais para que a modéstia pareça natural em qualquer outra mulher.

— Que vergonha! Que vergonha! Isso é lisonjeiro demais. Esqueci o que vem a seguir — voltando-se para o programa.

— Talvez — disse o sr. Elliot, em voz baixa — eu conheça a sua personalidade há mais tempo do que você saiba.

— É mesmo? E como foi isso? Você só pode conhecer-me desde que cheguei a Bath, exceto pelo que pode ter ouvido de mim dito por minha própria família.

— Conhecia você de ouvir falar muito antes de você chegar a Bath. Ouvira a sua descrição feita por gente que a conhecia intimamente. Eu a conheço de fama há muitos anos. A sua pessoa, o seu temperamento, os seus talentos, o seu jeito; eu os tinha presentes na mente.

O sr. Elliot não se decepcionou com o interesse que esperava despertar. Ninguém pode resistir ao encanto de um tal mistério. Ter sido descrita havia muito tempo a uma pessoa que conhecia havia pouco, por gente anônima, era algo irresistível; e Anne estava curiosíssima. Ela se surpreendeu e o interrogou com impaciência; mas em vão. Ele adorou ouvir as perguntas, mas não respondeu nenhuma.

— Não, não, algum outro dia, talvez, mas agora não.

Ele não queria mencionar nomes agora; mas garantia que era tudo verdade. Havia muitos anos ele ouvira uma tal descrição da srta. Anne Elliot, que ela lhe inspirou a mais alta opinião sobre os seus méritos e despertou a mais calorosa curiosidade em conhecê-la.

Anne não conseguia pensar em ninguém com maior probabilidade de falar tão bem dela muitos anos atrás do que o sr. Wentworth de Monkford, o irmão do capitão Wentworth. Ele podia ter frequentado o sr. Elliot, mas ela não teve coragem de perguntar.

— O nome de Anne Elliot — disse ele — há muito tempo soa de maneira muito sedutora para mim. Por muito tempo ele encantou a minha fantasia; e, se eu ousasse, aventaria meus votos de que tal nome nunca mude.

Tais, acreditava ela, foram as palavras dele; mas mal o som delas chegara até Anne, e a sua atenção era atraída por outros sons logo atrás dela, que tornavam tudo o mais sem importância. Seu pai conversava com *Lady* Dalrymple.

— Um homem muito atraente — disse *Sir* Walter —, um homem muito atraente.

— Um jovem muito bonito, sem dúvida! — disse *Lady* Dalrymple. — Com um porte que não se vê muito aqui em Bath. Irlandês, com certeza.

— Não, acabo de saber o nome dele. Conheço-o por ter trocado saudações com ele. Wentworth; capitão Wentworth, da Marinha. Sua irmã é casada com o meu inquilino de Somersetshire, Croft, que aluga Kellynch.

Antes que *Sir* Walter dissesse isso, já os olhos de Anne haviam tomado a direção certa e avistado o capitão Wentworth de pé em meio a um grupo de homens, a pouca distância dali.

Quando os olhos dela pousaram sobre ele, os dele pareceram retirar-se dela. Era o que parecia. Parecia que ela chegara um segundo tarde demais; e, enquanto ela ousou observar, ele não tornou a olhar: mas a música estava recomeçando, e ela foi forçada a voltar sua atenção para a orquestra e a olhar para a frente.

Quando pôde lançar-lhe um outro olhar, ele já não estava ali. Ele não teria podido aproximar-se mais dela, se quisesse; havia muita gente ao redor dela, barrando o caminho; mas gostaria de ter encontrado o seu olhar.

As palavras do sr. Elliot também a angustiaram. Já não tinha nenhuma vontade de falar com ele. Queria que ele não estivesse tão perto.

O primeiro ato acabara. Agora ela esperava alguma mudança para melhor; e, depois de um período de conversas anódinas entre os membros do grupo, alguns deles decidiram sair em busca de chá. Anne foi uma das poucas que preferiram ficar. Permaneceu em seu lugar, e o mesmo fez *Lady* Russell; mas teve o prazer de se livrar do sr. Elliot; e, por mais que gostasse de *Lady* Russell, não pretendia furtar-se a uma conversa com o capitão Wentworth, se ele lhe desse a oportunidade. Pela expressão de *Lady* Russell, estava persuadida de que ela o vira.

Ele não veio, porém. Anne às vezes imaginava tê-lo avistado ao longe, mas ele não veio. Passou-se inutilmente o ansiado intervalo. Os outros voltaram, a sala encheu-se novamente, os lugares foram novamente ocupados e ia começar outra hora de prazer ou de sofrimento, outra hora de música ia provocar delícia ou bocejos, conforme predominasse o bom gosto autêntico ou fingido. Para Anne, ela prometia principalmente uma hora de nervosismo. Não poderia deixar a sala em paz sem ver mais uma vez o capitão Wentworth, sem trocar com ele mais um olhar afetuoso.

Ao voltarem aos seus lugares, houve muitas mudanças, cujo resultado foi favorável a ela. O coronel Wallis negou-se a sentar novamente, e o sr. Elliot recebeu de Elizabeth e da srta. Carteret um convite irrecusável para sentar-se entre elas; e com algumas outras mudanças e certa astúcia de sua parte, Anne conseguiu ficar muito mais perto do fim da fila do que antes, muito mais ao alcance de um passante. Ela não podia fazer isso sem se comparar com a srta. Larolles, a inimitável srta. Larolles;[1] mesmo assim ela fez, e não com um resultado muito melhor; mesmo se, pelo que parecia um lance de sorte, sob a forma de uma prematura retirada dos que estavam sentados ao seu lado, se viu bem no fim da fila antes que o concerto acabasse.

Era essa a situação, com um lugar vazio disponível, quando avistou novamente o capitão Wentworth. Viu-o não longe de onde ela estava. Ele também a viu; mesmo assim, parecia sério e indeciso, e só muito devagar chegou enfim perto dela o bastante para lhe falar. Ela percebeu que devia haver algum problema. A mudança era indubitável. A diferença entre o seu jeito de agora e o de quando estava na sala octogonal era enorme. Mas por quê? Ela pensou em seu pai, em *Lady* Russell. Poderia ter havido algum olhar mais torto? Ele começou falando do concerto, seriíssimo, muito parecido com o capitão Wentworth de Uppercross; confessou-se decepcionado, pois esperava mais dos cantores; em suma, teve de confessar que não lamentaria o fim do concerto. Anne respondeu e falou tão bem em defesa dos cantores, mostrando, porém, com muita simpatia a sua compreensão dos sentimentos dele, que a expressão dele se desanuviou e ele tornou a replicar quase com um sorriso. Conversaram por mais alguns minutos; ele continuou bem disposto; até olhou para as cadeiras, como se tivesse visto ali um bom lugar para ocupar; naquele momento,

---

[1] Personagem do romance *Cecilia* (1782), da romancista inglesa Frances Burney. (N. T.)

porém, um toque no ombro obrigou Anne a se voltar. Era o sr. Elliot. Ele lhe pedia desculpas, mas precisava da sua ajuda para explicar outros versos italianos. A srta. Carteret estava louca para ter uma ideia geral da próxima canção. Anne não podia recusar; mas nunca se sacrificara à polidez com tanta amargura.

Alguns minutos inevitavelmente se passaram, embora o mínimo possível; e, depois de cumprir sua obrigação, quando pôde voltar-se e olhar como fizera antes, se viu diante do capitão Wentworth, numa comedida mas apressada espécie de despedida. Ele queria dar-lhe as boas-noites; estava de partida; tinha de chegar em casa o mais rápido possível.

— Será que não vale a pena ficar para ouvir esta canção? — disse Anne, quando subitamente lhe ocorreu uma ideia que a tornou ainda mais desejosa de parecer encorajadora.

— Não! — replicou ele, enfático. — Não há nada por que valha a pena ficar — e partiu em seguida.

Ciúmes do sr. Elliot! Era esse o único motivo compreensível. O capitão Wentworth com ciúme do seu amor! Poderia ela imaginar uma coisa dessas uma semana atrás, três horas atrás? Por um momento, o seu prazer foi intenso. Mas, desgraçadamente, a esses se seguiram outros pensamentos muito diferentes. Como aplacar aquele ciúme? Como fazê-lo conhecer a verdade? Como, levando-se em conta todas as dificuldades próprias de suas respectivas situações, ia ele conhecer os verdadeiros sentimentos dela? Era uma tortura pensar nas atenções do sr. Elliot. O mal que haviam causado era incalculável.

Capítulo 21

Na manhã seguinte, Anne lembrou-se com prazer da promessa de visitar a sra. Smith, o que significava que estaria fora de casa na hora em que mais provavelmente o sr. Elliot chegaria; pois evitar o sr. Elliot passara a ser quase o seu principal objetivo.

Ela sentia muita boa vontade para com ele. Apesar do mal causado por suas atenções, ela lhe devia gratidão e estima, talvez compaixão. Não conseguia deixar de pensar muito nas extraordinárias circunstâncias relativas ao modo como se conheceram, no direito que ele parecia ter de interessá-la, por sua situação como um todo, pelos seus sentimentos, por seu precoce interesse por ela. Tudo era realmente extraordinário; lisonjeiro, mas doloroso. Havia muito que lamentar. Como poderia ela ter-se sentido se não houvesse um capitão Wentworth no caso era algo que não valia a pena investigar; pois *havia* um capitão Wentworth; e, fosse boa ou má a conclusão da atual incerteza, seu afeto seria dele para sempre. Acreditava ela que a união entre eles não podia afastá-la mais dos outros homens do que sua separação definitiva do capitão.

Jamais haviam passado pelas ruas de Bath sonhos mais belos de delicados amores e eterna fidelidade que os de Anne, ao ir de Camden Place a Westgate Buildings. Era como se pelo caminho ela espargisse pureza e perfumes.

Estava certa de que teria uma recepção agradável; e sua amiga essa manhã parecia especialmente grata a ela por vir visitá-la, parecia não esperar que ela viesse, embora a visita estivesse marcada.

Ela logo pediu que Anne lhe contasse como fora o concerto; e as lembranças de Anne foram felizes o bastante para animar suas feições e fazê-la sentir satisfação em falar delas. Tudo que conseguiu dizer ela o disse com prazer, mas esse tudo era pouco para quem estivera lá, e insatisfatório para uma inquiridora como a sra. Smith, que já ouvira, pelo atalho de uma lavadeira e de um garçom, bem mais sobre o que se passara aquela noite do que Anne conseguiu contar, e que agora fazia em vão perguntas sobre diversos pormenores relativos aos presentes. A sra. Smith conhecia muito bem de nome todas as pessoas de certa importância ou notoriedade em Bath.

— Deduzo que as pequenas Durand estavam lá — disse ela —, de boca aberta para agarrar a música, como passarinhos ainda implumes prontos para serem alimentados. Elas nunca perdem um concerto.

— É verdade; eu não as vi, mas ouvi o sr. Elliot dizer que elas estavam na sala.

— E as Ibbotson, estavam lá? E as duas novas beldades, com o oficial irlandês grandalhão, que segundo dizem faz a corte a uma delas?

— Não sei. Não creio que estivessem lá.

— A velha *Lady* Mary Maclean? Nem preciso perguntar por ela. Ela não perde um concerto, eu sei; e você deve tê-la visto. Ela devia estar sentada perto de você; pois, como você foi com *Lady* Dalrymple, ficou num dos lugares de honra, ao redor da orquestra, é claro.

— Não, era justamente isso que eu temia. Para mim, teria sido muito desagradável, em todos os aspectos. Mas felizmente *Lady* Dalrymple prefere sempre ocupar assentos mais afastados; nossos lugares eram excelentes para ouvir a música; não diria o mesmo sobre a visão, pois eu via muito pouco.

— Ah! Você viu o suficiente para se divertir. Eu entendo. Há uma espécie de prazer doméstico que se pode sentir até no meio da multidão. Foi isso que você sentiu. Vocês formavam por si sós um grupo numeroso, e não queriam nada além disso.

— Mas eu devia ter olhado melhor ao meu redor — disse Anne, consciente enquanto falava de que na verdade não deixara de olhar ao seu redor e de que só o objeto desse olhar é que fora deficiente.

— Não, não; você tinha coisa melhor que fazer. Nem precisava dizer-me que teve uma noite agradável. Eu vejo isso nos seus olhos. Vejo perfeitamente como as horas se passaram: que você tinha sempre algo agradável para ouvir. Nos intervalos do concerto havia as conversas.

Anne abriu um leve sorriso e disse:

— Você vê isso em meus olhos?

— Vejo, sim. O seu rosto comunica-me perfeitamente que a noite passada você esteve na companhia da pessoa que você considera a mais agradável do mundo, a pessoa que atualmente lhe interessa mais do que todo o resto do mundo somado.

O rubor espalhou-se pelas faces de Anne. Não conseguiu dizer nada.

— E, já que assim é — prosseguiu a sra. Smith, depois de uma breve pausa —, espero que acredite que lhe sou muito grata pela bondade de vir visitar-me esta manhã. É mesmo muita bondade sua vir conversar comigo, quando deve ter tantas maneiras mais agradáveis de passar o tempo.

Anne não ouviu nada disso. Ainda estava espantada e confusa com a argúcia da amiga, incapaz de imaginar como tivera alguma notícia do capitão Wentworth. Após outro breve silêncio:

— Por favor — disse a sra. Smith —, o sr. Elliot está ciente do nosso relacionamento? Será que ele sabe que estou em Bath?

— O sr. Elliot! — repetiu Anne, erguendo os olhos, surpresa. Uma rápida reflexão mostrou-lhe o engano em que caíra.

Entendeu tudo instantaneamente; e, recuperando a coragem juntamente com a sensação de segurança, logo acrescentou, mais calma:

— Você conhece o sr. Elliot?

— Eu o conheci muito bem, tempo atrás — respondeu a sra. Smith, séria —, mas nossa amizade parece ter esfriado. Faz muito tempo que não nos vemos.

— Não tinha nenhuma ideia disso. Você nunca mencionou nada antes. Se eu soubesse, teria tido o prazer de falar com ele a seu respeito.

— Para ser sincera — disse a sra. Smith, assumindo seu jeito alegre de costume —, esse é exatamente o prazer que eu quero que você tenha. Quero que fale de mim ao sr. Elliot. Quero que o interesse por mim. Os serviços dele podem ser essenciais para mim; e, se você tiver a bondade, minha querida srta. Elliot, de se empenhar nisso, é claro que tudo dará certo.

— Eu ficaria extremamente contente; espero que você não tenha dúvidas sobre a minha disposição de lhe ser útil em tudo — tornou Anne —; mas suspeito que você está achando que eu tenha algum poder mais alto sobre o sr. Elliot, algum direito mais forte a influenciá-lo, do que é realmente o caso. Tenho certeza de que você, de um jeito ou de outro, acalentou essa ideia. Você deve considerar-me apenas uma parenta do sr. Elliot. Se, desse ângulo, você acredita que haja algo que uma prima possa razoavelmente pedir a ele, peço-lhe que não hesite em se valer de meus serviços.

A sra. Smith lançou a ela um olhar penetrante e então, com um sorriso, disse:

— Vejo que fui um pouco precipitada; perdão. Devia ter aguardado um comunicado oficial. Mas agora, minha querida srta. Elliot, como uma velha amiga, sugira-me uma data em que eu possa falar. A semana que vem? Com certeza na semana que vem estarei autorizada a achar que tudo terá sido resolvido e a fundamentar meus planos egoístas na boa fortuna do sr. Elliot.

— Não — tornou Anne —, nem na semana que vem, nem na outra, nem na outra. Eu lhe garanto que nada do tipo que você tem em mente será resolvido em nenhuma semana. Não vou casar-me com o sr. Elliot. Gostaria de saber por que você imagina que eu vá.

A sra. Smith olhou de novo para ela, olhou séria, sorriu, balançou a cabeça e exclamou:

— Ora, como eu gostaria de entender você! Como gostaria de saber o que você quer! Estou convencida de que não pretende ser cruel, quando o momento certo chegar. Até lá, você sabe, nós, mulheres, nunca queremos ter ninguém. É natural entre nós que todo homem seja recusado, até que ele se ofereça. Mas por que você seria cruel? Permita-me defender a causa do meu... atualmente não posso chamá-lo de meu amigo.. do meu ex-amigo, então. Onde você vai achar um partido melhor? Onde poderia encontrar um homem mais cavalheiro e amável? Permita-me recomendar-lhe o sr. Elliot. Tenho certeza de que você só ouviu coisas boas sobre ele do coronel Wallis; e quem pode conhecê-lo melhor do que o coronel Wallis?

— Minha querida sra. Smith, não faz muito mais de seis meses que a esposa do sr. Elliot faleceu. É de se imaginar que ele não esteja cortejando ninguém.

— Ah! Se essas são todas as suas objeções — exclamou a sra. Smith, maliciosa —, o sr. Elliot está seguro, e não vou mais preocupar-me com ele. Não se esqueça de mim depois de se casar, mais nada. Diga a ele que sou sua amiga e então ele pouco vai importar-se com o trabalho que vou dar, pois é muito natural para ele agora, com tantos problemas e compromissos a resolver, evitar e tentar livrar-se ao máximo de todos as complicações que puder; muito natural, talvez. Noventa e nove por cento dos homens fariam o mesmo. Ele não tem ideia, é claro, de como isso é importante para mim. Muito bem, minha querida srta. Elliot, espero que você seja muito feliz; confio nisso. O sr. Elliot tem discernimento bastante para entender o valor de uma mulher como você. Sua paz não vai naufragar como a minha. Você está em segurança quanto a todos os problemas mundanos e em segurança quanto ao caráter dele. Ele não se deixará arruinar; não vai deixar que outros o conduzam à ruína.

— Não — disse Anne —; para mim é fácil acreditar em tudo que você diz a respeito do meu primo. Ele parece ter um temperamento calmo e decidido, nem um pouco aberto a impressões perigosas. Tenho muito respeito por ele. Por tudo que pude observar, não tenho nenhuma razão para não respeitá-lo. Mas não o conheço há muito tempo; e acho que ele não é um homem que se possa conhecer intimamente em pouco tempo. Será que a maneira como falo dele, sra. Smith, vai convencê-la de que ele não é nada para mim? Sem dúvida, estou muito calma. E dou-lhe a minha palavra de honra de que ele não é nada para mim. Se ele um dia me pedir em casamento (o que tenho pouquíssimas razões para imaginar que faça), não vou aceitar. Garanto-lhe que não. Garanto-lhe que o sr. Elliot não teve a parte que você lhe atribui em nenhum dos prazeres que o concerto de ontem à noite proporcionou: não o sr. Elliot; não foi o sr. Elliot que...

Ela parou, lamentando com um profundo rubor ter sugerido coisas demais; porém, menos que isso dificilmente seria o suficiente. A sra. Smith dificilmente teria acreditado com tanta rapidez no fracasso do sr. Elliot, a não ser percebendo a existência de outro homem. Assim, porém, aceitou de imediato a explicação, e com toda a aparência de não ver nada por trás dela; e Anne, desejosa de não provocar a curiosidade dela, estava louca para saber por que a sra. Smith teria imaginado que ela se casaria com o sr. Elliot; de onde havia tirado aquela ideia ou de quem a teria ouvido.

— Diga-me como lhe ocorreu pela primeira vez essa ideia.

— Ocorreu-me pela primeira vez a ideia — replicou a sra. Smith — ao descobrir como vocês passam tanto tempo juntos, e ao sentir que seria a coisa mais provável do mundo que tal união fosse desejada por todos os amigos de ambas as partes; e você pode ter certeza de que todos os seus conhecidos viam a situação exatamente assim. Mas nunca tinha ouvido falar disso até dois dias atrás.

— E falaram realmente sobre isso?

— Você reparou na mulher que abriu a porta quando você chegou ontem?

— Não. Não era a sra. Speed, como sempre, ou a criada? Não notei nada de especial.

— Era a minha enfermeira, a sra. Rooke; a enfermeira Rooke; que, aliás, estava muito curiosa para ver você e ficou felicíssima por fazê-la entrar. Voltou de Marlborough Buildings só no domingo; e foi ela quem me falou que você ia casar-se com o sr. Elliot. Deu-lhe a notícia a própria sra. Wallis, a quem não parece faltar autoridade. Ela conversou comigo durante uma hora na segunda-feira à noite e me contou toda a história.

— Toda a história — repetiu Anne, rindo. — Acho que ela não podia contar uma história muito longa com base numa única notícia, aliás infundada.

A sra. Smith não disse nada.

— Mas — prosseguiu Anne —, embora não haja nenhuma verdade na notícia de que eu tenha alguma pretensão quanto ao sr. Elliot, seria um grande prazer para mim poder ser-lhe útil no que for possível. Devo mencionar a ele que você está em Bath? Devo levar alguma mensagem?

— Não, obrigada: não, certamente não. No calor da hora e sob uma impressão equivocada, eu posso talvez ter tentado envolver você em certo caso; mas agora não. Não, obrigada, não quero atrapalhar você.

— Acho que você disse conhecer o sr. Elliot há muitos anos?

— Disse, sim.

— Não antes de ele se casar, não é?

— Sim; ele não era casado quando o conheci.

— E... eram muito amigos?

— Íntimos.

— É mesmo? Então me diga como ele era nessa altura da vida. Tenho grande curiosidade em saber como era o sr. Elliot quando muito jovem. Era parecido com o que é agora?

— Faz três anos que não vejo o sr. Elliot — foi a resposta da sra. Smith, dada em tom tão sério, que era impossível insistir no assunto; e Anne sentiu que não tinha ganhado nada, a não ser uma curiosidade ainda maior.

Ambas permaneceram em silêncio: a sra. Smith, muito pensativa. Por fim, disse:

— Peço que me desculpe, minha querida srta. Elliot — exclamou ela, com seu tom natural de cordialidade —, peço que me desculpe pelas respostas curtas que lhe tenho dado, mas estava incerta sobre o que fazer. Tive dúvidas quanto ao que devia contar a você. Havia muitas coisas que levar em consideração. Detesto ser intrigante, passar má impressão de alguém, prejudicar. Mesmo a lisa superfície da união familiar parece valer a pena preservar, embora talvez não haja nada por baixo dela. Tomei uma decisão, porém; acredito estar certa; acho que você deve estar a par do verdadeiro caráter do sr. Elliot. Embora eu creia piamente que, neste momento, você não tenha a menor intenção de aceitá-lo, não há como saber o que pode acontecer. Você poderia, mais cedo ou mais tarde, ter uma disposição diferente em relação a ele. Ouça, portanto, a verdade agora, enquanto ainda é imparcial. O sr. Elliot é um homem sem coração e sem consciência; um ser astuto, desconfiado e frio, que só pensa em si mesmo; que por seu próprio interesse e comodidade cometeria qualquer crueldade ou qualquer falcatrua que pudesse ser perpetrada sem risco para o bom nome de que goza. Não tem nenhum sentimento pelos outros. Desdenha e abandona sem dó aqueles de cuja ruína ele foi a principal causa. Está completamente fora do alcance de qualquer sentimento de justiça ou compaixão. Ah! Ele é negro de coração, oco e negro!

O ar espantado e a exclamação de surpresa de Anne fizeram-na parar e, mais calma, acrescentou:

— Minhas palavras assustaram você. Deve levar em conta que sou uma mulher ofendida, colérica. Mas vou tentar controlar-me. Não vou insultá-lo. Vou só contar a você que tipo de homem descobri que ele é. Os fatos falarão por si mesmos. Ele era um amigo íntimo de meu querido marido, que confiava nele e o amava e julgava que ele fosse tão bom quanto ele mesmo era. Formara-se a intimidade antes do nosso casamento. Conheci-os, portanto, já amigos muito íntimos; e eu também passei a gostar até demais do sr. Elliot e o tinha na mais alta conta. Aos dezenove anos, é claro, não se pensa muito seriamente; mas o sr. Elliot parecia-me tão bom quanto os outros, e muito mais simpático do que a maioria deles, e estávamos quase sempre juntos. Passávamos a maior parte do tempo em Londres, vivendo em alto estilo. Na época, ele era o inferior em termos financeiros; era o pobretão; alugava quartos no Temple, e isso era tudo que podia fazer para sustentar a aparência de um cavalheiro. Podia hospedar-se em nossa casa sempre que quisesse; era sempre bem-vindo; era como um irmão. Meu pobre Charles, que tinha o espírito mais fino, mais generoso do mundo, teria dividido com ele seu último centavo; e sei que a sua bolsa estava aberta para ele; sei que sempre o ajudava.

— Isso deve ter acontecido no exato período da vida do sr. Elliot — disse Anne — que sempre mais despertou a minha curiosidade. Deve ser mais ou menos na mesma época em que conheceu o meu pai e a minha irmã. Eu nunca o conheci; só ouvia falar dele; mas havia algo na conduta dele na época, em relação ao meu pai e à minha irmã, e mais tarde nas circunstâncias do seu casamento, que nunca pude reconciliar direito com o que se passa agora. Era algo que parecia indicar um tipo diferente de homem.

— Sei disso tudo, sei disso tudo — exclamou a sra. Smith. — Ele fora apresentado a *Sir* Walter e à sua irmã antes que eu o conhecesse, mas eu sempre o ouvia falar deles. Soube que haviam insistido em convidá-lo, e sei que preferiu não ir. Talvez eu possa esclarecer alguns pontos que a surpreenderão bastante; e, quanto ao casamento dele, eu sabia tudo a esse respeito na época. Conhecia todos os prós e contras; eu era a amiga a quem ele confiava suas esperanças e planos; e, embora não conhecesse a sua esposa antes — a situação social inferior dela, na verdade, tornava isso impossível —, eu conheci toda a vida dele depois do casamento, ou pelo menos até os dois últimos anos de vida dela, e posso responder a qualquer pergunta que você me queira fazer.

— Não — disse Anne —, não tenho nenhuma pergunta especial para fazer sobre ela. Sempre soube que eles não formavam um casal feliz. Mas gostaria de saber por que, naquela altura da vida, ele desdenhou a amizade de meu pai daquela maneira. Meu pai estava certamente disposto a lhe dedicar as mais gentis e corretas atenções. Por que o sr. Elliot as repeliu?

— O sr. Elliot — respondeu a sra. Smith —, naquela altura da vida, só tinha um objetivo em vista: ganhar dinheiro, e isso por um processo mais rápido do que o permitido pelo estudo do Direito. Estava decidido a tornar-se rico pelo casamento. Estava decidido, pelo menos, a não comprometer tal projeto com um matrimônio imprudente; e eu sei que ele acreditava (se com ou sem justiça não posso, é claro, decidir) que o seu pai e a sua irmã, com suas cortesias e convites, estavam planejando um casamento entre o herdeiro e a jovem, e era impossível que tal união satisfizesse as suas ideias de riqueza e de independência. Era esse o motivo pelo qual ele se furtava a um relacionamento, garanto-lhe. Ele me contou a história toda. Não escondia nada de mim. Foi algo muito curioso que, logo após separar-me de você em Bath, meu primeiro e principal amigo ao me casar tenha sido o seu primo; e que, por intermédio dele, continuasse a ouvir falar sempre de seu pai e de sua irmã. Ele descrevia uma certa srta. Elliot, e eu pensava com muito afeto na outra.

— Será — exclamou Anne, ao lhe ocorrer uma súbita ideia — que você falou de mim alguma vez com o sr. Elliot?

— É claro que sim; muitas vezes. Costumava elogiar a minha Anne Elliot e garantia a ele que você era uma criatura muito diferente de...

Refreou-se bem a tempo.

— Isso explica uma coisa que o sr. Elliot disse a noite passada — exclamou Anne. — Explica, sim. Descobri que ele costumava ouvir falar de mim. Não consegui entender como. Que estapafúrdias imaginações não formamos quando nossa querida pessoa está em questão! Enganamo-nos na certa! Mas, perdão; eu interrompi você. Então, o sr. Elliot se casou só pelo dinheiro? Provavelmente, foi isso que fez que você abrisse os olhos pela primeira vez quanto ao caráter dele.

A sra. Smith hesitou um pouquinho aqui.

— Ah! Essas coisas são muito comuns. Quando se vive no mundo, que um homem ou uma mulher se case por dinheiro é algo comum demais para nos surpreender, como devia. Eu era muito moça e me dava só com gente moça, e formávamos uma turma despreocupada e alegre, sem regras estritas de conduta. Vivíamos para o prazer. Hoje eu penso diferente; o tempo, a doença e a angústia deram-me outras ideias; mas àquela altura devo confessar que não via nada de repreensível no que o sr. Elliot estava fazendo. "Fazer o que é melhor para si mesmo" passava por um dever.

— Não era ela uma mulher de origem muito baixa?

— Era; e eu fiz essa objeção a ele, mas ele não se importava. Dinheiro, dinheiro era tudo o que ele queria. O pai dela era um pecuarista, o avô tinha sido açougueiro, mas tudo isso não era nada. Era uma bela mulher, com uma educação decente, fora apresentada à sociedade por uns primos, por acaso conheceu o sr. Elliot e se apaixonou por ele; e não havia dificuldades ou escrúpulos da parte dele, no que se refere ao berço. Toda a sua cautela estava voltada para se certificar do verdadeiro montante de sua fortuna, antes de se comprometer. De uma coisa você pode ter certeza: seja qual for o valor que o sr. Elliot possa dar hoje à sua própria posição social, quando jovem ele não dava nenhuma importância a isso. A possibilidade de herdar a propriedade de Kellynch era importante, mas toda a honra da família não significava nada para ele. Ouvi-o muitas vezes afirmar que, se o título de baronete pudesse ser vendido, qualquer um poderia adquiri-lo por cinquenta libras, incluindo o brasão e o lema, o nome e a libré; mas não pretendo repetir metade do que eu costumava ouvir dele a esse respeito. Não seria justo; e no entanto você deve ter uma prova, pois tudo isto não passa de palavras, e você terá essa prova.

— Na verdade, minha cara sra. Smith, não quero prova nenhuma — exclamou Anne. — Você não afirmou nada que contradiga o que o sr. Elliot mostrava ser alguns anos atrás. Ao contrário, tudo o que diz confirma o que costumávamos ouvir e pensar. Estou mais curiosa em saber por que está tão diferente agora.

— Mas, para minha satisfação, se tiver a bondade de tocar a campainha para chamar a Mary... Fique. Tenho certeza de que você terá a bondade ainda maior de ir você mesma ao meu quarto e trazer-me a caixa marchetada que está na prateleira de cima do armário.

Anne, vendo que a amiga estava muito decidida àquilo, fez o que ela lhe pedira. A caixa foi trazida e colocada à frente dela, e a sra. Smith, suspirando enquanto a abria, disse:

— Está cheia de papéis pertencentes a ele, ao meu marido; só uma pequena parte do que tive de examinar quando o perdi. A carta que estou procurando foi escrita a ele pelo sr. Elliot antes do nosso casamento, e por acaso se salvou; por que, é difícil imaginar. Mas ele era negligente e pouco metódico, como muitos homens, com esse tipo de coisa; e, quando vim a examinar estes papéis, encontrei-os com outros ainda mais triviais, de diferentes pessoas, espalhados por aqui e por ali, enquanto muitas cartas e memorandos de grande importância haviam sido destruídos. Aqui está ela; não quis queimá-la, porque, mesmo estando muito pouco satisfeita com o sr. Elliot, estava decidida a preservar todos os documentos que demonstrassem a velha amizade. Agora tenho outro motivo para estar contente em poder apresentá-la.

Eis a carta, endereçada a "Charles Smith, Esq., Tunbridge Wells", com a distante data de Londres, julho de 1803:

> Caro sr. Smith, recebi sua carta. Sua bondade quase me confunde. Oxalá a natureza tivesse tornado mais comuns os corações como o seu, mas já vivi vinte e três anos neste mundo e nunca encontrei nenhum como ele. Creia-me, neste momento não preciso de seus serviços, pois tenho dinheiro outra vez. Dê-me os parabéns: consegui livrar-me de *Sir* Walter e da senhorita. Eles voltaram para Kellynch, e quase me fizeram jurar que os visitarei no próximo verão; mas a minha primeira visita a Kellynch será feita com um perito, para saber qual o melhor meio de vendê-la em leilão. Não é improvável, porém, que o baronete se case de novo; é idiota o bastante para fazer isso. Mas, se o fizer, vão deixar-me em paz, o que pode ser um equivalente razoável da reversão. Ele está pior do que no ano passado.
>
> Gostaria de ter qualquer nome, menos Elliot. Estou cansado dele. O nome de Walter eu posso dispensar, graças a Deus! E peço-lhe que nunca mais me insulte com o meu segundo W., na esperança de ser pelo resto da vida seu dedicado, William Elliot.

Tal carta não podia ser lida sem fazer Anne corar; e a sra. Smith, observando o rubor no rosto dela, disse:

— Sei que a linguagem é muito desrespeitosa. Embora tenha esquecido as palavras exatas, conservo uma perfeita impressão do seu significado geral. Ela lhe mostra o homem, porém. Note a profissão de estima pelo meu pobre marido. Pode haver algo mais forte?

Anne não conseguiu superar rapidamente o choque e a mortificação de ver tais palavras aplicadas ao pai. Foi obrigada a se lembrar de que o fato de ver a carta era uma violação do código de honra, que ninguém devia ser julgado ou conhecido por tais testemunhos, que nenhuma correspondência particular deve ser exposta aos olhares de outros, antes de recuperar a calma, poder devolver a carta sobre a qual estava meditando e dizer:

— Obrigada. É uma prova e tanto, sem dúvida; prova de tudo o que você disse. Mas por que ele se aproximou de nós agora?

— Posso explicar isso também — exclamou a sra. Smith, sorrindo.

— Pode mesmo?

— Posso. Mostrei-lhe como era o sr. Elliot cerca de doze anos atrás, e agora vou mostrar-lhe como ele é hoje. Não posso apresentar provas escritas desta vez, mas posso dar-lhe um testemunho verbal, tão autêntico quanto você possa desejar, do que ele está querendo e fazendo agora. Agora, ele não está sendo hipócrita. Quer mesmo se casar com você. Suas atuais atenções com a sua família são muito sinceras: vêm direto do coração. Vou dizer-lhe quem é a minha fonte: o amigo dele, o coronel Wallis.

— O coronel Wallis! Você o conhece?

— Não. A notícia não chegou até mim numa linha tão reta; fez uma ou duas curvas, mas nada de mais. A torrente é tão boa quanto a primeira; esse pouco de lixo que ela junta nos meandros do caminho pode ser facilmente removido. O sr. Elliot fala francamente sobre os seus planos sobre você com o dito coronel Wallis, que imagino seja um homem de caráter sensato, prudente e perspicaz; mas o coronel Wallis tem uma mulher muito bonitinha e muito bobinha, com quem fala de coisas que seria preferível não falar, e repete tudo o que ouve para ela. Ela, por sua vez, com a exuberância de quem se recupera de uma doença, repete tudo para a enfermeira; e a enfermeira, que sabe que conheço você, muito naturalmente conta tudo para mim. Segunda-feira à noite, a minha boa amiga, a sra. Rooke, me introduziu assim nos segredos de Marlborough Buildings. Quando lhe falei de toda uma história, portanto, pode ver que não estava romanceando tanto como você imaginava.

— Minha querida sra. Smith, sua fonte não tem autoridade. Isso não pode ser. O fato de o sr. Elliot ter planos sobre mim não explica de modo nenhum os esforços que ele fez para se reconciliar com meu pai. Tudo isso aconteceu antes de eu vir a Bath. Encontrei-os já mais do que reconciliados quando cheguei.

— Sei disso; sei disso perfeitamente, mas...

— De fato, sra. Smith, não devemos esperar obter informações reais por esse intermédio. Fatos ou opiniões que têm de passar pelas mãos de tanta gente, de estar sujeitos à insensatez de uma e à ignorância de outra, não podem conservar muita veracidade.

— Peço que me ouça só mais um pouco. Você logo vai poder julgar o crédito que a história toda merece, ao ouvir alguns pormenores que você pode refutar ou confirmar de imediato. Ninguém imagina que você tenha sido o seu primeiro motivo. Ele a vira, de fato, antes de vir a Bath, e a admirara, mas sem saber que era você. É o que diz a minha fonte, pelo menos. É verdade? Ele viu você no verão ou no outono passado, "em algum lugar do oeste", para usar suas próprias palavras, sem saber que era você?

— Certamente. Até aí, é verdade. Em Lyme. Aconteceu de eu estar em Lyme.

— Muito bem — prosseguiu a sra. Smith, triunfante —; conceda à minha amiga o devido crédito pela confirmação da primeira asserção. Ele viu você, então, em Lyme, e gostou tanto que se entusiasmou ao tornar a vê-la em Camden Place, como a srta. Anne Elliot, e a partir desse momento, não tenho dúvida, ele passou a ter duas motivações para visitar a família. Mas havia outra, e mais antiga, que passo agora a explicar. Se houver algo em minha história que você saiba ser falso ou improvável, interrompa-me. Segundo me consta, a amiga de sua irmã, a senhora que agora é hóspede de vocês e que ouvi você mencionar, veio a Bath com a srta. Elliot e com *Sir* Walter já em setembro (em suma, quando eles mesmos chegaram à cidade) e tem morado com eles desde então; consta que ela é uma mulher esperta, insinuante e bela, pobre e bem-falante, em suma, de condição e maneiras tais, que sugeriam a todos os conhecidos de *Sir* Walter que ela pretendia tornar-se *Lady* Elliot, o que também causou surpresa, pelo fato de a srta. Elliot estar cega ao perigo.

Nesse ponto, a sra. Smith fez uma breve pausa; Anne, porém, não tinha nada a dizer, e ela prosseguiu:

— Era sob essa luz que as coisas eram vistas por aqueles que conheciam a família, muito antes de você voltar; e o coronel Wallis mantinha-se vigilante o bastante em relação a seu pai para perceber tudo, embora na época não tivesse visitado Camden Place; mas seu respeito pelo sr. Elliot fez que se interessasse por tudo que se passava lá, e quando o sr. Elliot veio a Bath por um ou dois dias, como costumava fazer um pouco antes do Natal, o coronel Wallis falou a ele sobre a aparência do caso e os boatos que começavam a circular. Agora você há de compreender que o tempo causou uma enorme mudança nas opiniões do sr. Elliot quanto ao valor do título de baronete. Sobre todas as questões de sangue e parentesco ele é outro homem. Tendo há muito ganhado tanto dinheiro quanto podia gastar, tendo tudo o que a avareza e a dissipação podem oferecer, ele foi aos poucos aprendendo a basear a própria felicidade na respeitabilidade de que era herdeiro. Eu previ isso antes que a nossa amizade acabasse, mas agora meu sentimento se confirmou. Ele não suporta a ideia de não ser *Sir* William. Não é difícil adivinhar, portanto, que as notícias que ouviu do amigo não podiam ser muito agradáveis, e o que aconteceu então: a decisão de voltar a Bath o mais rápido possível e de estabelecer-se aqui por certo tempo, com a ideia de reatar o antigo relacionamento e recuperar a intimidade da família para poder avaliar o grau do perigo e neutralizar as manobras daquela senhora, se julgasse conveniente. Isso foi acertado entre os dois amigos como a única coisa certa a fazer; e o coronel Wallis devia auxiliá-lo em tudo que fosse possível. Ele devia ser apresentado, e a sra. Wallis devia ser apresentada e todos deviam ser apresentados. O sr. Elliot voltou a Bath, como estabelecido; pediu perdão e foi perdoado, como você sabe, e readmitido na família; e nisso tudo seu objetivo constante, seu único objetivo (até que a sua chegada somasse ao primeiro um segundo), era vigiar *Sir* Walter e a sra. Clay. Não perdeu nenhuma oportunidade de estar com eles, pôs-se no caminho deles, visitou-os a todas as horas; mas não preciso entrar em pormenores quanto a isso. Você pode imaginar o que um homem astuto faria; e, a partir dessa base, talvez possa recordar o que o viu fazer.

— Sim — disse Anne —, você nada me disse que não corresponda ao que eu sei ou ao que posso imaginar. Há sempre algo ofensivo nos pormenores da esperteza. As manobras do egoísmo e da duplicidade são sempre revoltantes, mas nada ouvi que realmente me surpreendesse. Conheço pessoas que se chocariam com esse retrato do sr. Elliot, que teriam dificuldade em acreditar nele; mas a mim ele nunca convenceu. Sempre tentei descobrir algum outro motivo para o que fazia, além do aparente. Gostaria agora de saber a opinião dele sobre a probabilidade de acontecer o que ele teme; se ele acha que o perigo está menor ou não.

— Para mim, está diminuindo — respondeu a sra. Smith. — Ele acha que a sra. Clay tem medo dele, ciente que está de que ele conhece as suas verdadeiras intenções, e por isso não ousa comportar-se como poderia em sua ausência. Mas, como ele tem de se ausentar de vez em quando, não vejo como possa sentir-se seguro enquanto ela conservar a influência que hoje exerce. A sra. Wallis teve uma ideia divertida, que a enfermeira me contou: que deve constar do contrato de casamento, quando você e o sr. Elliot se casarem, que seu pai não pode casar-se com a sra. Clay. Um plano digno da inteligência da sra. Wallis, em todos os aspectos; mas a enfermeira Rooke, com toda a sua sensatez, logo viu o absurdo da ideia. "Mas, senhora", disse ela, "isso não impediria que ele se casasse com alguma outra". E, para falar a verdade, não acho que a enfermeira, no fundo do coração, se oponha a um segundo casamento de *Sir* Walter. Ela é uma casamenteira; e (a vaidade tem sempre a sua parte) quem sabe se ela não acalenta fugitivas ideias de tratar da futura *Lady* Elliot, por recomendação da sra. Wallis?

— Estou contente em saber disso tudo — disse Anne, depois de uma breve reflexão. — Em certo aspecto, será mais doloroso para mim estar na companhia dele, mas saberei melhor o que fazer. Minha linha de conduta será mais direta. O sr. Elliot é obviamente um homem insincero, dissimulado e mundano, que nunca teve nenhum princípio melhor para se orientar do que o egoísmo.

Mas o assunto sr. Elliot ainda não se havia esgotado. A sra. Smith desviara-se de sua intenção original, e Anne se esquecera, no interesse de sua própria família, das graves acusações que lhe foram dirigidas; mas agora a sua atenção se concentrou na explicação daquelas insinuações, e ouviu uma história que, se não justificava completamente a enorme amargura da sra. Smith, provava que ele fora muito insensível em seu comportamento com ela, muito deficiente quanto à justiça e à compaixão.

Soube que (como a intimidade entre eles não fora prejudicada pelo casamento do sr. Elliot) continuaram como antes a estar sempre juntos, e o sr. Elliot levara o amigo a ter despesas muito além de suas posses. A sra. Smith não quis responsabilizar-se pelo caso, e evitou pôr a culpa no marido; Anne, porém, pôde compreender que eles sempre levaram um estilo de vida acima de suas rendas, e que desde o começo tinha havido uma boa dose de esbanjamento geral e conjunto. Pela explicação da esposa a respeito dele, pôde perceber que o sr. Smith fora um homem de sentimentos calorosos, de temperamento aberto, de hábitos descuidados e não muito inteligente, muito mais amável do que o amigo e muito diferente dele, guiado por ele e provavelmente desprezado por ele. O sr. Elliot, elevado pelo matrimônio a uma grande fortuna e disposto a toda gratificação de prazer e vaidade que pudesse obter sem comprometer-se (pois, embora *bon vivant*, se tornara um homem prudente), e começando a ser rico, ao mesmo tempo que o amigo se via reduzido à pobreza, pareceu não se preocupar de modo algum com as finanças prováveis do amigo, mas, ao contrário, exigiu e incentivou despesas que só poderiam levá-lo à ruína; e assim os Smith se viram arruinados.

O marido morrera bem a tempo de ser poupado do pleno conhecimento da própria ruína. Já haviam tido antes problemas suficientes para pôr à prova o grau de amizade dos amigos e para demonstrar que seria melhor não submeter o sr. Elliot a tal prova; mas só depois da morte do sr. Smith ficou claro o estado lamentável de seus negócios. Confiante na boa disposição do sr. Elliot, o que honrava mais os seus sentimentos do que o seu discernimento, o sr. Smith o nomeara seu executor testamentário; mas o sr. Elliot não quis assumir aquela responsabilidade, e as dificuldades e as preocupações que aquela recusa acumulou sobre ela, além dos inevitáveis sofrimentos de sua situação, haviam sido tais, que não podiam ser descritas sem angústia nem ouvidas sem indignação.

Foram mostradas a Anne algumas cartas dele na época, respostas a pedidos urgentes da sra. Smith, que todas demonstravam a mesma inflexível decisão de não se comprometer em problemas inúteis e, sob uma fria cortesia, a mesma dura indiferença pelos males que isso poderia causar a ela. Era um terrível retrato de ingratidão e de desumanidade; e em alguns momentos Anne sentiu que nenhum crime manifesto e flagrante poderia ter sido pior. Teve de ouvir muita coisa; todos os pormenores de velhas e tristes cenas, todas as minúcias da sequência de desgraças a que nas conversas anteriores só se aludira foram examinados agora com vagar e com natural indulgência. Anne compreendia perfeitamente aquele grande desabafo, e este só aumentou a sua inclinação a admirar-se com a calma costumeira demonstrada pela amiga.

Havia um detalhe particularmente irritante na história de seus agravos. Tinha ela boas razões para crer que certa propriedade do marido nas Índias Ocidentais, que havia estado durante muitos anos sob uma espécie de sequestro para pagamento de suas próprias dívidas, poderia, com as medidas adequadas, ser recuperada; e essa propriedade, embora não grande, seria o bastante para torná-la relativamente rica. Mas não havia ninguém que pudesse cuidar daquilo. O sr. Elliot não queria fazer nada, e ela mesma nada podia fazer, igualmente incapaz de se empenhar pessoalmente pela fraqueza física e de se valer de terceiros, pela falta de dinheiro. Não tinha parentes próximos que a ajudassem com seus conselhos, e não podia permitir-se contratar a assistência de advogados. Isso tornava cruelmente mais pesada a sua situação financeira, já realmente comprometida. Sentir que devia estar em melhor situação, que um pouco de esforço no lugar certo podia resolver o problema e temer que o atraso pudesse prejudicar suas reivindicações era algo difícil de suportar.

Era sobre essa questão que ela esperara valer-se dos bons serviços de Anne junto ao sr. Elliot. Inicialmente, prevendo o casamento entre eles, ficara muito apreensiva com a possibilidade de perder a amiga; mas ao certificar-se de que ele não poderia ter feito nenhuma tentativa daquela natureza, pois nem sequer sabia que ela estava em Bath, imediatamente lhe ocorreu que algo poderia ser feito em seu favor por intermédio da influência da mulher que ele amava, e ela se preparava para conquistar o interesse dos sentimentos de Anne pela questão tanto quanto a consideração devida ao caráter do sr. Elliot o permitisse, quando a negação por parte de Anne do suposto noivado mudou toda a situação; e, embora acabasse com a recém-concebida esperança de ter êxito quanto ao objeto de sua primeira preocupação, pelo menos deu a ela o consolo de contar toda a história à sua maneira.

Depois de ouvir a descrição completa do sr. Elliot, Anne não podia deixar de exprimir a sua surpresa ante o fato de a sra. Smith ter falado tão favoravelmente sobre ele no começo da conversa. "Ela pareceu recomendá-lo e elogiá-lo!"

— Minha querida — foi a resposta da sra. Smith —, não havia mais nada a fazer. Eu considerava certo o seu casamento, embora ele não tivesse ainda pedido a sua mão, e não podia falar a verdade sobre ele, como não o poderia se já fosse o seu marido. Meu coração estava apertado por sua causa, quando falei de felicidade; e no entanto ele é sensato, é simpático e, com uma mulher como você, o caso não era absolutamente desesperado. Ele foi muito rude com a primeira mulher. Foram muito infelizes juntos. Ela, porém, era ignorante e frívola demais para se fazer respeitar e ele nunca a amara. Eu estava propensa a esperar que você se desse melhor.

Anne só podia reconhecer intimamente tal possibilidade de ser induzida a desposá-lo, o que a fez arrepiar-se à ideia da infelicidade que poderia ter-se seguido. Era muito possível que ela fosse persuadida por *Lady* Russell! E, sob tal suposição, qual das duas ficaria mais arrasada quando o tempo tivesse revelado tudo, porém tarde demais?

Era muito de se desejar que *Lady* Russell deixasse de ser iludida; e um dos acordos finais dessa importante conferência, que as ocupou durante a maior parte da manhã, foi que Anne teria total liberdade de comunicar à amiga tudo o que estivesse relacionado à sra. Smith e em que a conduta dele estivesse implicada.

Capítulo 22

Anne foi para casa pensar em tudo que ouvira. Num único ponto sentiu-se aliviada com as informações que recebera sobre o sr. Elliot. Não lhe devia mais nenhuma consideração. Com toda a sua inconveniente intromissão, era o oposto do capitão Wentworth; e o mal provocado por suas gentilezas da noite passada, os problemas irremediáveis que podiam ter causado foram sentidos de maneira precisa e inequívoca. Não tinha mais nenhuma pena dele. Mas esse era o único alívio. Em todos os outros aspectos, ao olhar ao redor ou em frente, via ainda mais coisas de que desconfiar e ter medo. Estava preocupada com a desilusão e a dor que *Lady* Russell sentiria, com as mortificações que pendiam sobre a cabeça do pai e da irmã, e sentia toda a angústia de prever muitos males, sem saber como impedir nenhum deles. Sentia muita gratidão à amiga por ter revelado quem ele era. Nunca se julgara merecedora de alguma recompensa por não ter desdenhado uma velha amiga como a sra. Smith, mas essa era sem dúvida uma recompensa! A sra. Smith pôde dizer-lhe o que ninguém mais poderia ter dito. Poderia aquele conhecimento ser passado para toda a família? Essa, porém, era uma ideia vã. Precisava falar com *Lady* Russell, contar a ela, consultá-la e, depois de ter dado o máximo de si, aguardar os fatos com a maior serenidade possível; e afinal sua maior falta de tranquilidade estaria naquele canto da alma que não podia ser aberto a *Lady* Russell; naquela corrente de angústias e medos que tinha de ser só dela.

Descobriu, ao chegar em casa, que havia, como pretendia, conseguido evitar o sr. Elliot; que ele viera e lhes fizera uma longa visita matinal; mas mal acabara de se felicitar e sentir-se aliviada, e já lhe disseram que ele voltaria à noite.

— Não tinha a menor intenção de convidá-lo — disse Elizabeth, com falsa indiferença —, mas ele me fez tantas alusões... Pelo menos é o que diz a sra. Clay.

— Realmente. Nunca na vida vi ninguém pedir tanto um convite. Coitado! Tive pena dele; pois a sua irmã cabeçuda, srta. Anne, parece ter uma quedinha para a crueldade.

— Ah! — exclamou Elizabeth. — Conheço o jogo bem demais para ceder às sugestões de um cavalheiro. Todavia, quando descobri quão profundamente lamentava não ter podido ver papai esta manhã, logo aceitei, pois realmente jamais perderei uma oportunidade de reunir os dois, ele e *Sir* Walter. Eles parecem sempre tão bem quando juntos! Ambos tão amáveis. O sr. Elliot tão respeitoso.

— Delicioso! — exclamou a sra. Clay, sem ousar, porém, voltar os olhos para Anne. — Exatamente como pai e filho! Querida srta. Elliot, porventura não posso dizer pai e filho?

— Ah! Não posso proibir as palavras de ninguém. Se você quer ter essas ideias! Mas lhe dou a minha palavra de que, ao que me consta, as atenções dele não são muito maiores do que as de outros homens.

— Querida srta. Elliot! — exclamou a sra. Clay, erguendo as mãos e os olhos, e caindo durante todo o resto de seu estupor num silêncio conveniente.

— Muito bem, minha querida Penelope, não precisa alarmar-se tanto com ele. Eu o convidei, sim, você sabe. Eu o despedi com sorrisos. Quando descobri que ele realmente vai passar amanhã o dia inteiro com os amigos em Thornberry Park, tive dó dele.

Anne admirou o modo como a amiga desempenhava o seu papel, conseguindo mostrar tal prazer na expectativa e na chegada da pessoa cuja presença realmente obstava a busca do seu principal objetivo. Era impossível que a sra. Clay não sentisse ódio ao ver o sr. Elliot; e, no entanto, ela conseguia assumir uma postura cortês e plácida, e parecer satisfeitíssima com a sua reduzida liberdade de ação, que só lhe permitia dedicar a *Sir* Walter a metade das atenções que lhe daria sem a presença do sr. Elliot.

Para a própria Anne foi muito irritante ver o sr. Elliot entrar na sala; e muito doloroso vê-lo aproximar-se dela para lhe falar. Antes, ela já se acostumara a sentir que talvez ele nem sempre fosse muito sincero, mas agora via insinceridade em tudo. Sua deferência atenciosa com o pai, comparada com o que havia dito sobre ele antes, era odiosa; e, quando pensava em seu criminoso comportamento para com a sra. Smith, mal conseguia tolerar a visão dos seus sorrisos e de suas delicadezas ou o som de seus bons sentimentos artificiais.

Procurou evitar qualquer alteração de comportamento que pudesse provocar queixas da parte dele. Era importantíssimo para ela evitar todo questionamento ou escândalo; mas tinha a intenção de ser tão fria com ele como o parentesco entre eles o permitisse; e recuar, o mais silenciosamente possível, o breve espaço de desnecessária intimidade que gradualmente percorrera. Assim, ela se mostrou mais reservada e mais fria do que na véspera à noite.

Ele quis reanimar a curiosidade dela sobre como e onde ele teria ouvido elogios sobre ela; queria muitíssimo ter o prazer de receber outras perguntas; mas o encanto fora quebrado: ele descobriu que era preciso o calor e a animação de um salão público para despertar a vaidade de sua modesta prima; descobriu, pelo menos, que aquele não era o momento para nenhuma das tentativas que poderia arriscar em meio às prementes exigências dos demais. Nem desconfiou que aquele era um assunto prejudicial a seus próprios interesses, sugerindo imediatamente a ela todas aquelas partes menos perdoáveis de sua conduta.

Teve ela alguma satisfação em ver que ele realmente partiria de Bath no dia seguinte de manhã, bem cedo, e que ficaria fora por quase dois dias. Foi convidado a vir a Camden Place na mesma noite de sua volta; mas de quinta-feira até sábado à noite era certa a sua ausência. Já era ruim ter sempre a sra. Clay à sua frente; mas que um hipócrita ainda maior se somasse ao grupo parecia a ruína de toda a paz e de todo o conforto. Era tão humilhante refletir sobre a constante falsidade de que ele usava com seu pai e Elizabeth; considerar as diversas fontes de mortificação que os aguardavam! O egoísmo da sra. Clay não era tão complicado nem tão revoltante quanto o dele; e Anne preferiria aceitar logo o casamento, com todos os seus males, para se ver livre das sutis tentativas de impedi-lo por parte do sr. Elliot.

Na sexta-feira de manhã, resolveu ir bem cedo à casa de *Lady* Russell e fazer a necessária comunicação; e teria ido logo depois do café, se não fosse o fato de a sra. Clay também estar de saída, para alguma gentil missão que pouparia trabalho à sua irmã, o que fez que aguardasse até ver-se livre dessa companhia. Esperou, então, que a sra. Clay já estivesse longe, para começar a falar em passar a manhã na Rivers Street.

— Muito bem — disse Elizabeth —; não tenho nada a mandar para lá, só beijos. Ah! Você também pode devolver aquele livro enfadonho que ela quis emprestar-me e fingir que eu o li. Não posso ficar eternamente me entediando com todos os novos poemas e anuários que são publicados. *Lady* Russell é muito enfadonha com essas novas publicações. Não vá dizer isso a ela, mas achei medonho o seu vestido aquela noite. Eu costumava pensar que ela tivesse certo bom gosto no vestir-se, mas tive vergonha dela no concerto. Tudo tão formal, tão certinho! E ela se senta tão ereta! Mande a ela muitos beijos, é claro.

— Eu também — acrescentou *Sir* Walter — mando a ela as minhas mais calorosas saudações. E diga a ela que pretendo visitá-la em breve. Comunique isso a ela oficialmente; mas só vou deixar o meu cartão. As visitas matinais nunca são justas com as mulheres da idade dela, que se maquiam tão pouco. Se pelo menos usasse *ruge*, não teria receio de ser vista; mas a última vez que a visitei observei que as persianas foram baixadas imediatamente.

Enquanto seu pai falava, bateram à porta. Quem podia ser? Anne, lembrando-se das bem planejadas visitas do sr. Elliot, feitas a qualquer hora do dia, esperaria que fosse ele, se não fosse o seu conhecido compromisso a sete milhas dali. Depois do costumeiro espaço de incerteza, ouviram-se os costumeiros sons de alguém que se aproxima e "o sr. e a sra. Charles Musgrove" foram introduzidos na sala.

A surpresa foi a mais forte emoção provocada por aquela chegada; Anne, porém, estava contentíssima em vê-los; e os outros não se aborreceram tanto a ponto de não poderem ostentar uma razoável expressão de boas-vindas; e, tão logo ficou claro que eles, seus parentes mais próximos, não haviam chegado com nenhuma ideia de se acomodar na casa, *Sir* Walter e Elizabeth puderam mostrar-se mais cordiais e fazer muito bem as honras da casa. Eles vieram a Bath para passar alguns dias com a sra. Musgrove e estavam hospedados no White Hart. Isso logo ficou muito claro; mas, enquanto *Sir* Walter e Elizabeth acompanhavam Mary até a outra sala e se regalavam com a admiração dela, Anne não conseguia tirar do cérebro de Charles nenhuma explicação da razão da viagem ou das sorridentes menções a negócios particulares feitas com alarde por Mary, bem como de certas evidentes confusões quanto à identidade de quem tinha vindo com eles.

Ela, então, descobriu que o grupo era formado pela sra. Musgrove, Henrietta e o capitão Harville, além de Mary e do sr. Musgrove. Ele lhe deu uma explicação muito clara e inteligível de toda a história; uma narrativa em que ela notou muitos traços de um comportamento bem conhecido. O esquema recebera o seu primeiro impulso do fato de o capitão Harville precisar vir a Bath a negócios. Ele começara a falar sobre isso uma semana antes; e para fazer alguma coisa, já que a temporada de caça terminara, Charles propusera vir com ele, e a sra. Harville pareceu gostar muito da ideia, pois isso seria bom para o marido; mas Mary não podia tolerar ser deixada para trás e se descabelara tanto por aquilo, que por um ou dois dias tudo parecia suspenso ou encerrado. Mas então os pais dele intervieram. Sua mãe tinha alguns velhos amigos em Bath que ela queria ver; aquela pareceu uma boa oportunidade para Henrietta vir e comprar vestidos de noiva para ela e para a irmã; em breve, a mãe assumira o comando do grupo, para que tudo corresse bem com o capitão Harville; e ele e Mary foram incluídos na comitiva para satisfação geral. Tinham chegado tarde da noite. A sra. Harville, os filhos e o capitão Benwick permaneceram com o sr. Musgrove e Louisa em Uppercross.

A única surpresa de Anne foi que o caso de Henrietta estivesse avançado o suficiente para se falar em vestido de noiva. Imaginara que dificuldades financeiras estivessem impedindo a realização imediata do casamento; mas soube por Charles que, havia muito pouco tempo (depois da última carta que recebeu de Mary), um amigo oferecera temporariamente a Charles Hayter um cargo reservado a um jovem que provavelmente só poderia vir a ocupá-lo dali a muitos anos; e que, considerando a sua renda atual, com a quase certeza de algo mais permanente muito antes do fim do prazo em questão, as duas famílias consentiram nos desejos dos jovens, e que o casamento provavelmente aconteceria dentro de poucos meses, quase tão prontamente quanto o de Louisa.

— E era um cargo muito bom — acrescentou Charles —, a apenas vinte e cinco milhas de Uppercross, e numa região magnífica: a melhor parte de Dorsetshire. No centro de algumas das melhores reservas do reino, rodeado de três grandes proprietários, cada um mais atencioso e solícito que o outro; e Charles Hayter poderia obter uma licença especial de pelo menos dois dos três. Não que ele apreciasse aquilo como devia — observou ele —; Charles não dá importância à caça. É seu pior defeito.

— Estou felicíssima, mesmo — exclamou Anne —, especialmente feliz com isso; e com o fato de que das duas irmãs, que sempre tiveram méritos iguais e sempre foram ótimas amigas, as boas perspectivas de uma não ofusquem as da outra, que tenham ambas a mesma prosperidade e o mesmo conforto. Espero que seu pai e sua mãe estejam felicíssimos com ambas.

— Ah! Claro! Meu pai ficaria muito satisfeito se o cavalheiro fosse mais rico, mas não vê nele mais nenhum defeito. Você sabe, pôr dinheiro sobre dinheiro (duas filhas de uma só vez) não pode ser uma operação muito agradável, e cria para ele muitas dificuldades. Não quero dizer com isto, porém, que elas não tenham esse direito. É mais do que justo que tenham a parte que cabe às filhas; e tenho certeza de que ele sempre será para mim um pai muito bondoso e generoso. Mary não aprova o casamento de Henrietta. Nunca aprovou, como você sabe. Mas não faz justiça a ele, nem dá o devido valor a Winthrop. Não consigo fazê-la compreender o valor das conveniências. Nos tempos atuais, é um casamento bastante razoável; e durante toda a vida sempre gostei de Charles Hayter e não é agora que vou deixar de gostar.

— Pais excelentes como o sr. e a sra. Musgrove — exclamou Anne — deveriam estar muito contentes com o casamento das filhas. Tenho certeza de que fazem tudo para torná-las felizes. Que bênção para os jovens estar em tais mãos! Seus pais parecem tão completamente livres de todos aqueles sentimentos ambiciosos que levaram a tantos comportamentos errados e a tanta miséria, para jovens e para velhos. Espero que, segundo você, Louisa já esteja completamente recuperada.

Ele respondeu com certa hesitação:

— Creio que sim; está muito melhor; mas está diferente; não corre e pula por aí, não ri nem dança; está muito mudada. Basta alguém bater a porta com certa força, e ela estremece e se contorce como um mergulhão na água; e Benwick se senta ao seu lado, lendo poesias ou sussurrando ao seu ouvido, o dia inteiro.

Anne não pôde conter o riso.

— Sei que isso não pode ser muito do seu gosto — disse ela —; mas creio sinceramente que ele é um excelente rapaz.

— Com certeza. Ninguém tem dúvidas quanto a isso; e espero que você não ache que eu seja tão pouco liberal a ponto de querer que todos tenham os mesmos objetivos e prazeres que eu. Aprecio muito o Benwick; e, quando conseguimos fazê-lo falar, tem muita coisa a dizer. Suas leituras não o prejudicaram, pois também esteve em combate. É um sujeito corajoso. Conheci mais sobre ele na segunda-feira passada do que jamais havia conhecido. Fizemos juntos uma grandiosa caça ao rato no celeiro grande do papai; e ele fez tão bem a sua parte, que passei a gostar mais dele desde então.

Aqui eles foram interrompidos, porque Charles precisava obrigatoriamente acompanhar os outros para admirar os espelhos e a porcelana; Anne, porém, ouvira o suficiente para entender o que se passava em Uppercross e se alegrar com a feliz situação reinante; e, embora suspirasse ao mesmo tempo que se alegrava, seus suspiros nada tinham da má vontade da inveja. Por certo gostaria de se elevar até a felicidade delas, se pudesse, mas não queria diminuí-la.

Toda a visita transcorreu em clima de muito bom humor. Mary estava animadíssima, entusiasmada com a alegria e a mudança, e tão satisfeita com a viagem na carruagem da sogra, puxada por quatro cavalos, e com sua própria total independência de Camden Place, que estava justamente em condições de admirar tudo como devia e de se interessar sem problemas por todas as superioridades da casa, enquanto estas lhe eram exibidas. Não tinha favores a pedir ao pai ou à irmã, e seu prestígio pessoal só aumentava com aqueles belíssimos salões.

Elizabeth esteve, por algum tempo, sob intenso sofrimento. Sentia que a sra. Musgrove e toda a comitiva deviam ser convidadas para jantar com eles; mas não podia suportar a diferença de estilo e a redução no número de criados que um jantar evidenciaria, presenciada por aqueles que sempre haviam sido tão inferiores aos Elliot de Kellynch. Foi uma luta entre a decência e a vaidade; mas a vaidade levou a melhor, e Elizabeth, então, voltou a se sentir feliz. Estes foram os seus argumentos íntimos: "Ideias antiquadas; hospitalidade interiorana; não recebemos para jantar; pouca gente em Bath faz isso; *Lady* Alicia nunca oferece jantares; nem sequer convidou a família da própria irmã, embora eles estivessem aqui um mês inteiro; e tenho certeza de que seria muito inconveniente para a sra. Musgrove; faria que se sentisse desambientada. Não tenho dúvida de que ela preferiria não vir; ela não se sente à vontade conosco. Vou convidar todos eles para um sarau; vai ser muito melhor; será uma novidade e uma diversão. Jamais tinham visto duas salas como estas. Vão adorar vir amanhã à noite. Será uma recepção correta, pequena, mas elegantíssima". E isso satisfez Elizabeth; quando o convite foi feito aos dois presentes e prometido aos ausentes, Mary ficou igualmente muito satisfeita. Foi convidada especialmente para conhecer o sr. Elliot e ser apresentada a *Lady* Dalrymple e à srta. Carteret, que por sorte já tinham prometido vir; e não podia ter recebido uma gentileza mais gratificante. A srta. Elliot teria a honra de visitar a sra. Musgrove pela manhã; e Anne saiu com Charles e Mary, para ver a sra. Musgrove e Henrietta sem mais demora.

Por enquanto, Anne tinha de abrir mão do plano de ir à casa de *Lady* Russell para conversar. Os três foram até a Rivers Street e lá permaneceram só por alguns minutos; mas Anne convenceu-se de que adiar por um só dia a planejada conversa não teria importância, e se apressou em chegar ao White Hart, para rever os amigos e companheiros do último outono, com um entusiasmo que muitas associações contribuíam para formar.

Encontraram a sra. Musgrove e a filha sozinhas no hotel, e Anne foi recebida calorosamente pelas duas. Henrietta estava justamente naquele estado de esperança e de felicidade recentes que a enchia de atenções e de interesse por todos aqueles por quem alguma vez já tivera alguma simpatia; e o real afeto da sra. Musgrove fora conquistado com os serviços prestados nas horas difíceis. Era uma cordialidade, um calor e uma sinceridade que agradaram ainda mais a Anne por lhe faltarem em casa. Pediram-lhe que dedicasse a elas o máximo tempo possível, foi convidada a ficar todos os dias, o dia inteiro, ou melhor, foi considerada parte da família; em troca, dedicou a eles todas as suas atenções, e, quando Charles as deixou sozinhas, estava ouvindo a sra. Musgrove contar a história de Louisa, e Henrietta, a sua própria, dando opiniões sobre negócios e conselhos de compra; isso tudo nos intervalos da ajuda que prestava a Mary para trocar uma fita ou examinar as suas contas, para achar suas chaves e pôr em ordem as suas bugigangas, e para tentar convencê-la de que não estava sendo maltratada por ninguém; o que Mary, embora divertindo-se bastante à janela, observando a entrada da Pump Room, não podia deixar de imaginar, de vez em quando.

Era de se esperar uma manhã muito confusa. Um grupo numeroso num hotel era garantia de um cenário instável e incerto. Chegava um bilhete e cinco minutos depois, um pacote; não havia passado meia hora desde que Anne chegara, e já a sala de jantar, embora espaçosa, parecia quase lotada: um grupo de velhos e fiéis amigos estava sentado ao redor da sra. Musgrove, e Charles voltou com os capitães Harville e Wentworth. A chegada deste não podia ser mais do que uma surpresa momentânea para Anne. Era-lhe impossível não ter percebido que aquela chegada de seus amigos comuns logo devia reunir todos outra vez. Seu último encontro fora importantíssimo para revelar os sentimentos dele; Anne havia tirado disso uma deliciosa certeza; mas temia, pelo jeito dele, que a mesma infeliz convicção que o levara a deixar rapidamente a sala de concertos ainda o governasse. Ele parecia não querer aproximar-se o bastante para poderem conversar.

Ela tentou permanecer calma e deixar as coisas acontecerem, e procurou concentrar-se muito neste argumento de natureza racional: "Com certeza, se houver uma afeição constante, nossos corações não tardarão a se compreender. Não somos crianças para nos irritarmos caprichosamente ou sermos iludidos pelos equívocos do momento, brincando levianamente com a nossa própria felicidade". E no entanto, poucos minutos depois, ela sentiu que talvez o fato de estarem na companhia um do outro, nas atuais circunstâncias, só pudesse expô-los a equívocos e más interpretações da pior espécie.

— Anne — exclamou Mary, ainda à janela —, tenho certeza de que a sra. Clay está ali de pé junto à colunata, com um cavalheiro ao seu lado. Acabo de vê-los numa esquina da Bath Street. Pareciam conversar muito animadamente. Quem é ele? Venha ver e me dizer quem é. Meu Deus! Eu me lembro. É o próprio sr. Elliot.

— Não — exclamou Anne, rapidamente —; garanto-lhe que não pode ser o sr. Elliot. Ele devia partir de Bath às nove da manhã e só voltar amanhã.

Enquanto falava, ela percebeu que o capitão Wentworth olhava para ela, e a consciência disso a envergonhou e embaraçou, e ela lamentou ter falado demais, por mais simples que fosse o que tinha dito.

Mary, irritada porque podiam imaginar que ela não conhecia o próprio primo, começou a falar com muita energia acerca dos traços de família e a declarar de maneira ainda mais peremptória que aquele era o sr. Elliot, tornando a chamar Anne para que viesse ver, mas Anne não pretendia sair de onde estava e tentou permanecer calma e despreocupada. Seu mal-estar retornou, porém, ao perceber que duas ou três das senhoras presentes trocavam sorrisos e olhares de entendimento, como se acreditassem estar a par do segredo. Era evidente que o boato a seu respeito se espalhara, e se seguiu uma breve pausa, que parecia garantir que a partir de agora se espalharia ainda mais.

— Venha, Anne — exclamou Mary —; venha ver. Logo vai ser tarde demais se você não se apressar. Eles estão despedindo-se; estão trocando um aperto de mãos. Ele está afastando-se. Não conheço o sr. Elliot, francamente! Você parece ter-se esquecido completamente do que aconteceu em Lyme.

Para apaziguar Mary e talvez ocultar seu próprio constrangimento, Anne foi até a janela. Chegou justo a tempo de verificar que se tratava de fato do sr. Elliot — o que jamais havia acreditado —, antes que ele desaparecesse por um lado, enquanto a sra. Clay caminhava rapidamente para o outro; e, dissimulando a surpresa que não podia deixar de sentir ante tal aparência de amabilidade entre duas pessoas de interesses diametralmente opostos, disse calmamente:

— Sim, é o sr. Elliot, sem dúvida. Imagino que tenha adiado a hora da partida, é isso, ou talvez eu esteja enganada, posso ter-me distraído — e caminhou de volta para a sua cadeira, já recomposta e com a confortável esperança de ter-se saído bem.

Despediram-se as visitas; e Charles, depois de gentilmente acompanhá-las até a porta, fez-lhes uma careta e zombou delas por terem vindo. Em seguida disse:

— Muito bem, mamãe, fiz uma coisa para a senhora de que acho que vai gostar. Fui ao teatro e reservei um camarote para amanhã à noite. Não sou um bom menino? Sei que a senhora adora teatro; e haverá lugar para todos nós. Cabem nove pessoas. Eu convidei o capitão Wentworth. Tenho certeza de que Anne não vai queixar-se de ir conosco. Todos nós gostamos de teatro. Não fiz bem, mamãe?

A sra. Musgrove começava a exprimir com muito bom humor sua perfeita disponibilidade para a peça, se Henrietta e todos os demais não se opusessem, quando Mary a interrompeu energicamente, exclamando:

— Santo Deus, Charles! Como pôde imaginar uma coisa dessas? Reservar um camarote para amanhã à noite! Esqueceu-se de que temos um compromisso em Camden Place amanhã à noite? E que fomos especialmente convidados para ser apresentados a *Lady* Dalrymple e à sua filha e ao sr. Elliot e a todos os principais parentes da família? Como pode ser tão esquecido?

— Ora, ora! — replicou Charles. — O que é um sarau? Algo que nem vale a pena recordar. Acho que o seu pai podia ter-nos convidado para jantar, se quisesse ver-nos. Você pode fazer o que quiser, mas eu vou ao teatro.

— Ah! Charles, se fizer isso depois de ter prometido ir, eu declaro você o mais abominável dos homens.

— Não, não prometi nada. Dei uma risadinha e fiz uma reverência e disse a palavra "grato". Não houve nenhuma promessa.

— Mas você tem de ir, Charles. Será imperdoável deixar de ir. Fomos convidados expressamente para sermos apresentados. Sempre tivemos tão boas relações com os Dalrymple. Nada aconteceu de qualquer um dos lados que não fosse de imediato comunicado ao outro. Somos parentes muito próximos, você sabe; e também o sr. Elliot, que você tem motivos muito particulares para querer conhecer! Devemos toda a atenção ao sr. Elliot. Pense bem, o herdeiro de papai: o futuro representante da família.

— Nem me fale em herdeiros e representantes — gritou Charles. — Não sou daqueles que desdenham o poder reinante para curvar-se ante o sol nascente. Se eu não queria ir por seu pai, julgo escandaloso ir pelo herdeiro dele. Que é o sr. Elliot para mim?

Ouvir aquela expressão desdenhosa foi como ganhar nova vida para Anne, que viu que o capitão Wentworth estava muito atento, observando e escutando com toda a alma; e que as últimas palavras levaram seus olhos inquisitivos de Charles para ela.

Charles e Mary continuaram a falar naquele mesmo tom; ele, meio sério e meio irônico, mantendo os planos de ir ao teatro, e ela, invariavelmente séria, opondo-se ardentemente e sem deixar de dar a entender que, embora decidida a ir a Camden Place, se sentiria muito maltratada se fossem ao teatro sem ela. A sra. Musgrove interveio.

— Seria melhor adiar. Charles, seria muito melhor que voltasse lá e trocasse a reserva do camarote para terça-feira. Seria uma pena dividir-nos, e perderíamos a srta. Anne, além disso, havendo uma reunião na casa do pai dela; e tenho certeza de que nem Henrietta nem eu daríamos importância à peça se a srta. Anne não pudesse ir conosco.

Anne sentiu-se muito grata a ela por tanta delicadeza; e ainda mais por ter-lhe dado a oportunidade de dizer em tom decidido:

— Se dependesse só de mim, minha senhora, o sarau em minha casa (exceto no que se refere a Mary) não constituiria o menor impedimento. Não aprecio esse tipo de reunião e adoraria poder trocá-la por uma peça, e ainda mais com vocês. Mas talvez seja melhor não tentar.

Ela falou; mas tremia quando acabou de falar, consciente de que suas palavras foram ouvidas e sem coragem até para observar o efeito que tiveram.

Logo ficou resolvido que terça-feira seria o melhor dia, reservando-se Charles só o prazer de continuar atiçando a mulher, dizendo que iria ao teatro no dia seguinte mesmo que ninguém mais fosse.

O capitão Wentworth saiu de seu lugar e caminhou até a lareira; provavelmente com a ideia de afastar-se de lá logo em seguida e aproximar-se de Anne de um modo não tão ostensivo.

— Você não está em Bath por tempo suficiente — disse ele — para poder apreciar os saraus da cidade.

— Ah, não! A forma habitual deles não tem nada a ver comigo. Não jogo baralho.

— Sei que antigamente você não jogava. Não costumava gostar de cartas; mas o tempo traz muitas mudanças.

— Ainda não estou tão mudada — exclamou Anne e parou, temendo ser de algum modo mal interpretada.

Depois de aguardar alguns momentos, ele disse, como se cedesse a um impulso súbito:

— É bastante tempo, sem dúvida! Oito anos e meio são bastante tempo.

Se ele teria ido mais longe é um problema que foi deixado à imaginação de Anne resolver numa hora de mais calma; pois, enquanto ainda ouvia o som das palavras dele, Henrietta obrigou-a a passar a outros assuntos, pois, impaciente por aproveitar o tempo disponível para sair, começou a insistir em que os companheiros não perdessem mais tempo antes que chegassem novas visitas.

Foram obrigados a sair. Anne disse estar perfeitamente pronta e tentou dar essa impressão; mas sentiu que se Henrietta soubesse o quanto seu coração lamentava e relutava em sair daquela cadeira, em preparar-se para deixar a sala, teria encontrado, em todos os seus sentimentos pela prima, na própria firmeza de sua afeição, motivos para ter pena dela.

Aqueles preparativos, porém, logo foram interrompidos. Ouviram-se sons alarmantes; aproximavam-se outros visitantes e a porta se escancarou para dar passagem a *Sir* Walter e à srta. Elliot, cuja chegada pareceu provocar um arrepio nos presentes. Anne teve uma imediata sensação de opressão e, para toda parte onde olhava, via os mesmos sintomas. Acabaram-se a cordialidade, a liberdade e a alegria da sala, transformando-se em fria compostura, silêncio resoluto ou conversas insípidas, para ajustar-se à insensível elegância do pai e da filha. Como era mortificante ver que isso era verdade!

Com um detalhe os seus olhos vigilantes ficaram satisfeitos. O capitão Wentworth foi novamente reconhecido por ambos, por Elizabeth mais gentilmente do que antes. Chegou até a lhe dirigir a palavra, e olhou para ele mais de uma vez. Elizabeth estava, na verdade, bastante pensativa. O que se passou em seguida esclareceu tudo. Depois de gastar alguns minutos dizendo as coisas de sempre, começou a fazer o convite que devia incluir todos os deveres restantes dos Musgrove. "Amanhã à noite, para conhecer alguns amigos: sem formalidades." Tudo foi dito muito delicadamente, e os cartões que trouxera consigo, o "srta. Elliot recebe", foram esparramados sobre a mesa, com um sorriso cortês dirigido a todos, e um sorriso e um cartão oferecidos de modo mais decidido ao capitão Wentworth. A verdade é que Elizabeth já estava em Bath tempo bastante para compreender a importância de um homem de porte e aspecto como os dele. O passado não era nada. O presente era que o capitão Wentworth faria bela figura em seu salão. O cartão foi dado com ostentação, e *Sir* Walter e Elizabeth se ergueram e desapareceram.

A interrupção fora breve, mas grave, e a descontração e a animação voltaram à maioria dos presentes tão logo a porta se fechou atrás deles, mas não para Anne. Ela só conseguia pensar no convite que com tanta surpresa testemunhara, e na maneira como fora recebido; algo de significado dúbio, mais de surpresa do que de satisfação, mais de polido obséquio do que de aceitação. Ela o conhecia; viu desdém nos olhos dele, e não podia acreditar que tivesse decidido aceitar tal proposta como uma expiação pela insolência do passado. Ficou arrasada. Ele segurou o cartão nas mãos depois que eles se foram, como se o examinasse profundamente.

— Veja só! Elizabeth convidou mesmo todos! — sussurrou Mary, em voz bem alta. — Não me espanta que o capitão Wentworth esteja maravilhado! Veja só, ele mal consegue tirar o cartão das mãos.

O olhar de Anne cruzou o olhar dele, viu suas faces corarem e sua boca adquirir momentaneamente uma expressão de desprezo, e se afastou, para não ver nem ouvir mais nada que a vexasse.

O grupo dissolveu-se. Os cavalheiros tinham seus próprios afazeres, as damas cuidaram de seus próprios negócios e eles não mais se encontraram enquanto Anne esteve ali. Insistiram em que ela voltasse e jantasse e passasse com eles todo o resto do dia, mas seu ânimo havia estado sujeito a pressão por tanto tempo que agora ela se sentia incapaz de mais nada e só queria voltar para casa, onde estava certa de que ficaria tão calada quanto queria.

Assim, prometendo estar com eles a manhã inteira do dia seguinte, ela encerrou as fadigas do dia com uma extenuante caminhada até Camden Place, para lá passar a noite quase que só a ouvir os atarefados arranjos de Elizabeth e da sra. Clay para o sarau do dia seguinte, a frequente enumeração dos convidados e os detalhes cada vez mais sofisticados de todo os melhoramentos que fariam daquele sarau o mais perfeitamente elegante do gênero em Bath, enquanto se torturava com a pergunta sem fim a respeito de o capitão Wentworth vir ou não. Ele era contado como uma presença certa, mas para ela aquilo era uma ânsia torturante que não se apaziguava nem por cinco minutos. Ela geralmente achava que ele viria, porque geralmente achava que ele devia; mas aquele era um caso que ela não conseguia classificar como algum tipo de ato positivo de dever ou de prudência, que inevitavelmente resistisse às insinuações dos sentimentos contrários.

Anne só despertou das cismas sobre aquela incansável agitação para comunicar à sra. Clay que ela fora vista com o sr. Elliot três horas depois de ele supostamente ter partido de Bath, pois, tendo aguardado em vão alguma alusão ao encontro por parte dela, decidiu-se a mencioná-lo, e pareceu a ela que havia culpa no rosto da sra. Clay enquanto ouvia. Foi coisa passageira, que se dissipou num instante; Anne, porém, pôde imaginar ter visto naquilo a consciência de ter, por alguma complicação de truques mútuos, ou pela imposição autoritária do sr. Elliot, sido obrigada a escutar (talvez por meia hora) suas admoestações e restrições aos planos dela referentes a *Sir* Walter. A sra. Clay exclamou, porém, com uma imitação de naturalidade bastante razoável:

— Ah! Querida! É verdade. Imagine só, srta. Elliot, que para minha grande surpresa topei com o sr. Elliot na Bath Street. Nunca levei tamanho susto. Ele se voltou e caminhou comigo até Pump Yard. Não pudera partir para Thornberry, não me lembro bem por que razão, pois eu estava com muita pressa e não podia aguardar muito, e só posso garantir que ele estava decidido a não adiar a sua volta. Quis saber a partir de que hora poderia ser recebido amanhã. Não parava de falar em "amanhã", e é mais do que evidente que eu também só pensava nisso, desde que entrei em casa e soube da dimensão de seus planos e de tudo que acontecera, pois se não fosse por isso jamais teria esquecido tão completamente aquele encontro.

Capítulo 23

Só se passara um dia desde a conversa de Anne com a sra. Smith; mas se seguira àquilo algo de interesse mais vivo, e agora ela estava tão pouco preocupada com o comportamento do sr. Elliot, salvo pelos seus efeitos sobre outra pessoa, que julgou muito natural, na manhã seguinte, adiar mais uma vez a visita explanatória à Rivers Street. Prometera estar com os Musgrove desde o café da manhã até o jantar. Dera sua palavra, e o caráter do sr. Elliot, como a cabeça da sultana Xerazade, poderia viver mais um dia.

Não conseguiu, porém, chegar pontualmente ao compromisso; o tempo estava ruim e, antes de poder tentar pôr-se a caminho, lamentou a chuva, por causa dos amigos e de si mesma. Quando chegou ao White Hart e se dirigiu ao apartamento dos Musgrove, descobriu que estava atrasada e que não fora a primeira a chegar. Os presentes eram a sra. Musgrove, que conversava com a sra. Croft, e o capitão Harville com o capitão Wentworth; e logo soube que Mary e Henrietta, impacientes demais para esperar, haviam saído assim que o tempo melhorou, mas logo estariam de volta, e que as mais estritas ordens haviam sido dadas à sra. Musgrove para que a segurasse lá até que voltassem. Teve apenas de concordar, sentar-se, permanecer aparentemente calma e sentir-se imediatamente mergulhada em todas as agitações que esperara experimentar só no fim da manhã. Não houve adiamento, nem perda de tempo. Viu-se de imediato imersa na felicidade daquela miséria ou na miséria daquela felicidade. Dois minutos depois de entrar na sala, o capitão Wentworth disse:

— Vamos escrever agora a carta de que estávamos falando, Harville, se vocês me derem com que fazê-lo.

Papel e pena estavam à mão numa mesa à parte; ele foi até lá e, quase voltando as costas para todos os demais, se concentrou na redação da carta.

A sra. Musgrove contava à sra. Croft a história do noivado de sua filha mais velha, e justamente naquele tom de voz inconveniente, perfeitamente audível, embora com pretensões de suspiro. Anne sentiu que não participava da conversa, e no entanto, como o capitão Harville parecia pensativo e pouco disposto a conversar, ela não pôde deixar de ouvir muitos pormenores indesejáveis; como, por exemplo, "como o sr. Musgrove e meu cunhado Hayter se encontraram várias vezes para tratar do assunto", "o que o meu cunhado Hayter disse certo dia e o que o sr. Musgrove propôs no dia seguinte", e "o que aconteceu à minha irmã Hayter, e o que os jovens desejaram, e que eu disse no começo que eu nunca consentiria, mas fui mais tarde persuadida a achar que tudo daria certo", e uma boa dose de franca comunicação nesse mesmo estilo: minúcias que, mesmo quando apresentadas com todo o requinte de bom gosto e de delicadeza que a boa sra. Musgrove não podia oferecer, só podiam ser de interesse para as suas interlocutoras. A sra. Croft escutava com muito bom humor, e as poucas vezes em que falava, era com muita sensatez. Anne esperava que os cavalheiros estivessem muito ocupados para ouvir.

— E então, minha senhora, afinal de contas — disse a sra. Musgrove, em seu potente sussurro —, embora pudéssemos ter desejado que as coisas tivessem tomado um outro curso, afinal julgamos que não era justo continuar adiando, pois o Charles Hayter estava louco com aquilo e a Henrietta quase tanto quanto ele; e então achamos que era melhor que se casassem de uma vez e se virassem, como tanta gente antes deles. De qualquer jeito, eu disse, isso é melhor do que um noivado muito comprido.

— É exatamente isso que eu ia observar — exclamou a sra. Croft. — Acho que é melhor que os jovens se estabeleçam logo com uma pequena renda e tenham de lutar juntos contra umas poucas dificuldades, do que se envolver num noivado longo. Sempre achei que nenhum recíproco...

— Ah! Minha querida sra. Croft — exclamou a sra. Musgrove, sem conseguir esperar que ela terminasse de falar —, não existe nada pior para os jovens do que um noivado comprido. Sempre fui contra isso no caso dos meus filhos. Eu costumava dizer que está tudo bem que os jovens fiquem noivos, se se puder ter certeza de que vão poder casar-se em seis meses ou até em um ano; mas um noivado longo...

— Claro, minha cara senhora — disse a sra. Croft —, ou um noivado incerto, um noivado que possa durar muito. Considero muito incerto e imprudente começar um noivado sem saber se em determinado tempo será possível se casar; é uma coisa que todos os pais devem esforçar-se ao máximo para impedir.

Inesperadamente, Anne passou a se interessar pelo que ouvia. Percebeu que aquilo se aplicava a ela mesma, sentiu um arrepio nervoso percorrer-lhe o corpo; e, ao mesmo tempo que seus olhos instintivamente se voltaram para a mesa afastada, a pena do capitão Wentworth parou de correr, ele ergueu a cabeça, imóvel, a ouvir, e se voltou no instante seguinte para lançar a ela um olhar breve mas penetrante.

As duas senhoras continuaram falando, para reafirmarem as mesmas verdades conhecidas e confirmá-las com muitos exemplos de seus maus efeitos que tinham tido a oportunidade de presenciar, mas Anne não ouvia nada distintamente; era só um zumbido de palavras no ar, sua mente estava confusa.

O capitão Harville, que na verdade não escutara nada do que fora dito, deixou então o seu assento e foi até a janela, e

Anne, que parecia estar a observá-lo, embora estivesse completamente distraída, aos poucos se deu conta de que ele a estava convidando a unir-se a ele ali onde ele estava. Olhou para ela com um sorriso e um leve aceno da cabeça, que exprimira: "Venha cá, tenho algo a lhe dizer"; e o seu jeito simples e a sua espontânea delicadeza, que denotavam os sentimentos de uma amizade mais antiga do que realmente era, reforçaram bastante o convite. Ela se ergueu e foi até ele. A janela junto à qual ele estava ficava no outro canto da sala, oposto àquele em que as duas senhoras estavam sentadas e, embora a janela estivesse mais próxima da mesa do capitão Wentworth, não ficava muito perto. Quando ela se juntou a ele, o semblante do capitão Harville reassumiu a expressão séria e pensativa que parecia ser sua disposição natural.

— Veja — disse ele, desembrulhando um pacote em suas mãos e mostrando um pequeno retrato em miniatura. — Sabe quem é?

— Claro: o capitão Benwick.

— Sim, e não é difícil adivinhar para quem seja. Mas — num tom mais grave — não foi feito para ela. Srta. Elliot, você se lembra de quando caminhamos juntos em Lyme, muito aflitos com ele? Eu estava, então, longe de imaginar... mas não importa. O retrato foi pintado no Cabo da Boa Esperança. Ele conheceu lá um jovem pintor alemão de talento e, para pagar uma promessa feita à minha pobre irmã, posou para o retrato e o estava trazendo para ela; e fui agora encarregado de entregá-lo a outra pessoa! Cabe a mim fazer isso! Mas quem mais havia que pudesse cuidar disso? Espero dar conta do recado. Não lamento, na verdade, passá-lo a outro — lançando um olhar para o capitão Wentworth —; ele está escrevendo sobre isto agora — e com os lábios a tremer concluiu, dizendo: — Pobre Fanny! Ela não o teria esquecido tão rápido!

— Não — tornou Anne, em voz baixa e comovida. — Acredito que não, mesmo.

— Não era da natureza dela. Ela o adorava.

— Não seria da natureza de nenhuma mulher que realmente amasse.

O capitão Harville sorriu, como se dissesse: "E você acha que isso se aplique a todas as mulheres?", e ela respondeu à pergunta, também sorrindo:

— Acho, sim. Certamente não os esquecemos tão rapidamente como vocês nos esquecem. Talvez seja mais nosso destino do que nosso mérito. Não podemos evitá-lo. Vivemos em casa, caladas, trancadas, vítimas de nossos próprios sentimentos. Vocês são forçados à ação. Sempre têm uma profissão, objetivos, afazeres de um tipo ou de outro que os trazem imediatamente de volta ao mundo, e a ocupação e a mudança contínuas logo desbotam as impressões.

— Mesmo admitindo a sua afirmação de que o mundo logo faz tudo isso com os homens (o que, porém, não acho que devesse admitir), isso não se aplica a Benwick. Ele não foi forçado a nenhuma ação. A paz trouxe-o de volta imediatamente, e desde então ele tem vivido conosco, em nosso círculo familiar.

— É verdade — disse Anne —, é verdade, mesmo; não me lembrei disso; mas que diremos agora, capitão Harville? Se a mudança não vem de fatores externos, deve vir de dentro; deve ser a natureza, a natureza do homem, a responsável pelo que aconteceu com o capitão Benwick.

— Não, não, não é a natureza do homem. Não admito que seja mais da natureza do homem do que da mulher ser inconstante e esquecer aqueles que amam ou amaram. Creio que é o contrário. Creio numa autêntica analogia entre as nossas estruturas corpóreas e mentais; e, que quanto mais forte for nosso corpo, mais fortes serão também os nossos sentimentos; capazes de suportar os golpes mais duros e arrostar as piores intempéries.

— Os sentimentos dos homens podem ser os mais fortes — retorquiu Anne —, mas o mesmo espírito de analogia me autoriza a afirmar que os nossos são os mais ternos. O homem é mais robusto do que a mulher, mas não vive mais do que ela; o que explica com exatidão a minha ideia da natureza de suas afeições. Ao contrário, seria duro demais para vocês se não fosse assim. Vocês já têm dificuldades, privações e perigos com que lutar. Estão sempre na labuta e na tribulação, expostos a todos os riscos e adversidades. Têm de abandonar tudo: o lar, o país, os amigos. Não têm nada que lhes pertença; nem o tempo, nem a saúde nem a vida. Seria duro, de fato — com voz trêmula —, ter de somar os sentimentos das mulheres a tudo isso.

"Jamais chegaremos a um acordo quanto a isso", era o que o capitão Harville estava começando a dizer, quando um leve ruído chamou a atenção deles para o canto da sala ocupado pelo capitão Wentworth, até então perfeitamente silencioso. Era só a sua pena que havia caído; mas Anne se espantou em ver que ele estava mais próximo do que ela imaginava, e se sentiu um tanto inclinada a suspeitar que a pena só havia caído porque ele estivera atento ao que eles diziam, tentando distinguir as palavras, que ela achava, todavia, que ele não conseguira captar.

— Acabou a carta? — disse o capitão Harville.

— Ainda não, só faltam algumas linhas. Devo acabar em cinco minutos.

— Não tenho nenhuma pressa. Estarei pronto quando você estiver. Encontrei um ótimo ancoradouro aqui — sorrindo para Anne —, bem abastecido, sem precisar de nada. Não há pressa para zarpar. Muito bem, srta. Elliot — baixando a voz —, como eu ia dizendo, imagino que jamais chegaremos a um acordo quanto a este problema. Provavelmente, nenhuma mulher e nenhum homem chegaria. Permita-me, porém, observar que todas as histórias estão contra vocês... todas as narrativas, em prosa e em verso. Se eu tivesse a memória do Benwick, poderia dar-lhe rapidamente cinquenta citações a meu favor, e acho que jamais abri um livro na vida que não tivesse algo a dizer sobre a inconstância das mulheres. Canções e provérbios falam todos da volubilidade feminina. Mas talvez você vá dizer que todos eles foram escritos por homens.

— Talvez eu dissesse. Sim, sim, por favor, nada de referências a livros. Os homens tiveram todas as vantagens contra nós, ao contarem sua própria história. Tiveram sempre uma educação muito superior; a pena estava em suas mãos. Não admito que os livros provem coisa nenhuma.

— Mas como provaremos alguma coisa?

— Jamais provaremos nada. Não é de se esperar que se possa provar alguma coisa numa questão como esta. É uma diferença de opinião que não admite prova. Todos nós, provavelmente, começamos com certa parcialidade a favor de nosso próprio sexo; e nessa parcialidade fundamos todas as circunstâncias favoráveis a ela que aconteceram em nossa própria esfera; muitas dessas circunstâncias (talvez justamente aquelas que mais nos impressionam) podem ser exatamente aquelas que não podem ser reveladas sem trair um segredo ou de alguma forma dizer o que não se deveria dizer.

— Ah! — exclamou o capitão Harville, num tom muito comovido. — Se eu pudesse fazer você compreender o que um homem sofre quando olha pela última vez para a esposa e os filhos, e vê distanciar-se o bote em que os embarcou, enquanto ainda estão à vista, e então se volta e diz: "Só Deus sabe se vou tornar a vê-los!". E se eu pudesse, então, transmitir-lhe com que calor a sua alma se acende ao tornar a vê-los; quando, ao voltar após uma ausência de um ano, talvez, e obrigado a ancorar em outro porto, calcula como poderá fazer que cheguem ali o mais rápido possível, pretendendo iludir-se a si mesmo e dizendo: "Eles não vão poder chegar aqui antes de tal dia", mas esperando durante todo o tempo que cheguem doze horas antes, e vendo-os finalmente chegar, como se o Céu lhes tivesse dado asas, muitas horas mais cedo! Se eu pudesse explicar a você tudo isto e tudo que um homem pode suportar e fazer, e se gloria de fazer por aqueles tesouros da sua existência! Falo, é claro, só dos homens que têm coração! — levando a mão ao peito, muito comovido.

— Ah! — exclamou Anne, com ardor. — Espero fazer justiça a tudo que é sentido por você e por todos os que se assemelham a você. Deus não permita que eu menospreze os sentimentos cordiais e fiéis de qualquer um dos meus semelhantes! Eu mereceria um profundo desprezo se ousasse imaginar que só as mulheres conhecem o verdadeiro amor e a constância. Não, creio que vocês sejam capazes de praticar tudo o que há de grande e de bom em sua vida de casados. Creio que vocês estão à altura de todos os grandes atos e de todos os sacrifícios domésticos, enquanto (se me permitir a expressão), enquanto tiverem um objetivo. Ou seja, enquanto a mulher que vocês amam está viva, e vive para vocês. Todo o privilégio que reivindico para o meu próprio sexo (e não é um privilégio muito invejável; não é preciso cobiçá-lo) é que continuemos a amar por mais tempo, quando a existência e a esperança já se foram.

Não seria possível a ela proferir de imediato qualquer outra frase; seu coração estava pleno demais; sua respiração, oprimida demais.

— Você é uma boa alma — exclamou o capitão Harville, pondo a mão sobre o braço dela, muito carinhosamente. — Não há como brigar com você. E quando penso em Benwick vejo-me obrigado a calar.

A atenção dele foi despertada pelos outros. A sra. Croft estava despedindo-se.

— Aqui, Frederick, creio que você e eu nos separamos — disse ela. — Vou voltar para casa e você tem um compromisso com sua amiga. Hoje à noite talvez tenhamos o prazer de nos reunir todos no seu sarau — voltando-se para Anne. — Recebemos o cartão de convite de sua irmã ontem e soube que

Frederick também o recebeu, embora não o tenha visto... E você vai estar livre para ir, não é, Frederick, como nós?

O capitão Wentworth estava dobrando com muita pressa uma carta, e ou não pôde ou não quis dar uma resposta completa.

— Sim — disse ele —, é verdade; aqui nos separamos, mas Harville e eu logo a alcançaremos; isto é, Harville, se você está pronto, em meio minuto eu também estarei. Sei que não lhe desagrada ir embora. Vou estar a seu dispor em meio minuto.

A sra. Croft saiu, e o capitão Wentworth, tendo selado a carta com grande rapidez, já estava pronto, e tinha até um ar apressado, agitado, que demonstrava impaciência em sair dali. Anne não sabia como interpretar aquilo. Recebeu um gentilíssimo "Bom-dia, Deus abençoe você!" do capitão Harville, mas dele nem uma palavra, nem um olhar! Ele saiu da sala sem sequer olhar para ela!

Ela só teve tempo, no entanto, para chegar mais perto da mesa onde ele estivera escrevendo, quando foram ouvidos passos de alguém que retornava; abriu-se a porta, era ele. Pediu perdão, mas esquecera as luvas e, cruzando imediatamente a sala na direção da escrivaninha e voltando as costas para a sra. Musgrove, tirou uma carta de sob os papéis esparramados, e a pôs diante de Anne, fitando nela por algum tempo os olhos brilhantes e suplicantes; pegando, então, apressadamente as luvas, já estava fora da sala quase que antes de a sra. Musgrove perceber que ele estivera ali: tudo num instante!

A revolução que aquele instante produziu em Anne era quase indizível. A carta, com um sobrescrito quase ilegível, para a "srta. E...", era obviamente aquela que ele dobrara com tanta pressa. Enquanto aparentemente escrevia só para o capitão Benwick, também escrevera a ela! Do conteúdo daquela carta dependia tudo que este mundo podia oferecer-lhe. Tudo era possível, podia ser enfrentado, menos aquela incerteza. A sra. Musgrove tinha algumas coisas a arrumar em sua própria mesinha; ela teve de contar com a proteção delas e, afundando na cadeira que ele havia ocupado, tomando aquele mesmo lugar em que ele se debruçara e escrevera, os olhos dela devoraram as seguintes palavras:

Não consigo mais ouvir em silêncio. Tenho de falar com você com os meios que estão ao meu alcance. Você trespassa a minha alma. Sou agonia e esperança. Não me diga que é tarde demais, que tais preciosos sentimentos se foram para sempre. Eu volto a me oferecer a você, com um coração ainda mais seu do que quando você quase o partiu, oito anos e meio atrás. Não ouse dizer que os homens se esquecem mais rápido que as mulheres, que o amor deles morre mais cedo. Só a você tenho amado. Posso ter sido injusto, fui fraco e ressentido, mas nunca inconstante. Só por você vim a Bath. Só por você eu penso e faço planos. Será que você não viu? Será que você não conseguiu entender meus desejos? Não teria esperado nem estes dez dias, se tivesse podido ler os seus sentimentos, como acho que você entendeu os meus. Mal consigo escrever. Estou a cada instante ouvindo coisas que me esmagam. Você abaixa a voz, mas posso distinguir tons nessa voz que aos outros passariam despercebidos. Criatura excessivamente boa, excessivamente excelente! Você nos faz justiça, sem dúvida. Acredita que o verdadeiro afeto e constância existam entre os homens. Creia que tal afeto é mais do que fervoroso e mais do que constante em

F. W.

Tenho de ir, incerto de meu futuro; mas vou voltar para cá ou acompanhar o seu grupo, assim que possível. Uma palavra, um olhar serão o bastante para decidir se entrarei na casa de seu pai esta noite ou nunca mais.

Era impossível recuperar-se rapidamente de tal carta. Meia hora de solidão e reflexão poderiam tê-la serenado; mas os dez minutos que se passaram até que fosse interrompida, com todos os obstáculos da situação, não podiam trazer-lhe nenhuma tranquilidade. Ao contrário, cada momento trazia consigo mais agitação. Era uma felicidade esmagadora. E, antes que ela superasse a primeira fase de todas aquelas sensações, já Charles, Mary e Henrietta entravam na sala.

A absoluta necessidade de parecer normal produziu então um imediato conflito; mas logo em seguida ela não pôde mais. Começou a não entender nenhuma palavra do que eles diziam e foi obrigada a alegar uma indisposição e pedir desculpas. Eles, então, puderam ver que ela parecia estar passando muito mal, ficaram impressionados e preocupados, e por nada neste mundo sairiam dali sem ela. Isso era péssimo. Se pelo menos tivessem ido embora, deixando-a na calma posse daquela sala, ela estaria curada; mas vê-los todos de pé a esperar à sua volta a enlouquecia e, em desespero, ela disse que queria ir para casa.

— É claro, minha querida — exclamou a sra. Musgrove —, vá imediatamente para casa e se cuide, para estar bem disposta à noite. Gostaria que Sarah estivesse aqui para tratar de você, mas eu não sou médica. Charles, toque a campainha e chame uma carruagem. Ela não deve ir a pé.

Mas a carruagem não resolveria o problema. Era pior do que tudo! Perder a possibilidade de falar duas palavrinhas com o capitão Wentworth ao longo de sua silenciosa e solitária caminhada até a cidade (e ela tinha quase certeza de topar com ele) era algo insuportável. Ela protestou energicamente contra a carruagem, e a sra. Musgrove, que conhecia só um tipo de enfermidade, tendo-se certificado, com alguma ansiedade, de que não havia acontecido nenhuma queda, de que Anne em nenhum momento escorregara e caíra e batera com a cabeça, de que tinha certeza absoluta de que não houvera nenhum tombo, pôde despedir-se dela alegremente, na certeza de vê-la bem melhor à noite.

Ansiosa por não omitir nenhuma possível precaução, Anne fez um esforço e disse:

— Receio, minha senhora, que possa ter havido algum mal-entendido. Peço-lhe que tenha a gentileza de mencionar aos outros cavalheiros que esperamos ver *todos* vocês esta noite. Receio que tenha havido algum engano; e desejo que a senhora assegure ao capitão Harville e ao capitão Wentworth que esperamos ver a ambos.

— Ah, minha querida! Eu entendi tudo muito bem, eu lhe garanto. O capitão Harville está louco para ir.

— A senhora acha? Mas tenho medo; e lamentaria tanto! A senhora me promete que vai dizer isso, quando tornar a vê-los? A senhora verá os dois esta manhã, tenho certeza. Por favor, prometa-me isso.

— Claro que prometo, se é isso que você quer. Charles, se você vir o capitão Harville em algum lugar, lembre-se de passar-lhe a mensagem da srta. Anne. Mas, querida, não precisa preocupar-se. Garanto a você que o capitão Harville tem a firme intenção de ir; e tenho certeza de que o mesmo acontece com o capitão Wentworth.

Aquilo era tudo o que Anne podia fazer; seu coração, porém, profetizava alguma catástrofe que empanasse a perfeição de sua felicidade. Não podia durar muito, porém. Mesmo que ele não viesse a Camden Place, ela poderia enviar-lhe uma mensagem de fácil compreensão por intermédio do capitão Harville. Sobreveio outro contratempo. Charles, com toda a sua preocupação e bondade, ia voltar para casa com ela; não havia como impedi-lo. Aquilo era quase uma crueldade. Ela, porém, não podia ser ingrata; ele estava abrindo mão de um compromisso junto a um armeiro para ser útil a ela; e ela partiu com ele, sem demonstrar nenhum sentimento, a não ser gratidão.

Passavam pela Union Street, quando um passo mais rápido às suas costas, um som mais familiar lhe permitiu uma breve preparação para a visão do capitão Wentworth. Ele os alcançou; mas, como se estivesse indeciso quanto a juntar-se a eles ou seguir em frente, não disse nada, só olhou. Anne teve equilíbrio suficiente para receber aquele olhar, sem recusá-lo. As faces que haviam estado pálidas agora coravam, e os movimentos que antes hesitavam eram agora decididos. Ele se pôs a caminhar ao lado dela. Agora, tendo-lhe ocorrido subitamente uma ideia, Charles disse:

— Capitão Wentworth, aonde você vai? Só até a Gay Street, ou mais adiante, até o centro?

— Nem eu mesmo sei — replicou o capitão Wentworth, surpreso.

— Vai passar por Belmont? Vai passar perto de Camden Place? Pois, se for, não terei escrúpulos em lhe pedir que tome o meu lugar e dê o braço a Anne até a porta da casa do pai dela. Ela está muito cansada esta manhã, e não deve ir tão longe sem ajuda, e eu tenho de estar na casa daquele sujeito em Market Place. Ele me prometeu mostrar um fuzil fantástico que está a ponto de enviar; disse que só ia embrulhá-lo na última hora, para que eu possa vê-lo; e se eu não voltar agora será tarde demais. Pela descrição que ele me fez, é muito parecido com o meu fuzil de dois canos, com o qual você caçou certo dia perto de Winthrop.

Não podia haver nenhuma objeção. Só podia haver a maior alegria e, aos olhos do público, a mais grata aquiescência; e sorrisos contidos e a alma a dançar num êxtase interior. Em meio minuto, Charles estava de novo no começo da Union Street, e os outros dois seguiam em frente juntos: e logo já haviam trocado palavras suficientes para decidirem rumar para o comparativamente silencioso e retirado caminho de cascalho, onde o poder das palavras faria daquela hora uma bênção, sem dúvida, e a prepararia para toda a imortalidade que as mais felizes recordações de suas futuras vidas poderiam oferecer. Lá eles trocaram de novo aqueles sentimentos e aquelas promessas que uma vez, no passado, pareceram tudo assegurar, mas haviam sido seguidos de tantos e tantos anos de separação e distância. Lá eles voltaram mais uma vez ao passado, mais intensamente felizes, talvez, em sua reunião, do que quando esta fora projetada pela primeira vez; mais ternos, mais comprovados, mais firmes no conhecimento recíproco do caráter, da sinceridade e do afeto de cada um; mais afins na ação, mais justificados no agir. E lá, enquanto subiam lentamente o gradual aclive, despreocupados com todas as pessoas ao seu redor, sem ver nem os políticos a passear ao léu, nem as donas de casa atarefadas, nem as mocinhas a flertar nem as babás com as crianças, puderam deliciar-se com aquelas recordações e constatações, e sobretudo com aquelas explicações do que antecedera imediatamente o momento presente, todas tão dolorosas e de interesse infinito. Foram examinadas todas as pequenas variações da semana passada; e as de ontem e de hoje, que dificilmente poderiam ter um fim.

Ela não o tinha interpretado mal. O ciúme do sr. Elliot tinha sido o peso retardador, a dúvida, o tormento. Isso começara a ocorrer na hora em que se viram pela primeira vez em Bath; retornara, depois de breve pausa, para estragar o concerto; e o havia influenciado em tudo que dissera e fizera, ou deixara de dizer e fazer, nas últimas vinte e quatro horas. Aos poucos eles foram cedendo ante a esperança que os olhares ou as ações ou as palavras de Anne por vezes despertavam; foram finalmente subjugados por aqueles sentimentos e por aquele tom de voz que chegaram até ele enquanto ela conversava com o capitão Harville; e sob seu irresistível império ele pegara uma folha de papel e nela derramara todos os seus sentimentos.

De tudo que então escrevera, nada devia ser retratado ou matizado. Repetiu insistentemente que só amara a ela. Ela nunca fora suplantada. Não acreditava sequer que um dia veria outra mulher igual a ela. Mas isto ele foi obrigado a reconhecer: que fora fiel inconscientemente, ou mesmo involuntariamente; que quisera esquecê-la, e acreditava ter conseguido. Imaginara-se indiferente, quando estava apenas zangado; e fora injusto com os méritos dela, porque sofrera com eles. O caráter dela gravara-se em sua mente como a perfeição em si, conservando-se no mais adorável meio-termo entre a firmeza e a delicadeza; mas foi obrigado a reconhecer que só em Uppercross aprendera a lhe fazer justiça, e só em Lyme começara a se compreender. Em Lyme, tivera aulas de mais de um tipo. A passageira admiração do sr. Elliot tinha-o pelo menos despertado, e as cenas no Cobb e na casa do capitão Harville definiram a superioridade dela.

Em suas tentativas anteriores de se afeiçoar a Louisa Musgrove (tentativas de um orgulho ferido), afirmou que sempre as sentira fadadas ao fracasso; que não amara, não podia amar Louisa; embora até aquele dia, até ter tempo livre suficiente para refletir, ele não compreendera a perfeita excelência de um espírito com o qual o de Louisa não podia comparar-se, ou o completo e inconteste império que ele exercia sobre a sua própria mente. Ali ele aprendera a distinguir entre a constância dos princípios e a obstinação do capricho, entre as audácias da irreflexão e a resolução de um espírito equilibrado. Ali vira tudo que exaltava em seu afeto a mulher que perdera; e ali começou a deplorar o orgulho, a insensatez, a loucura da mágoa, que o impedira de tentar reconquistá-la quando tornou a cruzar o seu caminho.

A partir daí, seu arrependimento se agravara. Assim que se livrou do horror e dos remorsos que marcaram os primeiros dias do acidente de Louisa, assim que começou a se sentir vivo novamente, passou a se sentir também, embora vivo, um homem sem liberdade.

— Descobri — disse ele — que Harville achava que eu estava noivo! Que nem Harville nem sua esposa tinham a menor dúvida sobre o nosso afeto recíproco. Fiquei pasmo e chocado. Até certo ponto, podia desmentir aquilo imediatamente; mas quando comecei a refletir que os outros poderiam achar a mesma coisa (a própria família dela, ou talvez até ela mesma) vi que já não era dono de mim mesmo. Eu pertencia a ela pela honra, se ela assim o desejasse. Havia sido imprudente. Não havia pensado seriamente no assunto até então. Não havia percebido que a minha excessiva intimidade trazia consigo o perigo de produzir consequências desagradáveis, em muitos aspectos; e que eu não tinha o direito de ver se conseguia afeiçoar-me a uma das mocinhas, com o risco de provocar, no mínimo, boatos detestáveis. Errara grosseiramente, e tinha de arcar com as consequências.

Em breve, descobrira tarde demais que se metera em apuros; e que justamente quando se convencera de não estar absolutamente apaixonado por Louisa, tinha de se considerar preso a ela, se os sentimentos dela por ele fossem o que os Harville imaginavam. Isso o convenceu a partir de Lyme e aguardar a completa recuperação de Louisa em outro lugar. Com prazer atenuaria, por qualquer meio, desde que correto, todos os sentimentos ou especulações acerca dele que podiam existir; e assim partiu para a casa do irmão, com a intenção de voltar em breve a Kellynch e agir como a situação exigisse.

— Passei seis semanas com Edward — disse ele — e o vi feliz. Não podia sentir nenhum outro prazer. Não os merecia. Ele fez muitas perguntas sobre você, especialmente; perguntou até se você tinha mudado fisicamente, sem suspeitar que aos meus olhos você jamais poderia mudar.

Anne sorriu, sem dizer nada. Era aquela uma gafe lisonjeira demais para merecer uma repreensão. É importante para a mulher de vinte e oito anos ouvir que não perdeu o encanto da primeira juventude; mas o valor de tal homenagem aumentava indizivelmente para Anne, ao compará-la com as palavras antes pronunciadas e perceber que haviam sido o resultado, e não a causa, do redespertar do ardente amor de Wentworth.

Ele permanecera em Shropshire, a lamentar a cegueira de seu próprio orgulho e os equívocos de seus cálculos, até se ver libertado de Louisa pela surpreendente e feliz informação de seu noivado com Benwick.

— Naquele momento — disse ele —, acabaram os meus piores tormentos; pois agora eu podia pelo menos partir em busca da felicidade; podia esforçar-me; podia fazer alguma coisa. Mas aguardar durante tanto tempo na inação, e aguardar só o pior, fora medonho. Nos primeiros cinco minutos eu disse: "Estarei em Bath já na quarta-feira", e foi o que aconteceu. Terá sido imperdoável pensar que valia a pena vir? E chegar aqui com certo grau de esperança? Você era solteira. Era possível que tivesse conservado os sentimentos do passado, como eu; e havia algo que me encorajava. Nunca tive dúvida de que você seria amada e procurada por outros, mas tinha certeza de que você recusara pelo menos um homem com melhores pretensões do que as minhas; e não podia impedir-me de pensar sempre com meus botões: "Terá sido por minha causa?".

Havia muito que dizer sobre o primeiro encontro na Milsom Street, e mais ainda sobre o concerto. Aquela noite parecia composta por momentos intensos. O momento em que ela se aproximou dele para lhe falar, na sala octogonal, o momento em que o sr. Elliot apareceu e a levou dali, e um ou dois momentos posteriores, assinalados pelo reavivar-se das esperanças ou pela prostração crescente, de tudo isso falaram com entusiasmo e minúcia.

— Ver você — exclamou ele — em meio àqueles que só podiam estar contra mim; ver seu primo junto de você, conversando e sorrindo, e sentir todas as horrorosas vantagens e conveniências de tal aliança! Considerar que aquilo certamente correspondia aos desejos de todos os que podiam ter esperança de influenciar você! Mesmo se os seus sentimentos fossem relutantes ou indiferentes, imaginar como aqueles apoios seriam importantes! Isso não era suficiente para me fazer comportar-me como o tolo que eu parecia ser? Como podia continuar vendo aquilo sem me agoniar? Ver a sua amiga que se sentava atrás de você, recordar o que havia acontecido, conhecer a influência dela, a indelével, imutável impressão do que a persuasão fizera uma vez — não estava tudo isso contra mim?

— Você deveria ter feito algumas distinções — replicou Anne. — Não devia ter suspeitado de mim agora; o caso é tão diferente, a minha idade é tão diferente. Se havia errado ao ceder à persuasão uma vez, lembre-se de que era uma persuasão exercida em nome da segurança, não do risco. Quando cedi, achava que cedia ao dever, mas nenhum dever podia ser invocado neste caso. Ao casar-me com um homem indiferente a mim, correria todos os riscos e violaria todos os deveres.

— Talvez eu devesse ter raciocinado assim — respondeu ele —, mas não conseguia. Não conseguia valer-me do conhecimento tardio que tinha adquirido de seu caráter. Não conseguia servir-me dele; estava esmagado, enterrado, perdido em meio àqueles velhos sentimentos que vinham atormentando-me havia anos. Só conseguia pensar em você como alguém que havia cedido, que me havia dispensado, que se deixara influenciar por todos, menos por mim. Vi você com a mesma pessoa que a orientara naquele ano trágico. Não tinha razões para acreditar que ela tivesse menos autoridade agora. A isso ainda se somava a força do hábito.

— Eu devia ter visto — disse Anne — que o meu comportamento com você poderia ter-lhe poupado muitas dessas coisas, senão todas.

— Não, não! O seu comportamento só podia ser a desenvoltura que o noivado com outro homem produziria. Separei-me de você com essa convicção; e no entanto estava decidido a tornar a ver você. A manhã seguinte deu-me novo ânimo, e percebi que ainda tinha um motivo para permanecer aqui.

Finalmente Anne estava em casa de novo, e mais feliz do que qualquer morador da casa pudesse imaginar. Dissipadas com a conversa toda a surpresa e a incerteza e todas as outras partes dolorosas da manhã, ela chegou em casa tão feliz, que foi obrigada a moderar seu contentamento com algumas apreensões momentâneas de que era impossível que aquilo durasse. Uma pausa para meditação, séria e grata, era o melhor corretivo para tudo que havia de perigoso em tão exaltada felicidade; e foi para o quarto, recuperando o equilíbrio e a coragem na gratidão de sua alegria.

Caiu a noite, acenderam-se as luzes dos salões, reuniu-se o grupo. Era só uma reunião para jogar cartas, só uma mistura de pessoas que nunca se haviam visto antes e de outras que se viam até demais; uma reunião banal, numerosa demais para ser íntima, pequena demais para ser variada; Anne, porém, nunca vira um sarau passar tão rápido. Radiante e encantadora pela sensibilidade e felicidade, e mais unanimemente admirada do que pensava ou se importava, tinha sentimentos de simpatia ou de indulgência para cada criatura ao seu redor. O sr. Elliot estava presente; ela o evitou, mas teve pena dele. Os Wallis, ela se divertia ao pensar neles. *Lady* Dalrymple e a srta. Carteret logo seriam para ela apenas duas primas inócuas. Não dava importância à sra. Clay, e não tinha por que corar dos modos do pai e da irmã em público. Com os Musgrove, houve conversas totalmente descontraídas; com o capitão Harville, a troca cordial de ideias, de irmão para irmã; com *Lady* Russell, tentativas de conversação, logo interrompidas por um delicioso constrangimento; com o almirante e a sra. Croft, toda a especial cordialidade e todo o interesse que a mesma sensação de embaraço procurava esconder; e, com o capitão Wentworth, contínuos momentos de comunicação, sempre na esperança de mais, e sempre a consciência de que ele estava lá.

Foi num desses breves encontros, em que cada qual parecia ocupado em admirar uma bela mostra de plantas de estufa, que ela disse:

— Estive pensando no passado e tentando julgar com imparcialidade o certo e o errado, no que se refere a mim mesma; e devo crer que estava certa, por mais que tenha sofrido por isso, que estava totalmente certa em deixar-me orientar pela minha amiga, de quem você vai aprender a gostar mais quando conhecê-la melhor. Para mim, ela ocupava o lugar de uma mãe. Não me entenda mal, porém. Não estou dizendo que ela não estava enganada em seus conselhos. Era, talvez, um desses casos em que só os fatos podem dizer se o conselho foi bom ou mau; e, no que me diz respeito, certamente jamais daria, em nenhuma circunstância razoavelmente parecida, um tal conselho. Mas quero dizer que eu estava certa em obedecer a ela, e que se tivesse agido de outra maneira teria sofrido mais por continuar o noivado do que sofri abrindo mão dele, porque teria sofrido na minha consciência. Como tal sentimento é permitido à natureza humana, não tenho nada de que me censurar; e, se não estou enganada, um forte sentimento do dever não é uma parte má do caráter feminino.

Ele olhou para ela, olhou para *Lady* Russell e, olhando de novo para ela, replicou, como se deliberasse friamente:

— Ainda não. Mas ainda há esperanças de que ela venha a ser perdoada. Confio em que logo possamos relacionar-nos bem. Mas eu também tenho pensado no passado, e me ocorreu uma pergunta: porventura não havia uma pessoa ainda mais minha inimiga do que aquela senhora? Eu mesmo. Diga-me se, quando voltei à Inglaterra depois de oito anos, com alguns milhares de libras no bolso, e recebi o comando do *Laconia*, se eu tivesse escrito a você, você teria respondido à minha carta? Teria em breve, então, reatado o noivado?

— Teria! — foi tudo o que ela respondeu, num tom bastante resoluto, porém.

— Santo Deus! — exclamou ele. — Teria! Não que eu não pensasse nisso ou desejasse isso, como a única coisa que poderia coroar todos os meus outros sucessos; mas eu era orgulhoso, orgulhoso demais para pedir de novo. Eu não entendi você. Fechei os olhos e não queria entender você ou lhe fazer justiça. Esta é uma recordação que deveria levar-me a perdoar a todos, antes que a mim mesmo. Teria poupado seis anos de separação e sofrimento. Este é um novo tipo de dor para mim, também. Estou acostumado à satisfação de crer que havia conquistado com meus méritos tudo de que gozo. Avaliei a mim mesmo com base em honrosos esforços e justas recompensas. Como outros grandes homens em desgraça — acrescentou ele, a sorrir —, devo submeter o meu espírito à minha fortuna. Tenho de aprender a suportar a ideia de ser mais feliz do que mereço.

Capítulo 24

Quem pode ter alguma dúvida sobre o que aconteceu depois? Quando dois jovens põem na cabeça que vão casar-se, têm certeza de que, pela perseverança, vão conseguir o que querem, mesmo que sejam muito pobres ou muito imprudentes ou ainda que seja muito improvável ser cada qual necessário à completa felicidade do outro. Talvez esta não seja uma boa moral para ser tirada como conclusão, mas acho que é verdade; e se casais desse tipo são bem-sucedidos, como um capitão Wentworth e uma Anne Elliot, com a vantagem da maturidade de espírito, da consciência do que é certo e donos de uma fortuna independente, não conseguiriam vencer toda oposição? Na verdade, poderiam vencer obstáculos muito mais temíveis do que aqueles com que se depararam, pois tiveram poucos motivos de preocupação, além da falta de simpatia e de cordialidade. Sir Walter não fez nenhuma objeção, e Elizabeth não foi além de mostrar-se fria e indiferente. O capitão Wentworth, com vinte e cinco mil libras, e tão bem-sucedido na profissão quanto o mérito e o trabalho podiam garantir-lhe, já não era um joão-ninguém. Agora todos o julgavam digno de pedir em casamento a filha de um baronete ridículo e perdulário, que não tivera princípios ou bom-senso para se manter na situação em que a Providência o colocara e que agora podia dar à filha apenas uma pequena parte do dote de dez mil libras que mais tarde deveria ser seu.

Sir Walter, de fato, ainda que não tivesse nenhuma afeição por Anne, nem visse naquilo nenhuma gratificação para a sua vaidade que o tornasse realmente feliz com a ocasião, estava muito longe de achar que se tratava de um mau partido para ela. Ao contrário, quando conheceu melhor o capitão Wentworth e depois de vê-lo várias vezes à luz do dia e de examiná-lo bem, ficou muito impressionado com seu fascínio pessoal e sentiu que sua aparência superior talvez pudesse compensar com certa justiça a superioridade de condição social de Anne; e tudo isso, somado ao seu nome altissonante, permitiu enfim que *Sir* Walter preparasse a pena, com muita satisfação, para inscrever o casamento no livro de honra.

A única de todos eles cuja hostilidade podia provocar sérias angústias era *Lady* Russell. Anne sabia que *Lady* Russell devia estar sofrendo bastante por saber a verdade sobre o sr. Elliot e ter de abrir mão dele, além de se esforçar para conhecer realmente o capitão Wentworth e fazer-lhe justiça. Isso, porém, era o que *Lady* Russell tinha de fazer agora. Devia aprender a perceber que se enganara quanto aos dois; que fora injustamente influenciada pelas aparências em ambos os casos; que, porque os modos do capitão Wentworth não se adequavam às suas próprias ideias, precipitara-se em suspeitar que tais modos indicassem um caráter de perigosa impetuosidade; e que, porque as maneiras do sr. Elliot lhe haviam agradado pela propriedade e pela correção, pela polidez e pela delicadeza, precipitara-se em considerá-las como o resultado certo das mais corretas opiniões e do espírito mais equilibrado. *Lady* Russell não podia fazer menos do que admitir que estivera completa e totalmente errada, e abraçar um novo conjunto de opiniões e de esperanças.

Há pessoas que têm uma rapidez de percepção, uma clareza de discernimento dos caracteres e uma natural perspicácia, em suma, que nos outros nenhuma experiência pode igualar, e *Lady* Russell fora menos dotada quanto a essa parte da inteligência do que sua jovem amiga. Era, porém, uma mulher muito boa, e, se seu segundo objetivo era ser sensata e perspicaz, o primeiro era ver Anne feliz. Amava mais Anne do que suas próprias qualidades; e quando passou o embaraço inicial não teve dificuldades para se apegar como uma mãe ao homem que constituía a felicidade de sua outra filha.

De toda a família, Mary era provavelmente a mais imediatamente satisfeita com a situação. Ter uma irmã casada aumentava o seu prestígio, e podia gabar-se de ter sido importantíssima para aquele casamento, ao receber Anne em sua casa durante o outono; e, como a sua própria irmã devia estar acima das irmãs do marido, era muito agradável ver que o capitão Wentworth era um homem mais rico do que o capitão Benwick ou Charles Hayter. Algo, talvez, a tenha feito sofrer, quando retomaram o contato, ao ver que Anne recuperara os direitos de irmã mais velha e tomara posse de uma linda *landaulette*; mas tinha pela frente um futuro promissor, de muita consolação. Anne não herdaria Uppercross Hall, nem propriedades fundiárias nem a chefia da família; e, se pudessem impedir que o capitão Wentworth fosse criado baronete, Mary não gostaria de trocar de lugar com Anne.

Seria bom para a irmã mais velha se ela também estivesse satisfeita com sua situação, pois não era provável que esta sofresse alguma modificação. Logo teve o desprazer de ver o sr. Elliot retirar-se de cena, e desde então não se apresentara ninguém de situação adequada para despertar sequer as esperanças infundadas que com ele naufragaram.

A notícia do noivado de sua prima Anne pegou o sr. Elliot completamente de surpresa. Fez ruir seu melhor plano de felicidade doméstica, suas mais caras esperanças de conservar *Sir* Walter solteiro pela vigilância que a condição de genro lhe permitiria exercer. Embora derrotado e decepcionado, ainda podia fazer algo para o seu próprio interesse e prazer. Logo partiu de Bath; e, pelo fato de a sra. Clay também ter deixado a cidade em seguida e de logo ter corrido a notícia de que se estabelecera em Londres sob sua proteção, ficou evidente que ele jogara um jogo duplo e que estava muito determinado a não ser passado para trás por pelo menos uma mulher esperta.

Os sentimentos da sra. Clay levaram a melhor sobre os seus interesses, e ela sacrificou, por amor do jovem, a possibilidade de dar sequência aos planos de conquistar *Sir* Walter. Tinha ela qualidades, contudo, assim como sentimentos; e hoje é duvidoso quem finalmente levará a melhor, se a esperteza dela ou a dele; se, depois de impedi-la de ser a esposa de *Sir* Walter, ele por fim não será induzido, pela lisonja e pelo carinho, a fazer dela a esposa de *Sir* William.

Não há dúvida de que *Sir* Walter e Elizabeth ficaram chocados e aborrecidos com a perda da companheira e com a descoberta de terem sido enganados por ela. Tinham, é claro, suas ilustres primas como consolo; mas durante muito tempo tiveram de conviver com o sentimento de que bajular e seguir alguém sem ser bajulado e seguido por sua vez é um estado de medíocre satisfação.

Anne, satisfeita desde logo com a intenção mostrada por *Lady* Russell de se aproximar do capitão Wentworth, como devia, não teve outros obstáculos à felicidade de suas perspectivas, além das que se originaram na consciência de não ter parentes a apresentar ao marido que pudessem ser apreciados por um homem de bom-senso. Nisso ela sentiu agudamente a própria inferioridade. A desproporção financeira entre eles não era nada; não lhe provocou sequer um momento de amargor; mas não ter família para recebê-lo e estimá-lo devidamente, nenhuma respeitabilidade, harmonia, boa vontade a oferecer em troca da estima e das prontas boas-vindas que recebeu dos cunhados e das cunhadas era uma fonte de viva dor, na medida da sensibilidade de sua mente sob circunstâncias, fora isso, de extrema felicidade. Só tinha duas amigas no mundo a adicionar à lista dele, *Lady* Russell e a sra. Smith. Com estas, porém, ele se mostrou muito disposto a ter um bom relacionamento. Por *Lady* Russell, apesar de todos os seus antigos pecados, sentia ele agora uma afeição sincera. Embora não fosse obrigado a dizer que julgava que ela tivera razão em separá-los na época, ele estava disposto a dizer quase tudo o mais em seu favor, e, quanto à sra. Smith, ela dispunha de variados direitos que lhe permitiram conquistar rápida e permanentemente a estima do capitão.

Os bons serviços recentemente prestados a Anne já eram suficientes por si sós, e o casamento, em vez de tirar-lhe uma amiga, garantiu-lhe dois amigos. Foi a primeira visita que eles receberam depois de se estabelecerem; e o capitão Wentworth, ao encaminhá-la para a recuperação das propriedades do marido nas Índias Ocidentais, ao escrever por ela, agir por ela e auxiliá-la em todas as pequenas dificuldades do caso com a atividade e o zelo de um homem destemido e de um amigo dedicado, quitou completamente a dívida pelos serviços que ela prestara, ou até tivera a intenção de prestar, à sua esposa.

A alegria de viver da sra. Smith não foi prejudicada por esse aumento de rendas, por certa melhora na saúde e pelo fato de ganhar tais amigos com quem podia estar frequentemente, pois a boa disposição e a alegria espiritual jamais lhe faltaram; e, enquanto dispunha desses bens essenciais, ela poderia ter desafiado até mesmo a chegada de uma prosperidade mundana ainda maior. Podia ser riquíssima e perfeitamente saudável, e ainda ser feliz. O motor da sua felicidade estava na sua exuberância espiritual, como o da amiga estava no calor do coração. Anne era a ternura encarnada, e encontrou a plena compensação por ela no amor do capitão Wentworth. A profissão dele era a única coisa que poderia fazer que seus amigos desejassem que tal ternura fosse menor; o temor de uma futura guerra era tudo que podia embaçar a radiosa felicidade de Anne. Tinha orgulho de ser a esposa de um marinheiro, mas teve de pagar com súbitos alarmes o preço de pertencer à profissão que, se possível, se distingue mais pelas virtudes domésticas do que por sua importância nacional.

O capítulo excluído

Quando Jane Austen, em julho de 1816, acabou de escrever Persuasão, *o romance tinha um final diferente. O último capítulo, porém, não satisfez à autora e foi mais tarde substituído por outros dois, os capítulos 23 e 24 da presente tradução.*

Oferecemos aqui esta primeira variante do romance, inédita para o público brasileiro.

De posse de todo esse conhecimento sobre o sr. Elliot e de toda a autoridade para passá-lo adiante, Anne deixou Westgate Buildings, com a mente profundamente absorta em revolver o que ouvira, sentindo, pensando, relembrando e prevendo tudo, chocada com o sr. Elliot, soluçando pelo futuro de Kellynch e aflita com *Lady* Russell, cuja confiança nele fora total. Como se sentiria constrangida dali em diante na presença dele! Como comportar-se com ele? Como se livrar dele? Que fazer com todos os outros em casa? Quando se fingir cega? Quando agir? Era tudo uma confusão de imagens e dúvidas — uma perplexidade, uma agitação cujo fim ela não conseguia enxergar. E estava na Gay Street e tão absorta que se assustou ao ser abordada pelo almirante Croft, como se encontrá-lo ali fosse algo improvável. Estavam a alguns passos da porta da casa dele.

— A senhorita vai entrar para ver a minha mulher — disse ele. — Ela ficará muito contente em vê-la.

Anne recusou o convite.

Não! Estava sem tempo, estava indo para casa. Mas, enquanto falava, o almirante recuou alguns passos e bateu à porta, chamando em voz alta:

— Sim, sim; entre; ela está sozinha; entre e descanse um pouco.

Anne sentia-se tão pouco disposta naquele momento a estar em qualquer tipo de companhia, que se irritou em ver-se assim forçada, mas foi obrigada a parar.

— Já que o senhor é tão gentil — disse ela —, vou só cumprimentar a sra. Croft, mas não posso mesmo ficar nem cinco minutos. Tem certeza de que ela está sozinha?

Ocorrera-lhe a possibilidade de que o capitão Wentworth estivesse lá; e estava tremendamente ansiosa por saber a resposta — se ele estava ou não —, pois isso seria, sim, um problema.

— Está, sim, completamente sozinha, com ninguém a não ser a costureira, e elas já estão juntas há meia hora; então, logo deve estar tudo terminado.

— A costureira! Então tenho certeza de que a minha visita será muito inconveniente. O senhor deve, então, permitir-me deixar o meu cartão de visita e ter a bondade de explicar depois à sra. Croft o que aconteceu.

— Não, não, de jeito nenhum; de jeito nenhum; ela vai ficar muito feliz em ver a senhorita. Veja bem, não vou jurar que ela não tenha algo especial para lhe dizer, mas *isso* ficará evidente no momento certo. Não estou insinuando nada. Porque, srta. Elliot, estamos começando a ouvir coisas estranhas a seu respeito — sorrindo para ela. — Mas a senhorita não parece demonstrar nada, com esse ar sério de uma juizinha!

Anne corou.

— Ei, ei, vamos parar por aqui, está tudo bem. Achei que não estávamos enganados.

Só lhe restava adivinhar a que se referiam tais suspeitas; a primeira ideia, meio absurda, foi de alguma revelação do cunhado, mas logo em seguida se envergonhou de tal ideia, e percebeu que era muito mais provável que ele estivesse referindo-se ao sr. Elliot. Abriu-se a porta, e o criado estava pronto para negar que a patroa estava em casa, quando a vista do patrão o deteve. O almirante adorou a brincadeira. Anne achou que o seu triunfo sobre Stephen se prolongou um pouco além da conta. Mas, enfim, ele pôde convidá-la a subir as escadas e, indo à sua frente, disse: "Vou subir com você só para acompanhá-la. Não posso ficar, pois tenho de ir ao correio, mas, se você tiver a gentileza de sentar-se aqui por cinco minutos, tenho certeza de que Sophy virá vê-la e vocês não terão ninguém para incomodá-las — não há ninguém em casa, a não ser o Frederick", abrindo a porta enquanto falava. Fazer tal pessoa passar por ninguém *para ela*! Depois de a deixar segura, indiferente, à vontade, foi um choque saber que em um instante estaria na mesma sala que ele! Sem nenhum tempo para se recompor, para planejar o que fazer ou como se comportar! Só teve tempo para empalidecer ao atravessar a porta e cruzar o olhar atônito do capitão Wentworth, sentado junto à lareira, fingindo ler e despreparado para qualquer surpresa maior do que o rápido retorno do almirante.

O encontro foi igualmente inesperado para ambos. Nada havia que fazer, porém, a não ser abafar os sentimentos e ser silenciosamente gentil, e o almirante estava alerta demais para permitir qualquer pausa inconveniente. Repetiu mais uma vez o que dissera antes acerca da mulher e de todos, insistiu em que Anne se sentasse e ficasse à vontade... lamentava ter de sair, mas tinha certeza de que a sra. Croft logo desceria e ele mesmo subiria as escadas para lhe comunicar a visita imediatamente. Anne *estava* sentada, mas então se levantou, pedindo-lhe mais uma vez que não interrompesse a sra. Croft, e tornou a expressar o desejo de ir embora e voltar uma outra hora. O almirante, porém, não lhe daria ouvidos; e, se ela não voltou à carga com indomável perseverança ou não saiu calmamente da sala com uma determinação mais passiva (como certamente poderia ter feito), não podemos perdoá-la? Se ela não *tinha* horror de um *tête-à-tête* de alguns minutos com o capitão Wentworth, não podemos perdoá-la por não querer passar tal ideia a ele? Anne tornou a se sentar e o almirante se despediu, mas ao chegar à porta disse:

— Frederick, quero trocar duas palavras com você, por gentileza.

O capitão Wentworth foi até ele e imediatamente, antes que ambos estivessem fora da sala, o almirante prosseguiu:

— Como vou deixá-los sozinhos, é justo que eu lhe dê algum assunto de que possa falar; e assim, com licença...

Neste momento, a porta foi fechada com firmeza — ela logo entendeu por qual dos dois — e o que se seguiu de imediato escapou completamente a ela, mas foi-lhe impossível não distinguir partes do resto, pois o almirante, pelo fato de a porta estar fechada, falava despreocupadamente em voz bem alta, embora ela pudesse ouvir seu companheiro, que tentava moderá-lo. Ela não teve dúvida de que falavam sobre ela. Ouviu seu próprio nome e o de Kellynch repetidas vezes. Estava perturbadíssima. Não sabia o que fazer ou o que esperar e, entre outras aflições, sentiu a possibilidade de que o capitão Wentworth não voltasse à sala, o que, depois que ela concordou em ficar, teria sido... não havia palavras para descrevê-lo. Pareciam estar falando do aluguel de Kellynch por parte do almirante. Ela o ouviu dizer alguma coisa sobre o contrato de aluguel ter sido assinado — ou não —, *o que* provavelmente não era um assunto muito emocionante, mas então ouviu o seguinte:

— Detesto esta incerteza. Preciso saber agora mesmo. Sophy concorda comigo.

E então, num tom de voz mais baixo, o capitão Wentworth pareceu protestar, pedir desculpas ou que alguma coisa fosse adiada.

— Ora, ora — replicou o almirante —, tem de ser agora; se você não falar, fico aqui e falo eu mesmo.

— Muito bem, *Sir*, muito bem, *Sir* — e o seu interlocutor abriu a porta com certa impaciência, enquanto ele dizia:

— Você me promete, então? — com toda a potência natural da sua voz, que uma frágil porta não podia abafar.

— Prometo, *Sir*.

E o almirante foi apressadamente abandonado, a porta foi fechada e chegou o momento em que Anne se viu a sós com o capitão Wentworth.

Ela não conseguiu sequer tentar ver qual era o aspecto dele, mas ele caminhou direto para uma janela, como se estivesse indeciso e constrangido, e durante cerca de cinco segundos ela se arrependeu do que havia feito... censurou a sua própria imprudência, corou de sua própria indelicadeza. Estava louca para poder falar do tempo ou do concerto, mas pôde apenas obter o alívio de pegar um jornal. O aflitivo silêncio tinha acabado, porém; meio minuto depois, ele se voltou e, aproximando-se da mesa junto à qual ela estava sentada, disse com uma voz que traía o esforço e o constrangimento:

— Você deve ter ouvido demais para ter qualquer dúvida sobre a promessa que fiz ao almirante Croft de falar com você sobre determinado assunto, e tal convicção me impele a tomar esta liberdade, por mais repugnante que isto seja para a minha... para o meu senso de decoro! Espero que você me perdoe a impertinência, ao considerar que estou falando só em nome de outro, e por necessidade; e o almirante é um homem que não pode jamais ser considerado impertinente por alguém que o conhece tão bem como você. As intenções dele são sempre as melhores e mais gentis, e você verá que só elas o levam a fazer-lhe o pedido que eu agora, com... com sentimentos muito particulares... sou obrigado a lhe fazer — ele estacou, mas só para recuperar o fôlego, não esperando nenhuma resposta.

Anne ouvia como se sua vida dependesse do que ele ia dizer-lhe. Ele prosseguiu com alegria forçada:

— O almirante foi confidencialmente informado esta manhã de que você... palavra de honra, não sei o que fazer, estou envergonhado... — respirando e falando rapidamente — o embaraço de *dar* este tipo de informação a uma das partes... não há de ser difícil entender-me. O almirante foi muito confidencialmente informado de que o sr. Elliot... de que tudo estava acertado na família a respeito de uma aliança entre o sr. Elliot e você. Acrescentaram que você viveria em Kellynch... que teriam de abrir mão de Kellynch. Isso, segundo o almirante, não é correto. Mas ocorreu a ele que talvez esse fosse o *desejo* das partes. E o encargo que dele recebi é o de dizer que, se tal é o desejo da família, o aluguel de Kellynch será anulado, e ele e a minha irmã vão alugar outra casa, sem imaginarem estar com isso fazendo algo que sob circunstâncias semelhantes não *lhes* seria feito. Isto é tudo. Umas poucas palavras de sua parte já serão suficientes. É incrível que *eu* tenha sido encarregado deste assunto! E, pode acreditar, não menos doloroso. Umas poucas palavras, porém, colocarão um ponto-final no constrangimento que talvez *ambos* estejamos sentindo.

Anne balbuciou uma ou duas palavras, mas de modo ininteligível; e, antes de conseguir recompor-se, ele acrescentou:

— Se você me disser que o almirante pode mandar um bilhete a *Sir* Walter, já será o bastante. Diga apenas as palavras *ele pode*, e vou imediatamente passar a ele a sua mensagem.

— Não — disse Anne —; não há nenhuma mensagem. Você está mal... o almirante foi mal informado. Reconheço a delicadeza de suas intenções, mas ele está completamente enganado. Não há nenhuma verdade nesse boato.

Ele permaneceu por um momento calado. Ela voltou os olhos para ele pela primeira vez desde que ele tornara a entrar na sala. Sua cor variava e estava olhando para ela com toda a energia e toda a intensidade que, segundo ela, nenhum outro olhar possuía.

— Nenhuma verdade no boato? — repetiu ele. — Nenhuma verdade, em nenhuma *parte* dele?

— Nenhuma.

Ele permanecera em pé junto a uma cadeira, apreciando o conforto de nela se apoiar ou de brincar com ela. Nesse momento se sentou, arrastou a cadeira para mais perto de Anne e olhou para ela com uma expressão algo mais do que penetrante: doce. A expressão no rosto dela não o desencorajou. Foi um diálogo silencioso, mas de muita força; nele, súplica; nela, aceitação. Um pouco mais perto e uma mão foi segura e apertada; e "Anne, minha querida Anne!" irrompeu em toda a plenitude daquele sentimento profundo... e toda a incerteza e toda a indecisão chegaram ao fim. Estavam juntos novamente. Haviam recuperado tudo que fora perdido. Foram arrastados de volta para o passado, só que com um amor e uma confiança ainda maiores e com tal excitação do prazer presente, que os tornava despreparados para a interrupção da sra. Croft, quando ela foi ter com eles logo em seguida. *Ela*, provavelmente, nas observações dos dez minutos seguintes, viu algo suspeito; e, embora fosse quase impossível para uma mulher da sua categoria querer que a costureira a aprisionasse por mais tempo, muito provavelmente ela ansiava por alguma desculpa para ir a algum outro lugar da casa, por alguma tempestade que partisse as janelas do andar de cima ou por um chamado do sapateiro do almirante no andar de baixo. A Fortuna favoreceu a todos eles, porém, de outra maneira, com uma chuva fina e persistente, que felizmente começou a cair quando o almirante voltou e Anne se levantou para partir. Ela foi instada a ficar para o jantar. Mandaram uma mensagem a Camden Place, e ela permaneceu... permaneceu até as dez da noite; e durante todo esse tempo, o marido e a mulher, quer pelas manobras da mulher, quer por se comportarem da maneira habitual, saíam frequentemente juntos da sala... subiam as escadas por causa de um ruído ou desciam para pagar uma conta, ou iam ao patamar da escada para regular a lâmpada. E esses preciosos momentos foram tão bem aproveitados, que todos os mais ansiosos sentimentos do passado desapareceram. Antes de se separarem à noite, Anne teve a felicidade de ouvir que, antes de mais nada, muito longe de ter mudado para pior, o seu encanto pessoal havia inexprimivelmente aumentado; e que, quanto à personalidade, a dela estava marcada na mente dele como a *perfeição* em si, conservando o justo equilíbrio entre a firmeza e a delicadeza... que ele nunca deixara de amá-la e de preferi-la a todas as outras, ainda que só em Uppercross tivesse aprendido a lhe fazer justiça e só em Lyme tivesse começado a compreender seus próprios sentimentos; que em Lyme recebera lições de mais de um tipo — o olhar de admiração do sr. Elliot o havia pelo menos *despertado*, e as cenas do Cobb e na casa do capitão Harville estabeleceram definitivamente a superioridade dela. Em suas tentativas anteriores de se afeiçoar a Louisa Musgrove (tentativas provocadas pela raiva e pelo ressentimento), afirmou que sempre sentira a impossibilidade de amar realmente Louisa, embora até *aquele* dia, até ter tempo livre para refletir, não tivesse compreendido a perfeita excelência da alma com a qual a de Louisa não podia comparar-se; ou o perfeito, o inconteste império que essa alma exercia sobre a dele. Ali ele aprendera a distinguir entre a firmeza de princípios e a teimosia do capricho, entre as audácias da irreflexão e a resolução de um espírito equilibrado; ali vira tudo o que exaltava em seu afeto a mulher que perdera, e ali começara a deplorar o orgulho, a insensatez, a loucura da mágoa, que o impedira de tentar reconquistá-la quando ela tornou a aparecer em seu caminho. A partir daí, até o presente, o seu arrependimento se agravara. Assim que se livrou do horror e dos remorsos que marcaram os primeiros dias do acidente de Louisa, assim que começou a se sentir vivo novamente, começou a se sentir também, embora vivo, um homem sem liberdade.

Descobriu que seu amigo Harville achava que estava noivo. Os Harville não tinham a menor dúvida sobre a existência de uma afeição recíproca entre ele e Louisa; e, embora até certo ponto aquilo pudesse ser desmentido de imediato, fez que percebesse que talvez a mesma ideia tivesse ocorrido à família *dela*, a todos, até mesmo a *ela*, e que não estava livre quanto à *honra*, ainda que, se tal devesse ser a conclusão, estivesse livre até demais, infelizmente, no coração. Jamais refletira seriamente sobre esse assunto antes, e não percebera que a sua intimidade excessiva em Uppercross devia comportar o perigo de consequências ruins, de diversas maneiras; e que, enquanto tentava conquistar uma ou outra mocinha, poderia estar provocando boatos desagradáveis, além de afetos não correspondidos.

Descobriu tarde demais que se metera em apuros; e que, justamente quando se convencera de não estar absolutamente *apaixonado* por Louisa, tinha de se considerar preso a ela, se os sentimentos dela por ele fossem o que os Harville imaginavam. Isso o levou a partir de Lyme e aguardar a completa recuperação de Louisa em outro lugar. Com prazer atenuaria, por qualquer meio, desde que *correto*, todos os sentimentos ou especulações acerca dele que pudessem existir; e assim partiu para Shropshire, com a intenção de voltar em breve à casa dos Croft, em Kellynch, e de agir como a situação o exigisse.

Permanecera em Shropshire, a lamentar a cegueira de seu próprio orgulho e os equívocos de seus próprios cálculos, até se ver livre de Louisa pela surpreendente felicidade de seu noivado com Benwick.

Bath... Bath se seguira imediatamente no *pensamento*, e não muito depois *de fato*. E a Bath... chegou com esperança, sentiu ciúme ao ver pela primeira vez o sr. Elliot; experimentou todos os matizes dos dois, esperança e ciúme, durante o concerto; sofreu como um miserável ante o boato circunstancial da manhã;

era agora mais feliz do que as palavras podem exprimir ou do que qualquer coração seria capaz, exceto o seu próprio.

Foi com muito entusiasmo e com muito prazer que ele descreveu o que sentira durante o concerto; a noite parecia ter sido composta de momentos intensos. O momento em que ela se aproximou dele para lhe falar, na sala octogonal, o momento em que o sr. Elliot apareceu e a levou dali, e um ou dois momentos posteriores, assinalados pelo reavivar-se das esperanças ou pela prostração crescente, de tudo isso falaram com entusiasmo e minúcia.

— Ver você — exclamou ele — em meio àqueles que só podiam estar contra mim; ver seu primo junto de você, conversando e sorrindo, e sentir todas as horrorosas vantagens e conveniências de tal aliança! Considerar que aquilo certamente correspondia aos desejos de todos os que podiam ter esperança de influenciar você! Mesmo se os seus sentimentos fossem relutantes ou indiferentes, imaginar como aqueles apoios seriam importantes! Não seria isso o suficiente para que me comportasse como o tolo que eu parecia ser? Como podia continuar vendo aquilo sem me agoniar? Ver a sua amiga, que se sentava atrás de você, recordar o que havia acontecido, conhecer a influência dela, a indelével, imutável impressão do que a persuasão fizera uma vez... não estava tudo isso contra mim?

— Você deveria ter feito algumas distinções — replicou Anne. — Não devia ter suspeitado de mim agora; o caso é tão diferente, a minha idade é tão diferente. Se naquele tempo eu havia errado ao ceder à persuasão, lembre-se de que era uma persuasão exercida em nome da segurança, não do risco. Quando cedi, achava que cedia ao dever, mas nenhum dever podia ser invocado nesse caso. Ao casar-me com um homem indiferente a mim, correria todos os riscos e violaria todos os deveres.

— Talvez eu devesse ter raciocinado assim — respondeu ele —, mas não conseguia. Não conseguia valer-me do conhecimento tardio que tinha adquirido de seu caráter. Não conseguia servir-me dele; estava esmagado, enterrado, perdido em meio àqueles velhos sentimentos que me vinham atormentando havia anos. Só conseguia pensar em você como alguém que havia cedido, que me havia dispensado, que se deixara influenciar por todos, menos por mim. Via você com a mesma pessoa que a orientara naquele ano trágico. Não tinha razões para acreditar que ela tivesse menos autoridade agora. A isso se somava ainda a força do hábito.

— Eu devia ter visto — disse Anne — que o meu comportamento com você poderia ter-lhe poupado muitas dessas coisas, senão todas.

— Não, não! O seu comportamento podia ser só a desenvoltura que o noivado com outro homem produziria. Separei-me de você com essa convicção; e no entanto estava decidido a tornar a ver você. A manhã seguinte deu-me novo ânimo, e percebi que ainda tinha um motivo para permanecer aqui. A notícia transmitida pelo almirante, de fato, foi uma reviravolta; a partir daquele momento fiquei dividido quanto ao que fazer, e, se tal notícia tivesse sido confirmada, este teria sido o meu último dia em Bath.

Havia tempo para que tudo isso passasse, com interrupções que só acentua-vam o encanto da comunicação, e dificilmente poderia haver em Bath outros dois seres ao mesmo tempo tão racional e tão jubilosamente felizes como os que naquela noite ocuparam o sofá da sala de estar da sra. Croft, na Gay Street.

O capitão Wentworth se apressara em ir ter com o almirante assim que ele voltou, para falar-lhe sobre o sr. Elliot e Kellynch; e a delicadeza do temperamento do almirante o impediu de tornar a falar com Anne sobre o assunto. Estava muito preocupado em poder ter-lhe causado algum sofrimento, tocando em algum ponto fraco... Quem sabe? Ela podia gostar mais do primo do que ele dela; e, pensando bem, se fossem mesmo se casar, por que teriam esperado tanto tempo? Ao encerrar-se o sarau, é provável que sua esposa tenha sugerido algumas novas ideias ao almirante, pelas maneiras particularmente simpáticas com que ela se despediu de Anne, o que deu a esta a grata certeza de que ela compreendera e aprovara tudo. Aquele fora um dia e tanto para Anne; as horas que se passaram desde que deixara Camden Place foram tão plenas! Estava quase tonta... Quase feliz demais ao pensar no que acontecera. Precisou passar de pé a metade da noite e a outra, deitada mas acordada, para compreender com calma a sua atual condição e pagar aquele excesso de felicidade com muita dor de cabeça e cansaço.

DEMÉTRIO

Lisandro, fique com sua Hérmia; não quero nada dela. Se alguma vez na vida a amei, todo esse amor se foi. Meu coração viajou para ela somente como um hóspede e fez, e agora retornou para Helena, que é sua casa, para aí ficar.

LISANDRO

Helena, não é verdade.

DEMÉTRIO

Não acredite em uma [illegible] de que você desconhece, a menos que você corra o risco de pagar caro. Olhe lá, seu amor vem chegando; sua amada está vindo lá longe.

(Entra Hérmia.)

HÉRMIA

Noite escura em que não se consegue ver nada; então os ouvidos [illegible] estão mais prontos para entender quando o sentido da visão falha. Lisandro, meus olhos não lhe acharam; [illegible] eu os agradeço, me trouxeram para sua voz. Contudo, por que me deixou de modo tão rude?

LISANDRO

Por que eu deveria ficar, quando o amor o pressiona a ir?

HÉRMIA

Que amor de Lisandro o tiraria de meu lado?

Título original em inglês: *Persuasion* (1818).

direção MARTIN CLARET

produção editorial CAROLINA MARANI LIMA
MAYARA ZUCHELI

direção de arte JOSÉ DUARTE T. DE CASTRO

ilustração de capa MSDE / MANU SANTOS DESIGN

diagramação GIOVANA QUADROTTI

revisão WALDIR MORAES

impressão e acabamento CROMOSETE GRÁFICA

Este livro segue o novo Acordo Ortográfico da Língua Portuguesa.

Dados Internacionais de Catalogação na Publicação (CIP)
(Câmara Brasileira do Livro, SP, Brasil)

Austen, Jane, 1775-1817.
Persuasão / Jane Austen; tradução e notas: Roberto Leal Ferreira. — São Paulo: Martin Claret, 2018.

Título original: Persuasion.
ISBN 978-85-7232-879-1

1. Ficção Inglesa I. Ferreira, Roberto Leal. II. Título

12-09555 CDD-823

Índices para catálogo sistemático:

1. Ficção: Literatura inglesa 823

EDITORA MARTIN CLARET LTDA.
Rua Alegrete, 62 – Bairro Sumaré – CEP: 01254-010 – São Paulo - SP
Tel.: (11) 3672-8144 – www.martinclaret.com.br
2ª reimpressão – 2022

[illegible] Lisandro, pois com sua permissão não quero [illegible] dela. Se alguma vez na vida a amei, todo esse amor se foi. Meu coração [illegible] para ela somente como um [illegible] e agora [illegible] para Helena que é sua casa, para lá ficar.

LISANDRO
Helena, não é verdade.

DEMÉTRIO
Não acredite em uma lealdade que você desconhece, a menos que você corra o risco de pagar caro. Olhe lá, seu amor. Está chegando. Sua querida está vindo lá longe.

(Entra Hérmia.)

HÉRMIA
Noite escura em que não se consegue ver nada, então os ouvidos mais rápidos estão mais prontos para entender quando o sentido da visão falha. Lisandro, meu olhos não lhe acharam. Meus ouvidos, eu os agradeço, me trouxeram para sua voz. Contudo por que me deixou de modo tão rude?

LISANDRO
Por que ele deveria ficar quando o amor o pressiona a ir?

HÉRMIA
Que amor tiraria Lisandro de meu lado?

LISANDRO
O amor de Lisandro, que o fez partir [illegible] Helena, que ilumina a noite com [illegible]. Por que me seguistes? [illegible] percebeste que é o ódio que [illegible] me fez deixá-la?